이건숙 문학전집 18

나는 살고 싶다

이건숙 문학전집 **18**

나는 살고 싶다

1쇄 발행일 | 2022년 01월 25일

지은이 | 이건숙
펴낸이 | 윤영수
펴낸곳 | 문학나무
편집 기획 | 03085 서울 종로구 동숭4나길 28-1 예일하우스 301호
이메일 | mhnmoo@hanmail.net

출판등록 | 제312-2011-000064호 1991. 1. 5.
영업 마케팅부 | 전화 | 02-302-1250, 팩스 | 02-302-1251
ⓒ이건숙, 2022

값 15,000원
잘못된 책은 바꾸어 드립니다
지은이와 협의로 인지는 생략합니다
무단 전재 및 복제를 금합니다
ISBN 979-11-5629-133-6 03810

이건숙 문학전집 18

나는 살고 싶다

이건숙 장편소설

문학나무

마음의 폭을 넓히는 계기가 되길

장편 『나는 살고 싶다』는 월간 《창조문예》에 2011년 1년간 연재하여 그 다음해에 창조문예에서 출판되었다.

인간이란 이 땅 위에서 누구나 살 수 있는 권리가 있다. 모두가 잠시 쉬어가는 나그네길이기 때문이다. 그 길이 모두 평탄치가 않다. 특히 가정이란 이 땅의 여관은 그 환경이 천차 만별이다. 가장 비참한 환경에서 성장하는 자녀들의 비극은 존속살인일 것이다. 소설을 쓰는 사람이라면 누구나 한 번은 살인을 주제로 다루고 싶은 마음이 있다. 그건 아마도 젊은 시절 탐독했던 『죄와 벌』이나 『카라마조프의 형제들』에 나오는 캐릭터들이 자리 잡고 있는 잠재의식일지도 모른다.

집필의 동기는 잠든 어머니와 누이를 십대 초반 어린 나이의 소년이 살인을 했다. 경찰의 손에 이끌리어 가는 동안 그는 한 손의 햄버거를 먹으면서 순진한 표정을 짓고 있었다. 저녁 뉴스를 장식한 화면을 보면서 가슴이 너무 아팠다. 더구나 한국의 이민가정으로 미국 뉴스에 나오니 더 속이 울렁거렸다. 어째서 이 소년은 어머니와 여동생을 죽였을까? 전자게임처럼 죽음이란 그냥 화면의 사건처럼 가벼운 것이고 바로 살아나는 것이라고 아이는 믿고 있는 탓일까.

존속살인이란 생소한 분야를 다루면서 많은 살인에 관한 책을 구해 읽어가면서 간접체험을 하려고 노력했다. 독자들도 이 소설을 읽어가면서 살인의 고통과 영혼의 곪아감을 모두 간접체험하기를 바란다. 난관을 뚫고 탈출구를 찾아 몸부림치는 주인공, 휘철을 통해 하나님의 사랑을 느끼게 되고 공감대를 이뤄서 끔찍한 존속살인을 예방도 하고 이해할 수 있는 마음의 폭을 넓히기를 소망한다.

2021년 12월 나성의 서재에서
이건숙

차례

나는 살고 싶다

1부
카오스의 가정

1

너댓 잎 남은 감잎이 11월 첫주의 비 끝에 앙상한 가지
에 매달려 스산한 바람에 힘겹게 흔들린다. 고향집에 가
까이 갈수록 가로수로 심은 은행나무에서 떨어진 잎들이
길바닥에 수북하게 쌓여 나뒹굴고 있다. 멀리 북한강을
바라본다. 푸르스름하고 흐릿한 기운이 어린 이내가 강물
위로 어른댄다. 남한강과 북한강 두 물이 만나기 때문에
두물머리라고 부르는 양수리가 삐죽 턱을 내밀고 여전히
그 자리에 묵묵히 자리를 지키고 있다.

군복무 내내 박휘철은 단 한 번도 집엘 오지 않았다. 어
머니가 두 번 군부대를 다녀간 것이 전부다. 그가 집을 비
운 동안 오대五代가 살아온 종가랑 마을이 어떻게 변했을

까 잠깐 생각해본다. 차창으로 보이는 서녘하늘엔 뭉그러진 담황색의 햇덩이가 바람결을 따라 몸을 눕힌 억새 손짓에 엉거주춤 걸려있다. 추수 뒤끝의 허허로운 빈 들녘에는 두루마리 휴지처럼 생긴 배불뚝이 비닐덩이가 추수를 끝낸 논에 두어 개씩 나뒹군다. 겨울철 소먹이용 볏짚더미라고 한다. '생 볏짚 원형곤포 담근 먹이'라고 불리는 볏짚더미는 썩는 것을 방지하고 사료의 질을 높이기 위해 젖산균 처리를 한 뒤에 비닐로 싸놓은 아름드리 둥근 덩이로 이제 시골의 진풍경이 되었다. 비닐의 희끄무레한 빛깔로 인해 몸체를 드러낸 볏짚더미가 눈에 거슬리는 건 대대로 내려오는 농촌풍경이 아니기 때문일 게다.

마을버스에서 내려 골목으로 들어서니 돌담에 붙어있는 담쟁이 덩굴이 붉은 옷으로 갈아입었다. 옹기종기 몇 채의 집이 다정하게 모여 이룬 마을 뒤에 자리 잡은 문악산이 처녀의 도톰하게 부픈 젖무덤처럼 아늑하게 다가온다. 언제나 여기에 오면 느끼는 일이지만 뒷산은 늘 푸근함을 안겨준다. 태깔 고운 여인이 다소곳하게 앞으로 몸을 숙인 자태처럼 보인다. 때로는 순한 양의 등처럼 부드럽고 연꽃처럼 순하게 다가오기도 한다. 고만고만한 산봉우리가 셋, 나란히 키재기를 하며 다정하게 병풍처럼 둘러 서 있어 사람들은 이 동네를 삼봉리라고 부르기도 한다. 뒷산이 날카로우면 인격함양에 문제가 있다고 한다. 어머니 뱃속부터 바라보는 산이 험하면 그 날카로움을 닮아서 심성心性이 메마르고 단기短氣에 치우진다고 하는데 그의 집 뒷산은 아주 인자하고 포근해서 마음을 푹 감싸 안아준다.

버스에서 내려 집까지 가려면 20분은 족히 걸어야한 다. 휘철은 습관적으로 시선을 땅에 두었다. 집까지 걸으려면 이천보가 된다. 발바닥에 힘을 주었다. 아버지의 얼굴이 땅 위에 깔린다. 집에 오면 항상 윙윙거리는 벌처럼 식구들을 위협하던 아버지다. 일 미터 팔십이 넘는 장신에 살이 올라 펑퍼짐한 배가 그의 앞을 가로막았다. 아버지는 이마가 툭 불거진 앞짱구에다 코가 짧고 옥다문 입에서는 심통과 불만이 넘쳐흐른다. 그래도 아래로 처진 눈꼬리로 인해 조금은 무섬증이 덜한 그런 사람이 그의 아버지다. 그의 일생에 아버지란 존재보다 부재 쪽에 더 가깝다. 그는 힘을 다 해 아버지의 얼굴을 짓밟기 시작했다. 정수리부터 턱까지 처음에는 자근자근 힘들이지 않고 밟다가 점점 힘을 주어 이마를 짓이긴다. 눈언저리에 발끝이 닿자 더욱 힘을 주어 문드러지게 발을 비비면서 걸었다. 차츰 하반신에 힘이 주어지고 이마 위에 땀이 서리도록 숫자를 세면서 걷는다. 이건 중학교 시절부터 걸을 적마다 자신도 모르게 무의식적으로 익혀온 몸에 밴 습관이다. 아버지의 머리를 천 번 밟았을 적에 차츰 그의 뇌리에선 아버지의 얼굴에 붙은 뭉클거리던 살이 발 밑에서 조금씩 닳아서 없어지기 시작한다. 이제 해골만 남은 앙상한 아버지의 얼굴을 죽을 힘을 다해 짓밟는다. 눈알도 밟아서 뭉개버리고 이빨도 하나하나 힘을 주어 밟아서 빼어낸다. 귀도 얼굴에서 떨어져나가고 이젠 눈두덩이 휜히 뚫린 해골바가지가 발밑에 밟힌다. 그것도 가루를 만들어야 한다. 이젠 보통 걸음으로 걸으면 뼈를 으낄 수 없다. 발걸음에 힘을 주어 땅이 꽝꽝 울리도록 짓밟으면서 걷는다. 이마 위와 등으로 땀이 고이기 시작한다. 이렇게 하루에 만 번씩 아버지의 얼굴을 밟아주는 것이 그의 몸에 밴 습관이다. 가장 가까운 어머니에게까지 이런 사실은 비밀이다. 이건 아무도 알지 못하는 그만의 제의祭儀이고 거의 매일 치르는 의식이다.

"어머머! 이거 휘철이 아니냐. 제대했구나. 축하한다."

호들갑을 떠는 여자는 이웃집에 사는 삼월三月이다. 이제 중년을 넘어선 나이이니 삼월이라 부르면 이상하게 들릴지 모르지만 집안 식구들이 모두 삼월이라 부르니 그게 익숙해 있다.

"아! 네. 그간 안녕하셨어요."

그녀의 출현으로 휘철은 깊이 빠져있던 살인판타지에서 깨어나 사방을 두리번거렸다. 삼월이가 앞장서더니 펑퍼짐한 궁둥이를 씨암탉처럼 씰룩거리면서 이 마을에서는 제일 크게 자리를 잡은 종가로 뛰어 들어간다.

휘철이 모자를 벗어들고 대문으로 들어섰다. 세월의 때를 잔뜩 먹은 낡은 멍석말이가 왼쪽 나뭇광 옆에 비스듬히 매달려있다. 해마다 이맘때쯤이면 잎나무, 풋나무, 물 거리로 가득 찼던 광은 휑뎅그렁하게 비어있다. 솔 한 잎 도 떨어진 게 없을 정도다. 외할아버지가 동네노인들과 모여 고담高談과 청론清論을 나눴던 대문간 내루의 미닫이 창문이 후락하여 쥐들의 마당이 되었는지 사방에 구멍이 숭숭 뚫려있다. 대청과 앞 뒷간은 그가 군인 가있는 동안 단 한 번도 칠을 하지 않았는지 낡은 쥐색으로 변한 나뭇 결이 성깔이 난 것처럼 모두 일어서 있다. 살림살이를 넣 어두었던 고방 문이 활짝 열려있다. 오랜 세월 탓에 닳아 빠진 끈을 의지하여 이제 쓸모가 없어진 대 중 소 크기의 체들이 서로 몸체를 의지하여 흙벽 중간에 나란히 걸려있 다. 대나무 소쿠리도 짚이나 들풀로 엮어 만든 다른 자잘 한 소쿠리와 함께 장식품처럼 남아있다. 그 옆의 곳간도 썰렁하게 비어있다. 휘철이 어렸을 적에만 해도 곳간에는 많은 양의 벼를 간수했던 곳이다. 습기가 차지 않도록 햇 살이 드는 곳에 자릴 잡고 있다. 쥐나 해로운 짐승들이 접 근하지 못하도록 문도 아주 실했는데 이 모두가 세월의 더께를 달고 후락하여 폐가처럼 보인다.

자고로 집터란 평평한 들녘을 피해 산기슭에 올라서야 한다는 관습에 따라 종갓집은 훤히 들판을 내려다볼 수 있는 높이에 자리를 잡고 있다. 이제 외갓집은 제사를 받 지 못하는 귀신이나 못된 돌림병으로 죽어 귀신이 되었다 는 여귀들의 삶터처럼 보였다.

삼월이가 안을 향해 고함을 친다.

　"미애야! 휘철이 제대하여 돌아왔는데 어디를 갔니. 날마다 청승맞게 장승처럼 앉아서 대문 밖을 보더니만 정작 아들이 오는 날은 이 여편네가 어디로 가버렸지."

　북한강가에서 주어온 어른 주먹크기의 검은 차돌을 박아 쌓아올린 사각우물가엔 비를 맞아도 상하지 않을 두 짝의 맷돌이 놓여있고 그 가장자리로 말라비틀어진 분꽃이 너저분하게 널려있다. 이곳도 상당히 붐비던 곳이었다. 동네사람들이 모여들어 물을 긷던 우물이다. 물맛이 좋기로 원근에 소문이 났던 우물로 가뭄에도 물이 마르지 않았던 샘물이다. 마을의 소문이 집결했던 곳이요, 눈물과 기쁨이 교차되었던 곳이었다. 그 우물가가 이제 말라붙어버린 할머니의 젖가슴처럼 쪼그라들어 보였다.

　흘끔 할아버지 시절 머슴들이 기숙했던 머슴방에 눈이 멎었다. 귀신이 나올 것처럼 창호지 문들이 찌그러지고 빛바랜 창호지가 너저분하게 찢어져 너불거린다. 광 옆에 붙어있는 머슴방은 제법 컸는데 쪽마루 밑에 걸린 솥이 땅바닥으로 내려앉아버려 그 틈새로 아궁이가 귀신의 입처럼 아가리를 딱 벌리고 있다. 아궁이의 검은 골이 죽은 짐승의 내장처럼 흉물스럽다. 방 앞에 붙어있는 좁은 툇마루에 앉아있던 흰 머리가 성성한 머슴이 어린 휘철에게 연을 만들어주고 팽이를 깎아주기도 했었다. 이제 그 모두가 살아진 종갓집은 죽음을 앞둔 노파처럼 힘겹게 숨을 쉬고 있다.

삼월을 따라서 부엌을 끼고 돌아 뒤란으로 갔다. 어머니를 만날 생각으로 가슴이 뛰기 시작했으나 애써 휘철은 평온한 표정을 지으며 뒤란에 연이어있는 산과 종갓집 지붕 사이로 빠끔히 뚫린 하늘로 눈길을 돌린다. 그의 어린 시절에는 제삿날이나 추석 등 명절에 몇 백 명씩 모였던 번성했던 종갓집이다. 이때 음식을 장만했던 반빗간은 집과 떨어져 따로 시설하여 취사전문공간으로 쓰던 장소였으나 이제는 덜렁 세 개의 솥이 걸린 부뚜막으로 남았다. 뒤란 문악산의 산기슭으로 눈길을 돌렸다. 어머니는 거기에 작은 푸들처럼 몸을 옹크리고 앉아있었다.

장독대 뒤에 서 있는 백년이 넘었을 감나무에 큰 대추만한 홍시들이 빨갛게 물들어 앙상한 나뭇가지에 대롱대롱 매달려있다. 품종개량이 되지 않은 감나무에 열린 감들은 마치 성탄절 가로수에 매달린 색스러운 구슬전구처럼 앙증맞아보였다. 겨울의 목전에 선 계절이라 감나무잎 너 댓이 힘겹게 매달려 살랑거리고 밤톨만한 감들만 흐드러지게 가지가 휘도록 달려있다.

어머니는 휘철이 군인간 사이에 뒤란을 화원으로 만들어놓았다. 문악산의 엉덩이에 허리띠를 띤 것처럼 담을 길게 쌓은 것이 특이했다. 그 돌담 너머로 문악산을 끼고 고로쇠나무, 복자기 나무, 감태나무, 산딸나무, 소사나무가 가을 물이 파고들어 고왔다. 뒤란은 그가 군인간 사이에 어머니의 동굴로 변해있었다.

"미애야, 네 장한 아들이 돌아왔다."

삼월이가 미애란 말에 힘을 주어 소리친다.

"어엉! 내 아들 휘철이가 드디어 집에 왔구나."

쇄골이 들어난 어머니의 몸이 앙상하다.

"저 돌담을 보아라. 참 좋지. 네가 군에 가있는 동안 내가 개울가에서 주어다가 쌓은 담이다."

"왜 그런 일을 하셨어요? 어머니 연세에 어울리지 않는 일을 했군요. 허리를 다치면 어쩌려고 이렇게 큰 돌들을 날랐어요."

그 말에 어머니는 대답을 않고 허리 밑에 드는 돌담 뒤의 나무들을 가리킨다.

"정원 활엽수는 꽃과 열매 그리고 가을 낙엽이 모두 고운 나무를 심어야 하는 법인데 우리 집 뒤뜰엔 벌써 그런 나무들이 있어서 참 좋다. 네 할아버지, 할머니가 참으로 머리가 좋은 분들이란 걸 요즘 새록새록 느끼면서 고맙게 여기고 있단다."

돌담 가장자리에 두상頭狀꽃차례로 폈던 해국海菊의 연분홍 꽃들이 끝물이라 칙칙했다. 나비와 벌, 등에가 많이 찾아주었던 뒤란의 꽃들이 가을의 흐름을 타고 몰골이 되었다. 가까이서 찬찬히 보니 어머니의 얼굴이 늦가을의 꽃들처럼 말이 아니다. 워낙 여윈 몸매였지만 오늘 만나보니 잎을 떨어뜨린 가을나무처럼 뼈만 앙상하게 남아서 바람이라도 세차게 불면 훅 날아갈 것처럼 보였다. 마음이 찡해진 휘철은 어머니를 번쩍 들어 안고 뒤란을 돌아선다.

흘끔 겨울 김장독들이 묻혔던 곳에 눈길을 던지다가 얼른 집 쪽으로 시선을 돌린다. 뒷산 기슭의 그늘을 안고 한 가족처럼 옹기종기 독의 크기에 따라 많은 독들이 열을 섰던 자리였다. 겨울철 지열地熱을 의지하여 얼지 않고 맛이 변하지 않도록 땅을 깊이 파고 묻었던 겨울저장용 김치광 터였다. 총각김치나 백김치를 담았던 옹기 자리에는 일년초를 심어서 이제 모두 시들어버렸다. 제일 큰 김장독은 사라지고 그 자리에 호랑가시나무가 의젓하게 자리를 잡고 있다. 그 옆에 오송五松이 어른 키를 넘게 자라 사철나무임을 자랑하며 무청처럼 짙은 빛을 탐스럽게 토해낸다. 이맘때쯤이면 백 포기가 넘게 담았을 어른 키가 넘을 김장독 머리마다 원두막 지붕처럼 주저리를 짚으로 묶어 씌웠을 터인데 그 자리에 호랑가시나무와 오송이 서 있다. 잎이 두껍고 날카로워서 감히 근접할 수 없는 호랑가시나무에 붉은 열매들이 탐스럽게 닥지닥지 매달려 눈이 시렸다.

어머니는 앞뜰을 포기한 모양이다. 대문 앞 화계花階보다 더 정성들여 나무와 꽃을 심어놓은 뒤란은 늦가을의 노을 속에서 더없이 아름답다. 어머니를 번쩍 들어 안고 가는 휘철의 뒤를 삼월이 입을 삐죽거리면서 따라붙는다.

"누구는 좋겠다. 남편은 없어졌어도 아들이 저렇게 어머니를 위하니 한이 없겠구먼."

아들의 품에 안긴 미애의 눈에서 싸늘한 빛이 순간 반짝 스친다. 덤불처럼 가벼운 어머니의 입에서 쇳소리가 난다.

"너는 이제 고만 네 집으로 가버려. 오랜만에 아들하고 할 말이 있으니까."

"아들 없는 사람 서러워서 못 살겠네."

삼월이 무엇이라 옹알거리면서 마지못해 퉁퉁거리며 대문을 나선다. 삼월이 닫지 않고 나간 대문을 통해 문전 옥답을 훑고 밀려드는 바람이 제법 차다. 멀리서 들판을 휩쓸고 무릎 밑으로 달려드는 땅거미가 잔 그늘을 뒤덮고 점점 위로 차오른다. 흘끔 밭둑 모정茅亭이 있던 자리에 눈길을 던졌다. 어린 시절 억새풀로 지붕을 이는 모정에 앉아 풍요로운 들녘을 한눈에 바라보며 벼가 자라고 익어가는 비미肥美한 들녘을 향해 노래를 부르며 놀았던 곳이다. 지금은 흔적도 없이 사라져 잡풀이 무성했다.

안방으로 행했다. 안방과 건넌방 사이 대청의 오목마루만 윤이 난다. 이곳만 어머니는 열심히 닦는 모양이다. 처마의 물받이도 삭아서 축 늘어지고 댓돌 밑도 반으로 쩍 갈라져서 종갓집이 마당 쪽으로 조금 기우뚱한 것처럼 보인다. 땅 밑에 물이 고이는 모양이다. 하긴 문전옥답인 논을 흙으로 메우고 밭을 만들었으니 문악산 산줄기를 타고 밑으로 흐르던 물이 갈 길을 잃어 고여 있다가 집터로 밀려들어올 수도 있다.

어머니가 시집올 적에 해온 자개농이 퇴락한 고택을 누르고 눈부신 빛을 토해낸다. 농장식으로 죽지 않고 오래 산다는 십장생 자개조각이 화려하다. 해, 산, 물, 들, 구름, 소나무, 불로초, 거북, 학, 사슴이 우유 빛처럼 가물거리는 형광등 밑에서 또렷하게 몸체를 드러낸다.

휘철이 어머니 앞에 엎드려 큰절을 올린다.

"이제 복학을 해야지. 그러자면 하숙을 해야 하나. 아니면 자취를 할 거냐?"

"어머니 혼자 여기 두고 어떻게 제가 하숙을 합니까. 요즘 교통편도 좋아졌으니 통학을 할 겁니다."

"네 누나가 몸이 좋아져서 집에 와 있으면 좋으련만 아직도 정신을 못 차리니 어쩔 거냐."

"아직도 이천 병원에 있나요?"

그녀는 조용히 머리를 주억거린다. 힘이 없어 보인다. 휘철이 군인 가 있는 동안 어머니는 몸이 반쪽으로 줄어든 듯하다.

"네 동생 휘중이가 겨울방학 동안에는 언제나 집에 와 있었는데 금년은 고2라 대입 준비하느라고 못 온다고 산청에서 연락이 왔다. 형이 제대하니까 맘을 놓는다고."

어머니가 저녁을 짓는다고 부엌으로 간 사이 휘철은 평상복으로 갈아입으려고 건넌방으로 간다. 방에는 이미 아들이 올 걸 알고 준비한 어머니의 사랑어린 손길이 보인다. 베개 옆에 고실하게 빨아 개켜놓은 하늘색 잠옷과 이불에서 비누냄새가 산뜻하다. 휘철은 헐렁한 운동복차림으로 밖으로 나왔다.

나지막하고 몽실, 아담한 뒷산을 끼고 지은 고택은 손길이 전혀 닿지를 않아 헐어버리는 편이 좋겠다는 마음이 들 정도로 후락한 몰골이다. 우물정자 대청마루에서 뒤창을 여니 담남색으로 물든 하늘을 이고 선 뒷산의 자태가 얼굴을 내민다. 산자락이 뒷마당까지 들어와 있어 산꼭대기까지 자란 소나무의 솔 냄새가 울컥 콧속으로 파고든다. 뒤창에 기대어 밖을 내다본다. 각이 넓은 삼각꼴의 뒷산과 맞배지붕의 넓은 각이 서로 형제처럼 닮아 보인다. 늦가을의 찬바람이 뒷산기슭을 타고 내려와 몸이 오스스할 정도로 품안을 파고든다. 휘철은 가슴을 두 팔로 감싸안고 뒷문을 닫는다. 대청마루 위를 올려다본다. 서 있는 휘철의 머리 위로 한 길이 더 되는 여유가 있어 숨통이 트인다.

바로 옆에 허름한 오두막이었던 삼월의 집이 현대식 별장으로 변해 있었다. 큰 변화였다. 도시로 시집간 뒤에 남편이 돈을 잘 벌어서 돈방석에 앉았다는 소문을 들은 적이 있었으나 이렇게 으리으리한 큰 집을 지었다니 놀라웠다. 시골마을에 어울리지 않게 높이 올린 삼층집이라 휘철네 종갓집에서는 한쪽의 풍광을 완전히 가린 상태라 조금 답답했다. 아직 성탄절 기분을 낼 시기가 아니 건만 산

밑에 독불장군처럼 혼자 서 있는 화려한 전원주택임을 과시하려는 듯 번쩍이는 전구를 지붕 가장자리에 빙 두른 껌벅 등의 번쩍거림으로 인해 다른 집들은 주눅이 들어 보인다.

어머니가 밥을 차리는 동안 침대에 사지를 펴고 누웠다. 규격화된 군대의 시스템에 순응하던 감각이 갑자기 확 풀리면서 왈칵 스며드는 자유로움 뒤로 불안감이 밀물처럼 밀려든다.

텔레비전을 켰다. 뉴스 시간이라 남자, 여자 두 아나운서가 나란히 서서 국내외 소식을 전해주고 있었다. 갑자기 화면에 어머니와 누이동생을 사냥총으로 쏴 죽였다는 10대 소년이 나온다. 어떻게 저렇게 어린 녀석이 사람을 죽였나 하는 생각에 휘철은 벌떡 일어나 앉아서 화면을 응시했다. 어머니와 나란히 누워 자고 있는 누이동생의 머리에 총을 발사해서 엄마와 여동생을 현장에서 즉사시켰다는 뉴스였다. 더구나 그들은 온가족이 교회를 다니는 크리스천이었다는 점을 아나운서는 강조했다. 모범생인 초등학교 6학년 소년이 어머니와 여동생을 죽인 사건이다. 존속살인을 저지른 셈이다. 그런데 그 소년은 경찰에 잡혀 끌려가면서 한 손에는 햄버거를 들고 또 한 손에는 콜라를 들고 태연하게 걷고 있다. 울면서 떠들거나 얼굴을 두 손으로 가리지도 않는다. 옷으로 얼굴을 가리지도 않고 아주 평온하고 덤덤한 표정으로 오로지 먹는 데만 열중하고 있다. 어떻게 저렇게 뻔뻔할 수가 있을까? 의아해서 휘철은 그 소년의 얼굴을 응시했다. 아주 평온한 얼굴이다. 조금도 후회하거나 슬픈 표정이 아니다. 연이어 아나운서의 코멘트가 나온다. 요즘 영화나 인터넷에 사람을 죽이는 장면이 너무 많이 나와서 어머니와 여동생이 죽었다가 금방 다시 살아 돌아올 걸로 아는 모양이라고 했다. 죽음이 일상생활이 되어서 조금도 두렵거나 무섭거나 걱정이 되지 않고 늘 밥을 먹듯 일어나는 사건으로 아는 세태가 한심하다고 떠들어댄다.

소년의 정신상태가 신비에 가까웠다. 휘철은 두 손으로 베개를 하고 뒤로 벌렁 누웠다. 눈을 감았다. 여전히 아나운서들은 떠들어대고 있었다. 전 세계에서 살인사건이 셀 수 없이 많이 일어나고 있다는 보도였다. 대학에서 학생이 총을 난사해서 교수를 죽이고 동급생들을 다량으로 죽이는 사건이 미국 같은 선진국에서도 일어나고 그 파급이 유럽까지 가서 영국에서도 그런 사고가 빈번히 일어나고 있다고 한다. 더 놀라운 일은 존속살인의 빈도가 아시아 쪽이 제일 높다고 아나운서는 떠들고 있다.

인류의 역사만큼 살인의 역사도 길다. 살인본능이 자신을 보호하기 위해 수천 년 동안 진화되었다는 말도 있다. 하긴 피와 살을 나눈 가까운 존재들에 의해 가장 안전한 장소라고 여겨지는 곳에서조차 살인은 발생하고 있다. 어쩌면 저 소년도 살해되지 않기 위해 진화된 심리적 방어기제를 가지고 자신의 어머니와 여동생을 살해하였을 수도 있다. 그렇게 죽여야만 했을 어떤 당위성이 있었을 지도 모른다. 그렇지 않고야 자신을 낳아준 어머니와 피를 나눈 여동생을 죽일 이유가 없지 아니한가. 자꾸 휘철은 소년을 방어하는 생각으로 마음이 흘렀다. 매를 맞으면 눈에 보이는 육신에 매 자국이 남지만 혀로 때리면 뼈가 휘어지고 뼛속이 곪는 듯이 아프다고 했는데 소년은 그런 학대를 어머니와 여동생으로부터 받았을 가능성도 있다는 생각에 이르러서 휘철은 동정표를 그 소년에게 던지고 있었다.

어머니가 소고기를 넣어 끓이는 무국냄새가 집안에 은은하게 스며든다. 오랜만에 맡아보는 평안이 넘치는 가정 냄새였다. 여기서 휘철은 안정해야 마땅한 일인데 이상하게 마음이 뒤틀리고 가늠할 수 없을 정도로 뒤숭숭하다. 이건 군대 있을 적에는 전혀 느끼지 못했던 불안감이다. 저녁상을 차리는 어머니의 덜그럭거림이 이제 완전히 어두워진 온 집안에 깔린다. 오래된 형광등의 흐릿한 빛에 나른한 눈길을 던지면서 휘철은 스멀스멀 잠 속으로 빠져든다.

2

시커먼 방에 단 한 올의 빛도 없다. 손바닥으로 앞을 더

듬어도 가늠할 수 없을 정도로 깊은 나락이라 그는 숨소리도 죽이면서 우뚝 멈춰 섰다. 그때 허연 손이 그의 허리를 감싸 들어올린다. 차가운 손이다. 얼음처럼 차고 돌처럼 단단한 억센 손이 허리언저리를 두 손으로 잡아 세차게 조여 온다. 어둠 속이지만 직감적으로 아버지라는 걸 안다. 아버지는 그를 머리채 입에 넣는다. 아악! 소리를 지른다. 발버둥을 치며 벗어나려는 순간 아버지의 얼굴은 사투르누스의 얼굴로 변한다.

자식을 으적으적 씹어 먹는 사투르누스의 손에 휘철이 잡혀서 발버둥을 쳤다. 고대 로마 신화에 나오는 이 괴물은 아버지를 죽인 뒤 광기에 사로잡혀 자신도 아들의 손에 죽을 것을 두려워했다. 해서 자신의 아들이 태어날 적마다 잡아먹어버린다는 신화를 지닌 거인족의 우두머리다. 신화는 이 괴물이 신들의 제왕이었던 제우스의 아버지라고 한다. 하필이면 섬뜩하게 무서운 그 괴물의 손아귀에 잡혀 휘철은 결사적으로 빠져나오려고 허우적거렸다. 머리를 산발하고 눈은 천장을 향해 부릅뜬 괴물 같은 얼굴에 성기를 곧추세우고 아들을 잡아먹고 있는 괴기스러운 사투르누스의 손길에서 빠져나오려고 휘철은 결사적으로 발버둥쳤다. 갑자기 괴물의 얼굴이 아버지의 얼굴로 돌변했다. 아버지가 사투르누스의 가면을 쓰고 등장한 셈이다. 느끼한 눈빛을 번득이면서 아버지가 떡 벌린 입속으로 휘철의 머리를 디밀어 넣고 으쩌적 깨무는 순간

피가 아버지의 입언저리와 그의 어깨와 몸으로 줄줄 흘러내린다. 두 손에 힘을 주어 몸통을 움켜쥔 얼음처럼 찬 금속성의 아버지 손을 풀어보려고 발버둥을 쳤다. 아버지에게 물어뜯긴 어깨에 날카로운 칼날의 차가운 섬뜩함이 이물감을 지니고 전신을 감쌌다. 그의 작은 손으로 아무리 아버지의 가슴을 쥐어뜯고 작은 발로 아버지의 가슴을 걷어차도 바위처럼 끔찍하지 않는 아버지는 거대한 바위였다. 물어뜯긴 머리가 쥐가 날 정도로 쥐어짜게 아파왔다. 통증이 심해서 숨을 쉴 수가 없을 지경이었다.

어머니가 방문을 여는 바람에 휘철은 번쩍 눈을 떴다. 땀이 전신을 적셨다.

"저녁을 먹어야지. 아이쿠! 어쩜 땀을 이렇게 흘리니. 허해진 모양이구나. 군에 다녀오면 모두 건강해진다는데 너는 약해져 돌아왔구나. 내일 한의사를 만나서 진맥을 하고 보약을 지어 와야겠다. 어휴! 이 수건으로 얼굴의 땀을 닦아라."

비실비실 일어난 휘철은 반사적으로 어머니가 준 수건으로 이마 위의 땀을 닦아내며 아픔을 느꼈던 어깻죽지를 만져본다. 물어뜯긴 쇄골이 안전한가. 가슴팍도 더듬었다. 다친 곳은 없었다. 그나저나 왜 이런 꿈을 꾸었을까? 집에 오면서 우연히 음식점에서 손에 잡힌 잡지에 실렸던 그림 탓인가. 스페인 궁정화가 고야가 1821년 그렸다는 '아들을 잡아먹는 사투르누스'란 그림이다. 발가벗은 거인이 아이의 머리를 뚝 잘라먹고 피가 뚝뚝 흐르는 몸통을 들고 있는 강렬한 유화이다. 피가 괴물의 입언저리와 잡아먹히는 아이의 어깨와 목에 흘러넘쳐 소름을 끼치게 하는 그림이었다. 캠퍼스 가득 피가 뚝뚝 흘러서 죽음의 색인 까만색의 배경에 강렬한 빨간색이 광기로 넘쳤다. 인간의 사악한 본성을 폭로하는 이 그림은 상당히 사실주의적이다 못해 괴기스럽기까지 했고 움켜쥔 손에 홍건히 고인 피가 맹수를 연상케 했다.

이 그림은 스페인의 수도 마드리드의 파라도미술관에 보관된 그림으로 굉장히 알려진 유화이다. 이름 모를 중병에 걸려 청각을 잃은 고야는 세상을 부정적으로 보면서 어둡게 그린 그림이라고 해설자는 설명하고 있었다. 잡아먹히는 아이와 아버지라는 괴물도 모두 발가벗고 있었다. 자식을 게걸스럽게 먹고 있는 아버지란 괴물의 심층 깊은 곳에 자리 잡고 있을 살인본능이 꿈틀거리는 그림이었다. 어쩌면 인간내면에 잠재하고 있는 잔혹하고 사악한 본성을 드러내기 위해 그린 그림이 아닐까. 잔인하고 억압적인 폭력에 대한 고발이 될 수도 있다. 잡지에는 그의 그림들 몇 개가 더 소개되어 있는데 너무 부정적이고 광기에 차서 보는 사람의 마음을 불편하게 하고 심지어 불쾌하게 만들 정도였다. 아무리 그림이지만 아버지가 아들을 잡아먹을 수 있다는 사실에 휘철은 몸을 부르르 떨었다.

어머니와 둘이서 밥상에 앉았다. 아들을 위해 미리 준

비한 듯 무국 말고도 조기구이도 상에 올라있다. 군에서 먹던 흰 밥이 아니라 은행과 밤을 까서 잔득 넣고 풋콩과 대추도 넣은 밥이 건만 금방 꾼 꿈 탓인지 입안에 휘감기지를 않고 헛 구른다.

갑자기 옆집이 소란해졌다. 해진 뒤에 삼봉리 마을은 언제나 적요한 가운데 갇히게 마련인데 시장바닥처럼 시끄러웠다. 어머니가 고개를 밖으로 돌리면서도 일어나질 않는다. 휘철이 군인을 다녀온 3년 동안 이 마을은 논바닥에 두어 개씩 나뒹구는 눈에 설은 겨울철 소먹이용 볏짚더미처럼 껄끄럽고 낯설게 변하고 있었다. 삼월의 집이 호화로운 전원주택으로 변신하고 늘 조용하던 옆집이 해가 진 뒤에 이렇게 소란한 것이 그걸 말해주고 있다. 이제 농촌도 더 이상 농촌다운 적요한 평화를 누리며 지낼 수 없는 모양이다. 옛 향취를 지닌 산촌마을이 아니고 도시처럼 버적거리는 소음이 가득하니 말이다.

대문을 밀치고 들어서는 사람들의 무례한 말소리와 발자국소리에 어머니의 눈이 휘둥그레진다. 어머니는 바람소리나 낙엽이 떨어지는 소리에도 소스라치는 마음이 여린 여인으로 변해있었다. 대청마루에 나서니 두 명의 남자가 성큼 마당 안으로 들어와서 대청마루에 앉는다.

"이 집이 5년 전에 실종된 의사댁이 맞지요?"

어머니가 휘청하면서 비틀하다가 휘철이를 등 뒤로 감

추고 앞으로 나선다.

"네! 그렇습니다."

"뒤에 서신 분이 큰 아드님이시지요?"

"네, 그런데요."

"이 동네에서 다시 실종신고가 들어와 조사를 나왔습니다."

"누가 또 실종되었나요?"

"바로 옆집 따님이 일주일째 실종되어서 지금 조사 중입니다. 여대생인데 미모가 아주 출중하다고 하더군요."

"그 집 외동딸이라면 대학교에 다니고 있는데 자취집에 있겠지 왜 여기서 찾습니까?"

미애가 기어들어가는 목소리로 말한다.

"집에도 학교에도 없습니다. 살아져버렸습니다. 이 집 주인 의사양반처럼 실종되었다고요."

실종이란 단어에 형사가 힘을 준다.

"이 집 사건하고 맞물리는 것인지도 몰라. 이 집 실종사건도 다시 재수사를 해야겠어. 혹시 화성사건처럼 연쇄살인범에게 걸린 것이 아닌지 모르겠군. 날은 추워오는데 야산에 시신을 묻어버린 것이 아닐까. 이번 사건은 예쁜 처녀가 걸린 문제야. 이거 신문과 텔레비전에서 떠들면 골치 아프겠군."

이렇게 두런거리던 형사가 휘철을 향해 거드름을 피우며 딱딱거린다.

"아직도 아버지를 찾지 못했지요?"

"네. 그렇습니다."

미애가 하얗게 질려서 벌벌 떨자 보기에 민망했는지 얼굴이 달걀형인 형사가 휘철에게 어머니를 모시고 들어가 안정시키라고 눈짓을 한다. 그는 어머니의 허리와 어깨를 감싸 안았다. 그의 몸에 감겨오는 어머니는 검불처럼 가볍고 어찌나 몸을 떠는지 그 아픔이 전율할 만큼 그의 몸에 전해져서 함께 몸을 떨게 될 정도였다.

여대생 실종사건은 대대적으로 뉴스를 타고 전국에 퍼져나갔다. 성폭행이 만연해서 어린 아이들까지 성추행을 당해 야단치는 판에 이번에는 미인 여대생이 실종된 사건으로 전국의 화제가 되었다. 연일 형사들이 드나들었고 마을은 온통 시장바닥처럼 떠들썩했다. 카메라의 불빛이 난무했고 기자들도 몰려다녀서 그야말로 전국의 시선이 이 작은 마을에 집중되었다. 게다가 5년 전 실종되어 아직도 찾지 못하는 휘철의 아버지, 닥터 박장호로 인해 더욱 삼봉리 마을은 기사거리가 되었다. 더구나 날마다 예고도 없이 불쑥 나타난 형사들은 무례하게 텅텅거리면서 미애와 휘철, 모자를 심문하기 시작했다.

"가장의 실종으로 가족들은 굉장히 마음이 아프겠습니다. 이 정도 시간이 흘렀으니 살아있다면 벌써 집으로 돌아왔겠지요. 분명히 죽은 사람입니다. 자살을 할 이유는 전혀 없다는 조사기록으로 봐서는 살해되었을 가능성이 많습니다. 그런데 이런 살인은 불특정 대상을 향한 폭력으로 인한 살인이라고 보기보다는 측근일 수도 있습니다. 모든 사람들 심지어 우리가 사랑하고 우리를 사랑해 주는 사람들에게서조차 살인을 저지를 수 있는 잠재력이 내재되어 있답니다."

형사가 묘한 표정을 지으며 휘철 모자를 노려본다. 턱이 뾰족하여 경박하게 보이는 그의 말에 미애가 발끈했다.

"그럼 우리 가족이 가장을 죽였단 말입니까? 그리고 그 사람이 실종된 곳은 이곳이 아닙니다. 서울 강남의 아파트에서 실종된 것을 어쩌자고 이웃집의 여대생 실종사건하고 연관을 짓고 이 야단입니까?"

미애는 악을 쓰면서 대들었다. 형사들은 갑자기 드세어지는 여자의 거셈에 밀려서 눈만 멀뚱거렸다.

"시신을 찾지 못해 고통스러워하는 가족들을 향해 이게 무슨 행패입니까. 그런 사건도 해결 못하는 경찰이 대한민국의 녹을 먹고 사는 사람들입니까. 이제 와서 가족을 의심하다니 기가 막혀 죽겠네. 어엉엉……."

미애는 두 발을 쭉 뻗고 마당에 주저앉아 통곡을 했다. 형사들은 뒷걸음질을 해서 대문을 빠져나갔다. 미애는 한참을 그렇게 울다가 벌떡 일어나서 대문빗장을 단단히 걸어 잠그고는 안방으로 들어갔다.

"너도 어서 자거라. 오늘은 아무 생각 말고 푹 쉬어. 문전옥답 두렁에서 나 혼자 힘으로 고구마를 캤는데 한 두

렁을 캐지 못하고 놔두었다. 내일 네가 그걸 다 캐내라. 아마 사과상자로 셋은 나올 거다."

휘철은 건넌방으로 들어가 누웠으나 도저히 잠을 이룰 수가 없었다. 가방에서 수면제를 꺼냈다. 늘 먹던 양보다 배를 먹고 깊은 잠속으로 빠져들었다.

안개가 활짝 걷힌 아침부터 휘철은 대문 앞밭에서 고구 마를 캐는 작업에 들어갔다. 고구마 잎과 덩굴은 이미 말 라붙어서 걷어내기가 쉬웠다. 도심지를 벗어난 가을햇살 은 제법 강해서 오전 내내 일한 그의 얼굴이 벌게지더니 이제 살짝 까만 기운이 돈다. 열 트럭 넘는 흙을 날라다 논에 부은 탓인지 딱딱하게 굳어 얼마나 단단한지 어머니 가 고구마를 캐다가 포기한 이유를 알 듯했다. 단단한 땅 속에서 자란 고구마는 일제히 몸을 곤두세우고 있어서 아 주 깊이 파야했다. 눕지도 않고 서 있는 꼴에서 혐오감이 왔다. 몸을 다치면 값이 나가지를 않는다고 여러 번 어머 니의 잔소리를 들은 터라 고구마 포기를 중심으로 호미로 살살 굳은 흙을 달래놓고 쇠스랑으로 깊이 파도 더러 키 가 큰 고구마는 상처를 입게 마련이다. 일을 하는 것은 그 에게 좋았다. 잠시라도 불안한 망상에서 벗어날 수 있기 때문이다. 오로지 한 가지에만 정신을 쏟으니 머릿속에 실타래처럼 뒤엉킨 생각들이 잠시 자취를 감추었다.

"고구마를 캐어 나란히 밭둑에 널어라. 캐다가 상처를 내면 고구마끼리 몸에서 나오는 진물이 서로 엉켜 붙어서 썩는다.”

어머니의 잔소리를 들으며 그는 캐낸 고구마를 일렬로 빈 밭두렁에 죽 늘어놨다. 일리가 있는 말이다. 햇살에 살짝 젖은 고구마는 포송포송 말라서 저장하기 좋은 상태가 되기 때문이다.

늘 머리를 아프게 하던 고통은 사라졌는데 그 자리에 옆집의 여대생이 자리를 잡았다. 지금은 처녀가 되어서 여대생이라고 하지만 기숙는 휘철보다 다섯 살이 어리다. 여름방학이나 겨울방학에 외할머니 댁에 오면 으레 함께 연을 날리고 논에서 썰매를 타면서 놀았던 여자애였다. 그가 군에 가있는 사이 숙녀로 변한 모습은 떠오르지 않고 콧물을 흘리면서 감을 따달라고 따라다니고 추석에는 다홍치마에 노랑 저고리를 입고 함께 뒷산에서 밤을 줍고 도토리를 줍기도 했었다.

갑자기 경찰차가 휘철이 고구마를 캐고 있는 앞에 멈춘다. 어제 보았던 형사들이 아니다. 이번에는 세 명이 그를 향해 손짓을 한다. 휘철은 진흙이 잔뜩 엉겨 붙은 헝겊장갑을 벗으며 그들에게 다가갔다. 가슴이 콩닥콩닥 뛰었다. 심호흡을 깊이 하면서 약간 얼굴이 붉어진 걸 숨기기 위해 잠시 엎드려 캐놓은 고구마를 빈 밭두렁에 죽 늘어놓고 저들을 향해 걸었다.

“잠시 조사할 것이 있어서 그러니 파출소로 갑시다.”

“어머니께 말씀드리고 옷을 갈아입어야지 어떻게 이렇

게 갑니까. 그리고 무슨 일로 그럽니까?"

"여대생, 강기숙 양이 실종된 사건 때문이야."

"그럼 저를 의심하시는 것입니까?"

"의례상 모든 사람이 조사대상이야."

반말을 쓰며 무섭게 딱딱거린다. 휘철이 옷을 갈아입을 시간을 주질 않아 흙이 묻은 그대로 저들의 차에 올라탔다.

"일주일 전에 어디에 있었어?"

"일주일 전에 제대하여 친구 집에 머물렀습니다."

"집으로 바로 오지 않고 친구 집에 있었다는 것이 이상하지 않나. 그 친구가 누구요? 알리바이를 댈 수 있나?"

"그 친구는 지금……."

"말을 못하는 것이 이상하지 않나. 당신이 죽였지. 시체를 어디에 두었어. 빨리 고백하는 것이 좋을 걸."

저들의 언성이 높아지고 완전히 죄인을 다루듯 마구 얼러대기 시작했다. 이 동네에서 기숙를 넘볼 사람은 휘철이 밖에 없다고 야단이었다. 일주일 전 제대를 하고 나오면서 길에서 기숙를 만나서 납치하여 강간하려다가 말을 듣지 않아 죽인 것이 틀림없다고 마구 소설을 써가면서 으르렁거렸다. 가슴이 울렁거리고 눈앞이 빙빙 돌았다. 심장이 뛰고 정신을 차릴 수가 없었다. 저들은 아예 휘철을 여대생 살인범으로 낙인을 찍고 대들었다.

제일 인상이 험상궂은 형사가 책상을 처가면서 고함쳤다. 가히 위력적이라 무섬증으로 인해 휘철은 간이 쪼그라들었다.

"순순히 자백하는 것이 좋을 거야. 살인에 대한 충동은 인간의 본성이야. 순하게 응하지 않으니까 죽인 것이지. 그렇지?"

"무슨 말을 하십니까? 전 기숙를 여동생처럼 생각하지 성적대상으로 보지 않습니다. 더구나 전 아직 숫총각입니다."

"그러니까 널 범죄자로 지명하는 거야. 차라리 창녀들이나 건드리는 그런 남자라면 넘어갈 수 있는데 이런 순진한 숫총각이 문제 있다고. 군대를 다녀온 사람이 아직도 동정이라면 믿을 사람이 있다고 생각하는 거야. 그렇지. 내 말이 맞지."

졸지에 여대생살인자로 몰린 휘철은 알리바이를 증명하기 위해 친구를 불렀으나 친구는 여행 중인지 전화를 받지 않았고 연락 두절이었다. 애인하고 일주일 두바이를 다녀온다고 하더니 그리로 간 모양이었다. 어쩔 수 없이 휘철은 집에 갈 수가 없었고 형사들의 시달림을 받으면서 갈등했다.

친구가 두바이에서 돌아온 뒤 알리바이를 증명해줘서 무죄가 증명되어 풀려나온 휘철은 거의 죽을상이었다. 워낙 건강하지 못한 몸에 마음을 다쳐서 휘청거릴 정도로 현기증이 났다. 머리를 숙이고 우울하게 들어서는 아들을 껴안아 들이는 미애의 얼굴은 백지였다. 휘철은 어머니의 품에서 흐느꼈다. 고통이 가슴을 뚫고 지나갔다. 어머니는 눈이 짓무르도록 울어서 눈가장자리가 벌겋게 부어올랐다.

"힘들면 미국으로 잠시 유학을 가려마. 2년간 어학연수를 다녀와도 된다."

"어머니, 이 집을 팔고 떠납시다. 삼월이 이 집에 눈독을 들이고 있는 모양인데 그 아주머니에게 팔고 이사 가요. 우리 깊은 산속으로 이사 가서 조용히 살아요."

그러자 미애의 얼굴이 일그러졌다. 고통이 그녀의 얼굴에 스친다. 머리를 푹 숙이고 있더니 어렵게 입을 연다.

"나는 이 집에서 떠날 수 없다. 여기서 죽어나갈 것이다. 설혹 만에 하나 이 집을 팔 수 있는 기회가 와도 삼월에게는 이 집을 절대로 팔지 않는다. 내 눈에 흙이 들어가면 이 집을 팔 수 있을 것이다."

전기스탠드의 흐린 꼬마전등알을 켜놓고 휘철이 일어섰다. 어머니는 늘 그랬던 것처럼 몸을 콩 벌레처럼 도르르 말고는 무릎을 깔고 엎드렸다. 베게 밑에서 성경을 꺼내 그 위에 머리를 얹는다. 동그란 공처럼 어머니는 그렇게 무릎을 꿇고 엎드려 두 손을 모았다.

3

휘철이 초등학교 졸업반이었던 성탄전야가 또렷하게

살아난다. 아버지는 늘 자정에 집에 들어선다. 특히 아버지의 직장이 쉬는 금요일 저녁이 문제였다. 언제나 틀림없이 그날 밤에는 아버지는 술에 취해 몸을 가누지 못할 정도였다. 어떤 때는 아파트 초입에서 바지를 벗어 두르르 말아 머리에 베고 대자를 그리면서 사지를 펴고 잠을 자기도 해서 경비가 끌어들이기도 했다. 이렇게 집에 들어서면 그때부터 못된 주사가 시작된다.

"야, 이 집의 장남이란 자식, 이리 나와."

휘철이 자신의 방에서 숙제를 하다가 아버지가 경비의 손에 이끌려 들어오는 소리를 들으면서 귀를 곤두세운다. 오늘도 그냥 지나가기는 틀린 모양이다. 비실비실 거실로 나간다.

"이리 와서 내 앞에 무릎 꿇고 앉아."

휘철이 그의 앞에 시키는 대로 무릎을 꿇고 앉자 어머니는 가슴을 졸이면서 두 사람 사이를 번갈아본다.

"넌 애비가 들어오는 대도 나와서 인사도 않고 무엇 하는 자식이야. 될성부른 나무는 새싹부터 본다고 넌 싹수가 노랗구나. 넌 아무리 봐도 쓰레기야. 진작 저 쓰레기 더미에 처박아야할 아무 짝에도 쓸데없는 말라빠진 시래기 같은 놈이야."

어머니는 옆에서 바들바들 떨기만 한다. 아버지의 어깨 밑에 들 정도로 키가 작은 어머니는 감히 아버지를 대항해서 싸울만한 육체적 힘이 없다. 가족들 중 그 누구도 아버지에게 대적할 만한 조건이 되질 않는다. 자신도 이제 겨우 초등학교 6학년이니 어머니만도 못하다. 아버지는 우선 외적조건에서 대결상대가 아니다. 그래도 어머니를 보호해야 한다는 마음으로 두 주먹을 불끈 쥐고 휘철은 아버지의 앞에 버티고 섰다.

"아하! 요것 봐라. 나하고 한번 붙어보겠다고. 어디 해볼까. 요 조그마한 놈이 벌써부터 아비에게 감히 덤벼."

정말로 아버지는 아들을 죽일 것처럼 두 손으로 그의 허리를 사뿐하게 안아서 위로 치켜든다. 마루 위에 내팽개치든지 아니면 이빨로 머리라도 물어뜯을 태세다. 지푸라기처럼 위로 치켜 올려진 휘철은 발버둥을 쳤으나 힘으로 감히 대적이 되질 않았다. 고함을 치면서 울어대자 다급해진 어머니가 그 작은 몸을 화살처럼 빠르게 남편의 가슴팍으로 날리면서 덤벼들어 덥석 물어뜯는다. 아악! 소리를 지른 아버지는 휘철을 마룻바닥에 내팽개치고 이번에는 어머니에게 덤벼든다. 어머니는 아들을 향해 절규한다.

"어서 네 방으로 들어가서 방문을 잠가라. 어서 빨리. 네 동생, 휘중이가 문밖에 나오지 않도록 함께 있어라."

어머니는 아버지의 손에 짓이겨지고 있었다. 아버지는 엄마의 배를 마구 걷어차고 머리칼을 휘어잡아 휘휘 돌리기도 한다. 어머니는 아버지의 손에서 공기돌처럼 이리저리 휘둘리다가 머리를 벽에 세게 부딪혀서 정신을 잃고 축 늘어진다.

휘철은 어머니가 지시한대로 안으로 들어가지 않고 아버지를 독이 서린 눈으로 노려보았다. 지글지글 끓는 눈에서는 불이 확확 쏟아져 나온다. 겨우 정신이 돌아온 어머니가 바들바들 떨면서 간신히 몸을 가눈다. 아들과 아버지가 눈싸움을 하는 동안 엄마는 간신히 몸을 빼내서 현관 밖으로 탈출한다.

'나는 어서 커야 한다. 이 남자보다 키도 훨씬 더 크고 힘도 세고 몸집도 커야 한다.'

휘철은 분노로 타는 눈을 치켜뜨고 두 주먹을 불끈 쥐고는 눈에 힘을 주고 아버지를 응시한다. 그런 아들의 눈과 마주친 아버지는 술에 취해 몸이 잘 조정이 되지 않지만 아주 기고만장하게 고함을 친다.

"넌 개만도 못한 놈이야. 네 어미처럼 못난 여자에게서 태어났으니 좋은 놈일 수가 없지. 난 이래서 술을 먹는다. 이 여자 때문에 일생을 망친 놈이라 이렇게 술을 먹고 온다고."

휘철을 향해 헛손질을 휘두르면서 발길질을 하는 동안 미꾸라지처럼 휘철은 아버지의 손과 발을 피해 몸을 도사렸다. 더 화가 치민 아버지는 술래잡기를 하듯 이리저리 몸을 비틀면서 휘철을 잡기 위해 열중한다. 줄넘기를 하듯 휘철은 몸을 아주 민첩하게 피하면서 약을 올린다.

누나 휘선의 방에서 가냘픈 울음소리가 난다. 다행히 유치원에 다니는 휘중은 초저녁잠이 많다. 아홉 시가 지나면 누가 안아가도 모르게 깊이 잠이 들기 때문에 이런 소동에서 피해갈 수 있었다. 막내 휘중은 아침에 일어나면 집안에 무슨 일이 일어났는지 모르고 언제나 해맑은 웃음을 지으면서 밥상에서 조잘댄다. 다행히 막내는 이 시간에도 깊이 잠이 들었는지 잠잠하다. 만약 이런 때 잠이 깨서 나온다면 얼마나 큰 충격을 받을까. 무슨 일이 있어도 동생 휘중이만은 보호해야 한다는 사명감이 휘철의 가슴에서 치솟는다.

누나 휘선은 중학교에 다니지만 굉장히 내성적이다. 이런 소동이 일어나면 방문을 걸어 잠그고 옷장 안에 숨기도 한다. 누나가 소리를 죽이지 못하고 흐느끼는 소리가 밖에까지 들리는 걸 보면 굉장히 무서워서 공포에 휘감긴 것이 틀림없다.

아버지는 아들하고 술래잡기하듯 거실을 휘젓고 다니다가 간신히 휘철을 잡은 뒤에는 마치 낚시질해서 건져 올린 대어를 바라보듯 느끼할 만큼 비릿하고 희끄무레한 눈빛을 발하면서 헤헤거리고 웃는다. 공포에 질린 휘철은 도움을 요청하려고 아무리 둘러봐도 거실엔 단 둘 뿐이다. 어머니는 간신히 몸을 피해 밖으로 도망 가버렸고 이제 둘만의 공간에 버려진 셈이다.

'살아야 한다. 나는 살고 싶다.'

이 괴물하고 싸워서 살아남아야 한다는 절박감에 죽을 힘을 다 해서 몸을 빼내려고 발버둥 치면서 자반뒤집기를 했다. 그럴수록 아버지는 아들의 안간힘이 재미있다는 듯 기이하게 이글어진 요상한 눈을 뜨고 포획한 먹이 감을 노려본다.

이제 기운이 진해서 이러다가 죽는 것이 아닌가 하는 생각에 빠지면서 휘철은 전신의 힘을 놓아버린다. 아버지의 발밑에서 축 늘어졌던 어머니처럼 무력해진 그는 온몸을 그의 손에 내던져버렸다. 이런 휘철을 물끄러미 노려보다가 안방으로 들고 가서 농속에 집어던져버리고 농문을 잠가버렸다. 어머니의 옷이 걸린 농이었다. 엄마의 냄새가 왈칵 콧속으로 파고든다. 그제야 눈물이 질질 그의 푸르죽죽한 뺨을 타고 흘러내렸다.

'내가 잘못해서 이런 일이 터지는 거야. 아버지의 말대로 내가 싹수가 노란 놈이라 아버지가 귀가했을 적에 인사를 하지 않아서 이런 일이 일어난 거야. 다음부터는 인사를 열심히 해서 아버지 마음을 기쁘게 해야지. 내가 쓰레기처럼 쓸모가 없기 때문에 아버지는 낙망하는 것일지도 몰라. 훌륭하게 되도록 더 열심히 공부도 하고 착한 애가 되어야지.'

이런 생각을 하면서 휘철은 농속에 갇혀 바깥 상황에 귀를 기우렸다. 아버지는 이제 혼자서 거실의 가구들을 내던지고 있다. 어머니가 어제 사온 보라색 난초는 꽃도 예쁘지만 화분이 운치가 있었다. 어제 12번째 맞은 휘철의 생일을 축하하며 사온 열두 송이 꽃이 핀 동양난초 화분이다. 화분의 볼에는 아이들이 제기차기를 하면서 노는 동양화가 그려져 있다. 이 화분을 거실 바닥에 내던졌는지 굉음이 난다. 화분의 흙들이 와르르 마루 위에 쏟아지는 소리가 가슴이 철렁할 정도로 휘철을 사로잡았다. 여기를 어떻게 해서든지 빠져나가야 하는데 살살 농문을 밀쳐보니 부실하게 잠겼던 농문이 비식 열린다.

휘철은 생쥐처럼 농을 빠져나와서 방문을 빠끔히 열고 거실을 훔쳐본다. 아버지는 이 밤에 다행히 난초화분만 깨버렸지만 화분에서 쏟아져 나온 작은 돌들로 인해 거실은 난장판이었다. 아버지는 거실 한가운데 대자를 그리면서 누워서 실성한 사람처럼 천장을 향해 뭐라고 주절대면서 주먹을 휘두르기도 한다.

초인종소리가 거칠다. 현관문이 잠겨있지 아니한데 마구 누르는 폼이 어머니는 아니었다. 나갈 사람이 없다. 어쩔 수 없이 휘철이 생쥐처럼 살살 아버지를 피해 난장판의 가장자리로 빠져나가 현관문을 열었다. 경비였다.

"아파트 주민들의 신고가 들어왔어요. 밑층 사람하고 윗집에서 잠을 잘 수가 없다고 야단이니 어쩝니까. 제발 아파트에선 밤중에 조심하셔야지 이렇게 난리를 치면 여기서 살지 못합니다."

"미안해요."

기어들어가는 목소리로 말하는 휘철의 뒤를 살핀다. 깨어진 화분 위에 누워서 흥얼대는 아버지를 보고 경비는 혀를 찬다. 이런 일이 다반사로 일어나니 어찌하면 좋으냐는 안타까운 표정이다.

"어머니는?"

"피해 나가셨어요."

"쯧쯧…… 공부를 많이 해서 의사가 된 분이 이게 무엇하는 짓인지 모르겠네. 어린 자식들이 무슨 죄가 있어. 셋이나 되는 자식들 생각도 해야지. 또 연약한 이 집 엄마는 눈 뜨고 볼 수 없을 정도로 말라가지고 쯧쯧……"

경비가 혀를 차면서 현관문을 닫고 나간다.

휘철은 어머니가 돌아올 경우를 대비하여 현관문을 잠그지 않고 자기 방으로 들어갔다. 다행히 막내, 휘중은 깊은 잠에 빠져있다. 동생의 어깨까지 이불을 덮어주고 방문을 단단히 걸어 잠그고는 책상에 앉았다.

아버지는 왜 집에 오면 식구들을 들들 볶고 윙윙 거리는 수벌이 되는 것일까. 식구들 모두가 피하기만 한다. 벌에 쏘이질 않으려고 눈치를 보면서 도망 다닌다. 옆방 누나의 방에 귀를 기우려본다. 조용하다. 누나도 이제 안정하고 잠이 든 모양이다.

책상 위에 엎드렸다. 눈물이 펴놓은 국어책 위에 줄줄 흘러내려 홍건하게 고였다. 윽박지르지 않고 다정하게 사랑을 베푸는 아버지를 가졌으면 좋겠다. 의사가 아니라 회사원 아버지든지 시장에서 군고구마를 팔든지 생선장사를 하는 아버지라도 좋다. 돈을 벌지 못하여 가난하게 사는 아버지도 좋다. 달동네의 판자집에 살아도 가정에서 좋은 아버지만 된다면 그것으로 족하다.

어머니는 언제나 아버지가 공부하느라고 힘드니 조용히 하라고 꼬마시절부터 윽박지르기만 했다. 아버지가 집에 들어오면 모두 숨을 죽이도록 얼마나 단속을 하는지 아버지는 이 집안의 제왕이요, 황제였다. 세종대왕처럼 훌륭한 왕이 아니라 식구들을 들볶는 악한 왕 말이다. 무거운 가방을 들쳐 메고 밤늦게 들어서는 아버지는 언제나 얼굴이 우거지상이었다.

할아버지가 떠올랐다. 할아버지는 또 술을 얼마나 많이 마시는지! 얼굴이 새까맣게 타고 눈은 누렇다 못해 생선가게에 놓인 물간 동태눈처럼 흐리멍덩했다. 그런 할아버지는 아버지 다음으로 어머니를 괴롭히는 사람이었다. 할아버지가 오면 어머니는 아버지가 집에 들어올 때처럼 주눅이 들고 원하는 술을 사다가 앞에 대령하고 쩔쩔맸다. 언제나 할아버지는 어머니가 돌볼 몫이고 어머니는 할아버지의 먹이었다. 아버지의 아버지이면 아버지가 돌봐야 하는 것이 아닌가 하는 생각이 늘 휘철의 마음을 떠난 적이 없었다. 할머니는 이런 할아버지가 무서워서 젊은 시절, 아버지가 꼬마였을 적에 도망가버려서 지금까지 살았는지 죽었는지 어디서 사는지 아무도 모른다고 한다. 할아버지는 시골에 살면서 이따금 올라와서 어머니를 들볶다가 생활비를 받아가지고 가는 분이다. 남들은 할아버지의 손자사랑이 크다고 하는데 휘철은 할아버지하고 마주치지 않으려고 그가 오는 기척이 들리면 아예 방으로 들어가 숨어버렸다.

아침 식탁에는 여전히 따끈한 밥이 놓여있고 아버지를 위해 끓인 북어국이 준비되어 있다. 어머니는 밤에 어디 있다가 이렇게 들어와서 식구들 음식을 챙기는 것일까. 어머니는 신비한 여인이었다. 할머니처럼 도망가지 않고 가정을 지키면서 자식들을 돌보는 것이 휘철의 눈에는 굉장한 일로 비췄다. 이런 아침엔 언제나 기적이 일어난 것처럼 가정에 평화가 스며들었다. 그래도 항상 어머니가 할머니처럼 자식들 버리고 도망가면 어쩌나 하는 두려움으로 떨면서 휘철은 어머니를 관찰하곤 했다. 학교에 갔다 올 적에도 어머니가 갑자기 할머니처럼 사라져버렸으면 어쩌나 하는 무섬증으로 초인종을 누를 적마다 손이 떨렸다. 그러나 언제나 어머니는 그 자리에 오뚝이처럼 서 있었다. 아무 일도 없었던 것처럼 활짝 웃으면서 학교에서 돌아오는 세 자녀들을 맞았다.

언젠가 어머니와 둘이서 마트에 들려 시장을 보면서 나이 지긋한 부부가 다정하게 카트를 끌면서 시장을 보는 장면을 목격했다. 휘철은 어머니의 표정을 살피면서 소곤거렸다.

"어머니, 왜 우리 아버지는 술만 먹고 집에 오면 때려 부스고 어머니를 때리고 우릴 못 살게 굴어요."

"원래 너희 아버지는 좋은 분이란다. 아침에 술에서 깨면 얼마나 순하고 미안해하는지 넌 모르지. 참 좋은 분인데 술만 들어가면 사람이 그렇게 이상하게 변하는구나. 우리가 참아야지 어떻게 하니. 이 세상에 하나뿐인 너희들의 아빠가 아니냐."

"그런데 왜 술을 마시지요? 술을 먹지 않으면 되잖아요. 다른 집 아빠들처럼 술을 마시지 말고 우리에게 다정한 아빠가 되면 좋겠어요."

"어른이 된 남자들의 세계에선 우리가 이해 못할 일로 힘이 들어 그런단다. 아빠도 의사가 되는 공부를 하느라고 너무 많이 고생했는데 병원에서 하는 일이 잘 풀리지를 않으니까 자꾸 술을 드시는 거야. 이제 일이 잘 풀리면 괜찮을 거야. 우리가 조금만 참자. 가족인 우리가 아버지를 위해 주면서 힘을 내야지."

어머니는 이렇게 아버지를 두둔하고 나선다. 그의 눈에는 아버지는 도저히 변할 것 같지 않은데도 어머니는 아버지 편이었다. 아마도 엄마는 아빠를 좋아하나 보다. 이렇게 나쁜 아빠 편을 드니 말이다. 아무튼 엄마는 밑동까지 흔들리는 아들, 휘철에게 엄청난 미쁨을 주는 세상에서 가장 존경할 수 있는 여인이었다.

어머니의 이런 헌신적인 삶에도 불구하고 어린 시절 휘철의 가정은 돛이 폭풍에 갈기갈기 찢겨진 난파선 그대로였다.

4

휘철은 대학가에 오랜 만에 나왔다. 변화의 물결을 금세 몸으로 느낄 수 있었다. 우선 많은 사람들이 핸드폰을 들고 다녔다. 초등학생들까지 모두 손에 핸드폰을 들고 있다. 심지어 위험한 한길을 건널 적에도 그걸 귀에 대고 있었다. 무슨 이야기가 그렇게 많은 것일까. 모두가 귀에 핸드폰을 대고 걷는다. 세상이 온통 말을 해야 살 것 같은 분위기에 빠져있었다. 말천지에 빠져든 형상이다. 집에서나 학교, 직장에서 못하는 대화를 이렇게라도 해서 채우려는 것일까. 무슨 할 말이 그다지도 많단 말인가. 휘철은 그렇게 전화를 걸 사람도 없고 할 말도 없다. 아니 이런 가정의 불행한 실상을 숨겨야할 처지라 되도록 입을 열지 말아야 한다. 만약 거리에 물결치는 사람들처럼 말을 한다면 이 집안의 어두운 면이 모두 까발려져서 얼굴을 들고 다닐 수 없을 지경에 이를 것이다. 그게 무서웠다. 해서 그는 핸드폰을 거절한다. 이를 악물고 입을 다물어서라도 집안을 지키기 위해서이다. 다른 집과 다른 이런 괴짜 집안의 내막을 숨기기 위해서는 함구하는 길이 최선책이다. 또 친구들을 사귀지 말아야 한다. 만에 하나 마음에 드는 친구라도 생겨서 입을 여는 날이면 바람처럼 냄새처럼 그의 집안의 무섭고 창피한 사정이 세상에 알려지면서 자신은 함정을 파고 땅속으로 꺼져야 하는 신세가 될 수도 있다는 강박증으로 사람들과 눈을 맞추는 것도 두려웠다. 해서 될 수 있으면 살아서 움직이는 모든 사람들 심지어 동물까지도 피하고 있었다.

학교 앞 커피숍이 눈에 들어왔다. '푸른 초장'이란 간판이 출입구에 비하여 조그맣게 써 붙인 것이 앙증맞았다. 휘철은 갑자기 커피가 마시고 싶었다. 싸한 커피의 진한 냄새가 코끝을 자극해서 홀리듯 다방 안으로 끌려들어갔다. 초입에 놓아둔 바퀴라가 청청한 초록색 잎을 자랑하면서 천장까지 자라 오른 너부죽한 잎들을 밑으로 축 늘어트리고 있다. 아버지가 술만 취하면 난동을 부리는 환경에 익숙해져서 휘철은 늘 쓰레기집하장에 버려진 기분이었다. 이런 그가 이렇게 향기가 은은하게 풍기는 편안한 장소에 들어서니 자신의 몸에서 쓰레기냄새라도 날 것 같아 머리를 푹 숙이고 입구의 오른쪽 한구석에 몸을 앙당그리고 앉았다. 어디든지 낯선 곳이나 사람들이 모인 곳에 가면 수꿀한 느낌이 들어 언제나 머리를 들 수가 없다. 그는 어깨를 앞으로 숙이고 몸을 도사린 자세로 앉아있었다. 그가 자리를 잡고 앉자마자 여학생과 남학생들 10여 명이 와글거리면서 들어와 한가운데 자리를 잡는다. 왁자지껄 떠들면서 웃어대는 소리와 여자가 끼었으면 언제나 호기를 부리는 남학생들의 목청 큰 음성으로 인해 커피숍은 잠에서 깨어난 호숫가처럼 시끌시끌했다. 일어서야 한다. 이렇게 소란한 곳은 그의 성격에 맞질 않는다. 그러나 커피숍에 앉았던 자릿세는 내야한다는 생각에 이러지도 저리지도 못하고 엉거주춤 휘철은 일어서지를 못한다.

저들의 소란 속에서 살그머니 머리를 들고 안을 둘러보니 이 커피숍은 수리하여 오픈한 지 얼마 되지 않은 모양이다. 새 집이나 새 가구 냄새를 제거한다는 싱고니움 두 그루가 다방 카운터 양쪽에 놓여있다. 상큼한 향기를 풍기는 로즈허브가 탁자마다 놓여있다. 요즘처럼 봄바람이 세게 불적에는 감기가 많이 걸리는데 이걸 염두에 두었는지 살균효과까지 있다는 골든 레몬 타임도 계산대 옆에 놓여있어 그 잎이 아주 싱그러웠다.

10여 명이 넘는 학생들이 떠드는 소리가 그의 귀엔 따발총을 쏴대는 전쟁영화 장면처럼 참을 수가 없었으나 자리 값을 내고 가야한다는 일념에 사로잡혀서 꿰다놓은 보릿자루처럼 앉아있었다.

그의 눈에 여학생들과 어울린 남학생들이 시골장터에서 흔히 볼 수 있는 집 잃은 들개들처럼 보였다. 발정한 암컷을 찾아 헤매는 그런 류의 지저분하고 동물적인 면만 간직한 보잘 것 없는 개들 말이다. 여자들도 발정을 하면서 수캐를 끌어들이는 수작을 하느라고 머리를 굴리는 천박한 여자들처럼 시답잖아 보였다. 이상하게도 휘철에게 여자는 조금도 매력이 느껴지지 않는다. 남녀가 가까이 한다는 것은 서로 육체적 필요를 느껴 자식을 낳고 성적 쾌락을 즐기기 위한 만남이라고밖에 보이질 않았다. 개나

돼지들이 새끼를 낳으려고 붙은 것처럼 인간이 모두 동물로 보였다. 지금 자신의 앞에서 떠들고 있는 남녀학생들이 조금도 싱그럽고 성스럽지가 않았다. 저들 몸의 내장까지 다 드려다보였고 똥도 보였다. 저들 모두가 사람 탈을 쓰고 동물처럼 짝짓기를 하려고 모인 것으로 보이면서 수체구멍냄새가 왈칵 풍겨서 비위가 상했다.

특히 휘철의 정면에 앉은 여학생은 입이 메어터지게 과자를 입에 넣고 와작와작 씹으면서 해죽이며 웃는 꼴이 아주 생뚱맞아 보였다. 그녀가 원하는 것은 마음에 맞는 남학생과 어서 빨리 이 자리를 뜨고 싶어 안달이 난 발정기의 여자처럼 보였다. 사람의 탈만 썼을 뿐이지 인간도 모두 동물이란 것이 그의 지론이었다. 어느 책에선가 읽은 것처럼 인간이란 절대로 둘이 하나가 될 수 없는데 자꾸 둘이 하나가 되려고 하는 바보들이 있어서 인간사에 고통이 끼어든다고 한다. 서로 발샅에 때만큼도 여기지 않는 삶이 피차 편안할 터인데 머리가 조금 이상한 사람들이 사랑이니 뭐니 해가면서 둘이 하나가 되려고 하는 바람에 사회도 역사도 가정도 뒤틀린다는 지론에 휘철은 동의하고 있었다. 어차피 인생길이란 혼자 가는 것이란 나름대로 설정한 진리를 고수하면서 자신이 속한 가정의 징그러움에 몸을 떨었다. 아무튼 가정이란 지옥이라고 정의를 내려놓고 남녀문제도 지저분하다는 결론을 내려놓고 있었다. 그의 가정이 대표적인 본보기가 아닌가.

어서 불혹의 나이를 지나 지천명에 이르고 조금 더 오래 살아 이순이 되면 얼마나 행복할까. 그때가 되면 흰 머리를 휘날리며 지팡이를 짚고서도 규범에서 벗어난 자유를 노래할 수 있을 것이니 말이다.

학생들이 너무 떠드니까 휘철이 푸른 초장에 들어왔을 적에 은은하게 잦아들던 음악소리도 들리지 않았고 시장바닥처럼 오로지 사람들의 목소리로 커피숍은 소란했다.

"학생, 너무 시끄러워서 미안해요. 무슨 차를 드릴까요."

자신만의 생각에 깊이 잠겨있던 휘철은 라벤더향기를 은은하게 풍기는 여자의 음성에 화들짝 놀라서 머리를 들었다. 순간 숨이 멎었다. 엄청난 마력에 끌려들어가듯 몸이 빨려들어갈 것 같은 분위기에 휩싸였다. 왜 자기는 시끄러운 소리를 뒤로 하고 그의 앞에 다소곳하게 서 있는 여자는 그가 커피숍 안으로 들어설 적에 보지 못했던 얼굴이다.

"진작 모셨어야 하는데 제가 잠깐 나간 사이 맡겨둔 아이가 손님을 섭섭하게 대해서 죄송합니다."

사뭇 머리를 조아리는 폼이 일본여인이 아닌가 하는 생각도 들었다. 손등까지 내려온 블라우스의 홍자색 주름이 봄 들판에 지천으로 무리지어 피어있는 자운영처럼 보였다. 다시 머리를 들어 여자를 응시했다. 좀 전에 느꼈던 마음을 확인하려는 듯 눈을 크게 뜨고 여자를 직시했다. 가뭇없이 앞에 서 있는 여인에게 빨려 들어가는 기분이었다. 왜 이럴까. 그는 머리를 흔들었다. 이게 아닌데 왜 이러지 하면서 여자의 눈을 빤히 응시했다. 티 한 점 없는 명징한 눈이었다.

"철학을 공부하는 학생 같군요. 무얼 그렇게 깊이 생각하세요. 눈이 아주 깊은 곳을 헤매는 것을 보니 아주 멋있어 보여요. 철학은 그렇게 해야 극점에 도달한다고 들었어요."

"저 커피로 주세요."

여자의 눈길을 피하기 위해 간단하게 말했다.

이상했다. 여자를 보고 이상한 기분을 느끼게 되다니! 그는 머리를 갸우뚱거리면서 골몰하게 생각했다. 맞다. 여자의 얼굴 때문이었다. 어머니의 갸름한 달걀형의 여린 얼굴이 아니다. 여월 대로 여위어 살 한 점 없는 몸피가 아니다. 푸근하고 무엇이나 감싸 안을 정도로 폭이 넓고 지성이 어리고 부드러움이 고인 얼굴과 몸에서 그윽한 향기가 풍겼다. 박꽃처럼 청초한 얼굴과 하얀 피부를 가진 이목구비가 아주 또렷한 얼굴이었다. 온화함이 풍기는 얼굴이 그를 안정시켰고 위로를 주었다. 세상에! 어떻게 이런 얼굴이 있을까. 이건 순간적으로 다가온 느낌이었다. 요즘 텔레비전에서 판을 치는 그런 여자들의 얼굴이 아니었다. 그녀의 얼굴은 눈에 쌍꺼풀이 지고 코는 오똑하고 뺨에서는 윤기가 흐르고 턱은 뾰족하고 주름 살 없는 그런 류의 엇비슷한 얼굴들이 아니다. 텔레비전에 나오는 얼굴들은 너무나 엇비슷해서 개성이 없고 모두가 그렇고 그런 얼굴이다. 마치 그런 얼굴을 가진 배우들을 골라서 죽 나열하여 세워놓은 아름다움의 규격품처럼 보이는 얼굴이 아니다. 이 여자의 얼굴은 아주 정반대였다. 동그랗고 보송한 푸근한 얼굴에 턱도 아주 부드럽고 동글납작하다. 어디서 아주 익숙하게 많이 본 얼굴이다. 한참 고심했다. 이런 얼굴을 어디서 보았단 말인가. 생각이 나질 않는다. 그러나 인생에 지쳐버린 휘철을 푸근하게 해주는 그런 얼굴이요, 평안함을 주고 푹 감싸 안아주는 그런 분위기를 지닌 여자를 만난 것이 참으로 기이했다. 누나로 치자면 바로 위의 누나가 아닌 제일 나이가 많은 큰 누나 같은 여인이었다.

주문한 커피를 마시면서 살그머니 머리를 들어 카운터를 보았다. 여자도 휘철 쪽을 보면서 눈이 마주치자 가만히 살짝 웃어주었다. 아주 부드럽고 넉넉한 얼굴이었다.

언제까지 이렇게 떠들면서 소동을 부릴는지 모르는 학생들을 뒤로 하고 카운터에 돈을 지불하고는 밖으로 나온 휘철이 자꾸 머리를 돌려 '푸른 초장'이라고 쓴 간판을 보았다. 일생 처음으로 여자의 얼굴을 보고 편안을 느꼈던 집이라 아무리 생각해도 너무 신기했다.

5

종갓집으로 향하는 길로 접어들자 의례 그랬듯이 휘철

은 다시 아버지의 얼굴을 밟기 시작했다. 그런데 여대생이 실종된 집에서 외등까지 켜놓고 통곡소리가 마을초입까지 울려 퍼진다. 무슨 일이 일어났을까. 갑자기 가슴이 뛰기 시작한다. 아버지의 얼굴을 하루 만 번을 밟아야 하는데 여대생인 기숙의 집에서 난리가 났으니 그곳을 향해 뛰기 시작했다. 휘철보다 다섯 살이 어린 기숙을 할아버지 댁에 올 적마다 가끔 만난 적이 있었다. 시골에서는 드물게 보는 미모를 타고 나서 어려서부터 미인이란 소문이 자자했던 아이였다. 겨울방학에는 기숙과 함께 논물이 얼면 썰매도 탔고 팽이도 돌렸던 기억이 새롭다. 마지막 그녀를 본 적이 언제던가. 맞다. 군에 입대하기 전이다. 중학교 3학년이었던 기숙은 이제 가슴이 볼록 튀어나오고 고운 티가 흐르는 처녀로 변해있었다. 휘철을 보고 내외를 하면서 얼굴을 붉히지 않았던가. 기숙의 집을 향해서 발걸음을 재촉할 적에 눈, 코가 빼어나게 예뻤던 기숙의 얼굴이 눈앞에서 알찐거렸다.

어머니가 대문 앞에 쪼그리고 앉아 있다가 급히 달려와서 휘철의 팔을 잡아끌었다.

"죽은 지 이미 열흘이 지나서 시신이 부패하기 시작했으니 부모 마음에야 오죽 하겠니. 어서 집으로 들어가자."

마치 시신이 부패하여 풍기는 악취라도 나는 것처럼 어머니는 그 집에서 되도록 멀리 있기를 바라듯 몸서리를 쳤다.

"범인을 잡았답니까?"

"범인을 잡았다면 이 난리를 치겠니. 양수리하고 정약용 생가의 사이쯤에 있는 숲에서 몸통만 찾았다는구나. 지금 경찰들이 양수리와 삼봉리 마을에 좍 깔려서 범인을 수색하느라고 소란하단다. 괜히 여기서 알찐거리다가는 의심을 산다. 동네 사람들이 들볶이게 생겼다. 집집마다 돌면서 모두를 의심하고 있는 판이다. 동네만 못 살게 되었다."

토막살인사건이라니! 군에 있을 적에 수없이 들어온 말이다. 이제는 사람을 죽여서 시신을 그냥 두는 것이 아니고 토막을 내어 여기저기 버린다고 한다. 그래야 운반하기 수월하고 은닉하기가 좋아서 그렇다나. 그 예쁜 기숙이도 얼굴은 어디로 가버리고 사지도 찢겨서 살아지고 몸통만 돌아왔으니 안타까웠다.

형사들 네 명이 휘철네에 들어왔다. 다른 때와 달리 어둠이 내린 마을이 불빛으로 환하다. 저들이 집집마다 들려서 기숙을 마지막 본 때가 언제냐고 묻고 다니면서 무슨 냄새라도 맡을 양으로 눈과 코가 모두 날카로워져서 동네사람들을 보는 눈이 매섭다. 기숙이 죽은 것도 슬픈 일인데 이 마을에 사는 모든 사람들이 의심을 받고 있으니 모두 죽을상이었다. 게다가 마을 사람들 서로를 의심하게 만드는 질문을 하는 바람에 그 물음에서 빠져나가려고 애를 쓰는 모습도 안쓰럽다.

또 다시 휘철이가 타깃이 되었다.

"이 작은 마을에서 실종사건이 일어나고 또 이런 토막

살인사건이 났으니 이곳이 제2의 화성이 되는 것이 아닌가 모르겠소. 혹시 이상한 사람이 근처에 알찐거리는 걸 본 적 없단 말이요."

그러면서 연신 형사의 눈은 휘철의 일거수일투족을 감시한다.

"자네의 아버지인 의사양반도 5년이 되도록 돌아오지 않는 걸 보면 대한민국 어느 산야에 죽어서 묻힌 것이 틀림없어."

그 말을 하면서 휘철의 얼굴이 변하는지 유심히 눈독을 드리고 노려본다. 그 눈길이 부담스러워서 휘철은 머리를 숙여버렸다.

"그러잖아도 상처가 많은 집에 와서 이게 무슨 행패요. 내 남편이 죽었다면 시신이라도 찾아주지 그것도 못하는 대한민국 경찰이 무슨 말이 그렇게 많아요."

미애가 고함을 치면서 휘철을 등 뒤에 두고 형사들에게 덤벼든다. 하도 무섭게 미애가 날뛰니까 형사들은 살살 몸을 뒤로 빼면서 대한민국 경찰 운운하는 말에 기가 죽는 듯 보였다.

"의사 박장호가 실종된 지 벌써 5년이 돼갑니다. 아직도 미결상태인데 실종되었다는 강남의 아파트는 어찌 되었습니까?"

"그거야 가장이 없어졌으니 전세를 주고 그 돈으로 이 식구가 살아가고 있는 것이 아니요."

미애는 분해서 죽겠다는 듯 씨근덕거리면서 대든다.

"이 집도 강남의 아파트도 모두 아주머니 이름으로 되어있던데 어째서 가장인 박장호의 이름으로 되어있는 재산이 하나도 없는 것이오. 그게 이상하지 않소."

이 말에 미애가 파르르 입술을 떨면서 소리친다.

"강남 아파트는 내가 시집갈 적에 친정아버지가 사준 것이고, 이 집은 내가 아들도 없는 무남독녀라 부모님이 돌아가신 다음에 자연스럽게 내 이름으로 옮겨진 것이지요. 재산이 사람을 죽였답디까. 왜 내 재산을 들고 나오는 것이오."

너무나 거세게 나가는 미애의 말에 형사들은 서로 눈짓을 하면서 뒤로 물러선다. 저들이 빠져나간 대문 쪽을 노려보면서 어머니 뒤에 몸을 숨기고 입을 다물고 있는 휘철에게 소곤거렸다.

"사내자식이 그렇게 물러 터져서야 어떻게 인생을 살아가겠니. 담대하게 나서야 한다. 우리 잘못이 하나도 없다. 단지 너희들에게 미안한 것은 진작 네가 네 아버지 말대로 이혼을 해주었었다면 우리는 지금 쯤 아주 행복할 터인데 그게 내 큰 잘못이다. 내가 죽일 년이다. 그러니 내가 너희들을 보호하마. 내 한 목숨 끊어지는 날까지 내 눈에 넣어도 아프지 않을 자식들의 방패가 되어주마."

방안으로 들어간 휘철은 어머니가 절규한 말을 되뇌어본다. '자식들의 방패' 어머니의 작은 몸이 들어 올린 방패가 얼마나 큰지 믿어지지가 않는다. 작은 손바닥으로 하늘을 가리는 것이지 그게 어찌 큰 용사가 든 방패가 될 수 있단 말인가.

기숙의 몸이 토막난 사건으로 삼봉리 마을은 전국에서 모여든 기자들과 경찰들로 인해 시장바닥처럼 복닥거렸다. 수색견까지 동원되어서 개들이 으르렁거리며 짖어대는 소리로 휘철은 마음이 폭발할 것처럼 불안했다. 난동을 부리고 싶은 충동이 일었다. 속에서 끓어올라오는 원인을 모를 거대한 힘 때문에 도저히 견딜 수가 없었다. 그냥 죽치고 여기 있다가는 큰일을 저지를 것 같은 불안감에 휩싸이자 저녁시간이건만 그는 학교 앞의 푸른 초장으로 향했다.

저녁시간은 낮 시간하고 달리 은은한 불빛 밑에서 분위기가 더 환상적이었다. 주로 커피를 마시면서 담소하는 사람들은 학생들보다는 중년층이 많았다. 주인여자의 나이 탓인가 보다. 지난번에 앉았던 자리가 비어있어 다행이었다. 흐르는 음악의 선율에 몸을 맡긴 채 휘철은 팔짱을 끼고 눈을 감았다. 이상하게 술을 마시고 싶었다. 아버지가 그토록 마시고 문제를 일으켰던 술이 강하게 그를 잡아당겼다. 모래가 물을 필요로 하듯 너무나 강렬하게 끌어당기는 술의 마력에 끌려서 그는 푸른 초장을 박차고 나와서 길가의 포장마차로 달려갔다.

아버지가 이랬을까. 한 없이 술이 들어갔다. 술을 먹으면서 용기가 생기기 시작했다. 주눅이 들었던 머리가 곧 추서게 되고 이 세상이 발밑에 깔려있는 듯 자신감과 힘이 솟구쳤다. 이제 고만 마시라고 포장마차주인과 옥신각신한 것까지 생각나고 그다음은 모른다.

휘철은 한밤중의 찬바람이 어깨를 으스스 떨리게 해서 눈을 떴다. 푸른 초장 안은 덩그러니 비어있었다. 머리를 번쩍 들었다. 카운터 쪽으로 눈을 던지자 그 신비롭게 보이던 여인이 거기 앉아서 책을 읽고 있었다. 휘철이 그녀를 응시하는 걸 알아챘는지 눈을 들어 한참 바라보더니 느린 동작으로 일어나서 다가왔다.

"대학시절이 인생의 황금기이지요. 아름다운 시기면서 동시에 고통스러운 자의식의 시기이기도 하지요."

고통스러운 시기라는 말에 울컥 눈물이 나온다.

"청춘은 순수의 시기이기도 하지만 무지의 시기이기도 합니다. 독일 대학생들은 대학에 다닐 적에 3가지를 한다고 들었어요."

술기운에서 정신이 조금 돌아온 휘철이 말없이 그저 그녀의 입술만 바라보자 그녀 혼자서 말을 이어간다.

"대학시절에는 술을 실컷 마시고 죽어라 사랑하고 그리고 몸이 부서지도록 공부를 하는 것이라고 해요. 황태자의 첫사랑이란 영화에 나오는 술 마시는 노래가 얼마나 멋있어요. 저는 고등학교 시절에 독일어를 배웠는데 딱 3가지만 머리에 남았어요."

그래도 휘철이 벙어리가 된 채 멀뚱거리자 여자가 또렷하고 느린 목소리로 말했다.

"trinken(drink), lieben(love), studieren(study)이에요. 학생도 대학캠퍼스를 떠나기 전에 이 3가지를 하면서 멋지게 살아요. 인생에서 가장 멋있는 시기가 아닌가요. '청춘은 아름다워라' 라는 헤르만 헷세의 작품도 읽은 적이 있어요. 또 호반이란 소설에는 얼마나 아름다운 사랑이 그려져 있는지……."

그녀의 긴 설명에도 한 마디 대꾸도 않고 멍청히 얼 나간 사람처럼 있으니까 따끈한 커피를 한 잔 앞에 놔주었다. 목을 축이고 난 휘철이 불뚝 한 마디를 던졌다.

"저 죽고 싶어요. 살고 싶지 않아요."

기대하지 않았던 엉뚱한 말에 여자는 눈을 동그랗게 뜨고 그를 한참 노려보다가 천천히 입을 열었다.

"죽음이란 모든 것을 내려놓는 행위에요. 죽을 힘이 있으면 그 힘으로 살아보세요."

죽을 힘으로 살라고 말하는 그녀의 얼굴에선 빛이 났다. 술이 덜 깬 몽롱한 눈에 비친 그녀의 머리 언저리에선 오로라가 어려 있었다. 그녀의 초승달처럼 수려한 눈썹 언저리에서 강렬한 눈부신 빛이 뿜어 나왔다. 지적수준뿐만 아니라 인격적으로도 격이 높은 나무랄 데 없는 얼굴이었다. 얼굴의 중간쯤에서 아래로 꽉 채운 귀가 도톰하게 축 늘어진 것이 참으로 귀티가 난다고 생각했다. 코도 날카롭지 않고 도톰하고 동글하다. 뺨도 동글고 이마도 동그란 모양이 모든 걸 품어 안을 수 있는 우주가 그녀에게 있었다.

한 마디 말도 없이 그녀를 뚫어지게 응시하니까 사뿐하게 걸어서 카운터로 가서는 조용히 읽던 책을 펴놓고 앉아버린다. 눈보다 길고 힘이 있는 눈썹을 책을 읽어가면서 살짝 찡그린다.

"아무리 생각해도 전 죽어야할 사람이라고요. 이 밤에 죽고 싶어요. 이 밤에 꼭 죽을 거라고요."

휘철이 카운트의 여자를 향해 악을 쓰자 여자는 미동도 하질 않고 책에서 눈을 떼지를 않는다.

"어떻게 죽는 것이 가장 좋은 방법입니까? 가르쳐주세요."

마치 자살클럽에라도 온 듯 그는 다그치기 시작했다.

그러자 여자는 사뿐하게 일어서더니 물을 한 잔 앞에 놔두면서 조용히 말했다.

"이 속에 독이 들었으니 어서 마셔요. 이걸 마시면 5분 내에 죽게 될 거요."

휘철은 놀라서 앞에 놓인 물 컵을 보고 여자를 올려다보았다. 아주 침착하게 여자는 카운터로 가서 다시 책을 읽는다. 그녀의 지나치게 의연하고 요동치 않은 모습에서 지금까지 죽고 싶다고 절규한 것은 치기어린 어린냥이란 걸 아슴푸레 깨달았다. 속이 타들어가면서 미칠 것 같은 상황에서 자기를 감싸 안아줄 것 같은 사람을 만나자 감춰진 속말이 마구 쏟아져 나오는 셈이다. 그런 그를 향해 그녀는 창조주처럼 아주 의연하게 맞서고 있다. 참말로 죽고 싶은 것이 아니고 진정으로 나는 살고 싶다는 외침이요, 절규였다. 카운터까지 다가간 그는 여자에게 눈길을 던졌다. 꼼짝 아니하고 여자는 책에 눈길을 박고 있다. 두툼한 책이 꽤 큰 책이었다. 그 앞에 우뚝 섰다. 아무소리 않고 여자는 휘철의 얼굴을 응시했다.

"난 살고 싶어요. 살려주세요."

"집이 어디요. 자정이 넘었는데 집이 멀면 이 시간에 술 취한 상태로 귀가하기가 어려울 것이요. 학생 집이 어디요?"

"경기도 두물머리 근처예요."

"양수리라면 이 시간대에 일반교통은 전부 끊어졌어요. 어쩔 수 없으니 여기서 의자들을 나란히 놓고 주무세요. 전 이제 들어가야 해요."

여자는 보던 책을 덮는다. 거죽이 새까만 책은 어머니가 늘 베게 밑에 간직한 크기의 성경책이었다. 그러고 보니 여자에게서는 어머니에게서 맡았던 냄새가 물씬 풍겨왔다. 또 다른 모습의 어머니가 그의 앞에 서 있었다.

그녀가 휘철에게 던져주고 간 푹신한 담요를 덮고 누웠다. 의자들의 접합점이 몸에 고여서 조금 불편하기는 했지만 술기운이 아직도 남아서 몸은 따뜻했다. 반듯하게 누워 천장을 향해 중얼댄다.

'나에게는 청춘이 없다. 죽도록 공부하고, 미칠 듯이 사랑하고 마음껏 마시며 즐길 수 있는 젊음의 특권을 앗아버렸다. 아버지가 모든 청춘의 아름다운 삶을 나에게서 강제로 박탈해버린 셈이다. 내 가정이 그렇게 했다. 내 가정이.'

그는 천장을 향해 누운 채 가슴을 치면서 울었다.

6

고등학교에 들어간 누나 휘선의 병은 아주 눈에 띄지 않게 서서히 진행된 질 나쁜 병이었다. 처음에는 숨어서 소리죽여 울기만 하더니 차츰 아프다고 뒹굴기 시작했다. 아버지의 주벽난동에 소화가 안 되는 것은 모든 식구의 공통된 증상이다. 단지 누나는 예민하고 내성적이라 더 많이 아픈 걸로 생각하면서 가스명수나 소화제를 어머니는 약국에서 수시로 사다가 누나의 방에 쌓아놓았다. 그러나 그걸 먹어도 아파서 몸부림치면서 신음하는 소리가 이를 악물고 있는 그녀의 입술 사이로 터져 나와 또 다른 집안의 걱정거리로 등장한 것은 휘철이 중학교에 들어가고 나서였다.

누나의 병은 낮에는 멀쩡하다가 자정이 되면 갑자기 발작한다. 그것도 아버지가 술을 마시지 않고 오는 평일은 괜찮다. 주말이 문제였다. 닭장처럼 지어진 아파트라 손금을 보듯 피차 매사를 빤히 들여다볼 수 있는 생활이다. 주택이라면 헛간에도 가있을 수 있고 뒤란이나 마당구석에 나가있을 수도 있다. 일이 다급하면 하다못해 이웃집 마당에라도 피할 수 있지만 아파트는 평면공간에 손바닥을 읽듯 매사를 온 가족이 함께 공유하도록 지어진 설계였다. 곧 잡혀 죽어나갈 닭장수의 철사우리에 갇힌 닭들처럼 살아가는 삶이 아파트의 일상이다.

이런 공간에서 가족들이 한 몸처럼 살아가면서 아버지는 집안의 황제였다. 아버지는 두부 위에 뿌려먹는 양념장하고 똑같았다. 맛있는 양념이 아니라 쓴 맛을 내는 독한 양념이었다. 평일에는 병원일로 술을 먹을 수 없지만 주말에는 해방이 되니 으레 술을 억수로 마시기 시작하면서 집안은 점점 암울해져갔다.

금요일 자정이 되면 누나는 뒹굴기 시작한다. 아프다고 아우성을 치니 그저 다른 식구들처럼 소화불량이겠거니 했는데 차츰 증상이 요상했다. 아버지가 자정 정각에 초인종을 누르는 순간 누나는 간질발작처럼 방바닥에나 마루에 나동그라지면서 뒹굴기 시작하는데 차츰 아픈 곳이 별견되었다. 두 무릎을 만지면서 설설 기어다니고 일어서지도 못했다. 나중엔 아버지의 술주정을 피해 방으로 도망가는 대신 그 자리에 주저앉아 앉은뱅이처럼 두 무릎을 껴안고 울어댄다. 그냥 훌쩍이는 것이 아니고 너무 처절하게 울어대서 옆에 있는 사람이 견딜 수 없을 지경에 이르렀다. 날이 갈수록 그 증상이 심해지더니 갑자기 기절하는 바람에 앰뷸런스를 부를 수밖에 없었다. 응급실로 실려 간 누나의 무릎 사진을 의사가 수없이 찍어댔다. 휘선 누나는 너무 아파 참을 수 없다고 몸부림치며 고함을 질러대자 의사는 안정제를 꽂아가면서 촬영을 해야 할 정도였다.

어머니는 병원응급실에 남았고 휘철 혼자 집에 돌아왔다. 어머니는 수없이 주의를 주면서도 마음이 놓이지 않았는지 병원입구까지 따라 나와서 아파트에 가면 방으로 들어가 문을 단단히 잠그고 동생과 함께 누워 아버지를 상대하지 말라고 당부했다.

그러나 휘철은 꿋꿋하게 아버지를 마주 보고 섰다. 죽으면 죽으리라 하는 마음이었다. 이런 나쁜 아버지와 함께 차라리 죽어버리면 어머니와 누나와 동생이 평안하게 잘 살 것이란 마음이 들기도 했다. 휘철의 몸집이 아버지와 엇비슷하게 자라서 힘이 생기면 9층 아파트의 베란다까지 억지로라도 아버지를 끌고 가서 죽을힘을 다해 꼭 껴안고 밑으로 뛰어내리는 살인판타지가 눈앞에 어른거렸다. 어서 커야 한다. 빨리 자라서 장남인 그가 집안의 문제를 스스로 해결해야 한다.

너무나 강한 살인판타지를 누를 수 없을 적에는 그는 연분홍 진달래가 흐드러지게 핀 산비탈의 바짝 마른 성긴 나무숲으로 가는 상상을 한다. 물결치는 진달래꽃 바다 밑에 깔린 흙과 꽃 냄새를 깊이 들이마신다. 그러면 강한 살인충동이 가신다.

대항해서 맞서는 어머니가 없자 아버지는 끓어오르는 발광을 엉뚱하게 베란다에 있는 화분에 풀어냈다. 작은 화분은 버려두고 큰 것만을 골라서 하나씩 내던지자 거실의 큰 유리창이 깨어지는 와장창 소리는 아파트 공간을 진동하다 못해 건물 전체를 잡아 흔들었다. 마치 폭탄이라도 터지는 듯 엄청난 굉음이었다. 어찌나 힘이 센지 그건 분명 인간의 힘이 아니었다. 고무나무가 뿌리를 잡아 한창 물이 오르면서 잎이 청청한데 그 큰 고무나무화분을 번쩍 들어 팽개치는 바람에 거실바닥은 화분흙으로 난장판이 되었다.

초인종이 마구 울린다. 경찰이라도 온 것일까. 휘철은 손을 주머니에 찌른 채 아버지를 흘겨보면서 흙이 튀지 아니한 거실 가장자리를 밟고 나가 문을 열었다. 또 다시 경비가 와 서 있다.

"더 이상 이 아파트에서 사실 수 없을 지경으로 민원이 대단합니다. 제발 이러지 마세요. 처자식이 불쌍하지 않아요."

휘철을 밀치고 경비아저씨가 거실까지 들어와서 아버지 앞에 떡 버티고 호되게 꾸지람을 하자 아버지는 비실비실 똥마려운 강아지처럼 무릎을 꿇고 빌기 시작한다. 가족들에게만 폭군이지 타인에게는 처참할 정도로 비굴한 모습이었다. 아마도 그래서 병원에서 쫓겨나지 않고 버티는 모양이다.

누나를 병원에 놔두고 어머니만 새벽에 돌아왔다. 난장판이 된 거실을 보고 조용히 숨죽여 우는 어머니를 휘철은 난감한 표정으로 바라보면서 한숨을 삼켰다. 어린 나이에 그는 세상살이를 다 알아버린 기분이었다. 어른의 세계가 이다지도 지저분하고 복잡하단 말인가. 어른은 아이들의 우상이나 소망의 대상이 아니고 나이가 들어갈수록 얽히고설킨 것이 너무 복잡해서 차라리 아이로 일생 남아있고 싶을 정도로 어른이 된다는 것이 무서웠다.

"누나는?"

"으음. 많이 아프단다."

"어디가?"

"무릎이."

"왜 무릎이 그래."

"완벽하게 모든 조사를 다 해보았는데 무릎에는 아무 이상이 없다는 점이 문제다."

"그런데 왜 아파?"

"그게 문제다. 차라리 관절에 병이 났으면 치료하면 되는데 아무 이상이 없는데 죽을 만큼 아프니 큰일이지."

"그럼 아버지하고 관계가 있는 걸까?"

어린 나이에 이미 이런 점에까지 마음이 지폈던 셈이다. 그만큼 그는 성숙해 있었다. 이렇게 묻는 아들의 얼굴을 놀라서 어머니는 피곤에 절어 맥 빠진 눈으로 쳐다보다가 한숨을 푹 내쉰다.

"오늘부터 정신과치료를 받기로 했다. 아무래도 정신에 이상이 온 것 같다는 의사의 소견을 따라 정신과병동으로 옮겨 입원치료를 받기로 했단다."

어머니는 기운 없이 비틀거리면서 거실을 치우기 시작한다. 그도 어머니를 도와서 흙을 쓰레기통에 넣고 걸레를 빨아다가 거실 바닥을 훔치기 시작했다. 아버지는 어째서 자식들과 어머니를 이렇게 괴롭히는 것일까. 도대체 이해할 수 없는 미스터리였다.

"조금이라도 눈을 부쳐라. 오늘 학교에 가면 졸겠구나. 휘중은 어떠냐?"

"그 애는 잠이 많아서 아무 것도 모르고 잘 자고 있어요."

"다행이다. 그 애라도 살아야지."

멀리서 닭이 홰치는 소리가 들린다. 도심지에서 닭울음소리라니! 환청일까. 그의 귀에선 이따금 이명이 지나간다. 바람소리가 거세게 귓가를 스치기도 하고 폭풍을 타고 밀려오는 거대한 파도소리도 들린다. 아주 심할 때는 밖에서 누군가가 그의 이름을 불러서 나가야겠다고 일어설 적도 있었다.

어머니가 거실을 다 치우고는 아들의 방으로 들어와서 곤히 자고 있는 막내아들의 이마를 쓰다듬으면서 휘철에게 말했다.

"네가 고등학교를 졸업하고 대학에 입학하는 날, 우리

는 삼봉리, 외할아버지 댁으로 이사 가자."

"그때까지 어떻게 참아요. 이러다가 우리 다 죽어요."

"그래도 참아야 한다."

"아파트주민들이 야단을 치니 더 이상 이 아파트에서 살 수가 없잖아요. 저도 엘리베이터 타고 오갈 적에 사람들 만나는 것이 창피하고 두려워요."

"내가 내일 경비를 만나고 앞집이랑, 위아래 사는 사람들을 만나 타협을 할 것이다. 어떻게든지 해서 네가 대학 입시를 치룬 다음날 바로 삼봉리로 가자. 거기 가서 살아야 너희들 셋을 구할 수 있을 것 같다."

"아버지는 어떻게 하고요?"

"이 집에 놔두고 가야지. 혼자 있으면 난동을 부리지는 않을 것이다. 타인의 눈을 무서워하는 사람이니 우리가 피해가면 된다. 혼자 살도록 해야지 어떻게 하겠니."

휘철은 팔짱을 끼고 깊은 생각에 빠진다. 차라리 어머니와 휘중이 시골로 내려가고 자신은 자취하고 있는 친구 집으로 가면 가족이 살아남을 수 있지 아니할까. 그렇다면 이제 고등학생인 누나는 어떻게 되는 것일까. 막내, 휘중은 시골 근처에 있는 초등학교에서 다니면 되는 것이고…….

그런 아들의 마음을 읽었는지 어머니는 단호하게 말한다.

"널 대학에 입학시켜놓고 이 아파트를 뜰 참이다. 여기가 학군이 좋으니 네가 대학 가는 일에 지장을 주고 싶지 않다."

그렇게 휘철이 고등학교까지 다니는 기간은 완전 지옥이었고 아버지의 알코올중독은 점점 더 깊어만 갔다.

7

미애는 어째서 이 가정이 이 지경까지 가게 되었는지 곰곰이 생각해보았다. 결정적인 동기는 산부인과전문의가 된 남편 박장호가 술을 입에 대기 시작한 때부터이다. 출산율이 줄어들면서 환자가 급격하게 줄자 산부인과병원엔 폭풍이 밀려닥쳤다. 전문의가 되었으나 병원에서 밀리기 시작하면서 닥터 박은 집에 와서 억지를 부리기 시작했다.

"내 친구는 부잣집 사위가 되자마자 장인어른이 병원을 차려줘서 개업을 했어. 나도 그래야 되는데……. 이건 내게 진짜 비극인데 내가 아무래도 결혼을 잘못했단 말이야."

미애는 이러는 남편의 말을 못 들은 척하고 설거지한 그릇들의 물기를 닦고 있었다.

"내 말이 들리지 않아. 귀머거리한테 말하는 것 같잖아. 나는 지금 숨이 막혀 죽겠어. 지금까지 고생해서 전문의가 된 내가 설 자리가 없다는 것은 죽으라는 것과 똑같아."

"요즘 여자들이 아기를 낳지 않는 것은 시대의 흐름이니 조금만 참고 기다려 봐요. 설마 의사가 되었는데 일거리가 없겠어요. 당신 공부하느라고 너무 고생을 해서 이런 때 조금 쉰다는 마음으로 느슨하게 마음을 먹어요."

미애의 말에 닥터 박이 갑자기 이런 제의를 해왔다.

"개인병원으로 옮기는 과정에서 한 달간 휴가를 내어 미국여행을 하면 어떨까. 공부만 하느라고 난 아직도 미국엘 가본 적이 없으니 당신이 어떻게든 생활해가고 나는 미국을 한 바퀴 돌고 오면 살 것 같아. 지금은 숨통이 막혀 죽을 것만 같아. 이대로 나가다가는 숨이 막혀 죽어버릴지도 몰라."

해서 그는 병원에 사표를 내고 미국으로 향했다. 숨통이 막혀 죽겠으니 이런 때 외국 바람이라도 쐬는 것이 도움이 될 터이고 또 누가 알겠는가. 그쪽에 좋은 직장이 나와서 공부를 더해 미국의사자격증을 따면 탈출구가 될 수 있으리란 계산을 그는 치밀하게 했다. 한 달을 미국에 머물고 돌아와서 완전히 그는 이상한 사람이 되었다. 술을 마시기 시작했고 이혼을 하자고 나댔다.

"당신이 나를 놔줘야겠어. 나 당신하고 이혼하고 싶다. 나 지금 당장 미국으로 가고 싶어."

"그럼 먼저 가세요. 이곳을 정리하고 따라갈 터이니."

아주 강경하게 매일 이혼을 해달라고 졸라대니 그렇게 맞설 수밖에 없었다. 미국여행을 다녀온 뒤에 전공인 산부인과로 취직을 못하고 양로병원으로 가게 된 닥터 박은 의기소침해서 집에 오면 입을 다물고 있다가 술만 들어가면 점점 주사를 심하게 부리기 시작했다. 그러던 어느 날 노골적으로 털어놓기 시작했다.

"처가에서 나를 위해 요즘 한창 인기 있는 양로병원을 하나 차려주지 않으면 어쩔 수 없어. 제발 나하고 이혼해 주었으면 해. 다른 해결방법이 없으니까 나도 이 말을 하는 거야. 이혼하고 미국으로 나를 보내주든지 아니면 요즘 한창 붐을 타고 있는 양로병원을 하나 차려달란 말이야. 시골에 있는 장인의 농토하고 집을 팔아서 작은 양로병원 하나 차리면 되잖아. 나 지금 숨이 막혀 죽겠어. 꼴사납게 양로병원으로 밀려난 주제에 노인들 똥오줌이나 체크하고 죽어가는 노인들 시신뒤치다꺼리하고 있으니 자존심이 상해. 그것도 내 병원이 아니고 나보다 어린 의사에게 고용되어서 굽실거려야하니 오장육부가 다 타들어가고 있어. 이런 일은 내게 장래도 없이 죽음이나 마찬가지야. 난 날아가고 싶어. 어서 빨리 미국으로 보내주든지 아니면 병원을 차려내라고."

부모님이 살아계신 시골 땅과 집을 판다고 해도 그걸로 병원을 차리는 것은 무리였다. 더구나 비싼 강남의 아파트도 친정아버지가 사준 것인데 아직 살아계신 부모님들의 거처와 토지를 판다는 것은 어불성설이었다.

그렇게 매일 가정은 무너져 내리기 시작했다.

드디어 양로병원의사 일을 참지 못하고 다시 미국으로 갔다가 일 년 뒤에 돌아온 닥터 박은 술을 먹고 마구 아내를 때리고 가구를 때려 부수면서 이혼을 요구했다. 미국에서 그를 크게 성공시켜 자신의 앞길을 열어줄 여자를 만났다는 것이다. 어린 시절 사랑했던 여인으로 미국에서 변호사개업을 하고 잘 나가는 여자이니 그 여자랑 살아야 자신의 앞길이 트인다고 생떼를 쓰기 시작했다. 이런 일을 보다 못한 휘철이 그래도 장남이라고 고등학생이 되었으니 이런 말을 해도 된다고 생각하고 어머니 앞에 강하게 맞섰다.

"어머니, 이혼해주세요. 우선 우리가 살아야 하잖아요."

"절대로 내 사전에 이혼이란 단어는 없다. 네 누나의 결혼식장에 손을 잡고 들어갈 아빠가 있어야지 어떻게 이혼을 하니. 너희들에게도 아빠가 필요하다. 지금 네 아빠 저래도 착한 사람이었다. 언젠가는 돌아와 우리 앞에 버젓하게 설 사람이다. 공부도 잘했고 참으로 똑똑한 사람이 사회여건이 맞질 않아서 그러니 우리가 참고 이해하자."

"아니요. 아버지는 절대로 우리 앞에 옛날 모습으로 돌아오지 않아요. 알코올중독자는 병이라고 했어요. 정신질환이라고 했다고요. 제가 많은 책을 찾아서 다 읽어봤어요. 우리 가족들 이렇게 지내다가 모두 죽어요. 빨리 이혼해주고 아버지는 미국으로 가서 그 여자하고 살라고 해요."

아무리 휘철이 절규하면서 어머니에게 매달려도 이혼만은 피해야한다는 것이 어머니의 주장이었다. 그러면서 계속 어머니는 자신의 잘못이라는 것이다. 무엇인가 그녀가 잘못한 것이 있어서 아버지의 마음에 맞지 않아 이렇게 나대는 것이라 여기고 아버지에게 더 잘하려고 어머니는 무진장 애를 썼다.

미애는 어느 책에선가 이런 구절을 읽은 것을 결혼생활에 어려운 일이 있을 적마다 계속 상기했다.

'결혼이란 3개월 사랑하고 3년 싸우고 30년 참는 것이다.'

사랑의 3개월은 벌써 지났고 3년 이상 싸웠으니 이제 30년은 참고 지내는 것이 결혼이 아닌가. 미애는 자신을 죽여가면서 참기로 했다. 더구나 결혼식에서 하나님 앞에 맹세하지 않았던가.

'이제 둘이 아니요 한 몸이니, 하나님이 짝 지워주신 것을 사람이 나눌 수 없느니라.'

이 말은 결혼식주례목사님이 모든 사람들 앞에서 공포한 말이었다. 더구나 이런 서약도 했다.

'어떤 경우에도 목숨을 바쳐 이 남자를 사랑하고 존중히 여기며 위로하고 순복하여 진실한 아내로 일정한 부부의 대의와 정조를 굳게 지킬 것을 확실히 서약합니다.'

인생길에는 깊은 골짜기도 있고 높은 산도 있으며 울 때가 있으면 웃을 때가 있고 슬플 때가 있으면 기쁠 때도 있을 터이니 참자, 참자 하는 것이 그녀의 모토였다. 이런 어머니를 보다 못해서 휘철이 강하게 어머니의 주장을 꺾으려고 애를 썼다.

"제발 이혼하고 우리끼리 평안하게 살자고요. 이런 가

정은 가정이 아니에요. 전 절대로 결혼을 하지 않을 겁니다. 이렇게 비참한 결혼을 왜 사람들은 하는 걸까요. 이건 지옥이라고요."

이런 말을 하는 아들에게 미애는 다정하게 말했다.

"결혼은 새장과도 같단다. 밖에 있는 새들은 안으로 들어오려 하고 안에 있는 새들은 밖으로 나가려 한단다. 가정이란 다 그런 고난을 겪으면서 기나긴 인생길을 천천히 행진하는 법이란다."

어머니의 이 말에 휘철은 입을 다물어버렸다. 이건 휘철이 대학입시를 앞둔 어느 날 모자간에 나눈 대화의 일부였다.

8

휘철이 대학에 합격을 한 것을 안 미애는 남편을 아파트에 혼자 남겨두고 바로 삼봉리로 옮겨 앉았다. 마침 친정 부모님들이 연달아서 돌아가신 끝이라 시골 종갓집은 비어있었다. 아들도 없이 무남독녀인 미애는 자연스럽게 집과 토지를 유산으로 받았다. 토지라야 사위 의사공부시킨다고 야금야금 팔아먹었고 또 북한강변에 있던 비싼 땅을 팔아서 강남에 위치한 큰 아파트를 딸에게 사준 터라 남은 토지는 문전옥답하고 마을 어귀에 있는 두어 마지기

논이 전부였다. 한 겨울 추위에 집을 비워두면 버린다고 서둘러서 온 가족이 종갓집으로 내려왔다.

휘중은 산청에 있는 대안학교로 보낸 뒤이고 휘선은 정신병원에 입원 중이라 휘철과 미애만이 삼봉리로 이사를 했다. 문제는 주말마다 아버지가 삼봉리까지 내려와서 때려 부수고 난리를 쳤다. 주중에는 병원에 나가느라고 조용하다가 주말이면 어김없이 찾아와서 주사를 부렸다. 아파트처럼 조심할 것도 없다고 생각했는지 그 강도가 심해서 광인처럼 광기에 가득 차서 날뛰었다.

이사하고 아직 짐도 풀지 않았고 할머니, 할아버지가 돌아가신 뒤 비워두었더니 사방이 손갈 데가 많았다. 더구나 아파트의 안온한 온도에서 살다오니 너무 추워서 집을 덥히는 일로 안간힘을 쓰고 있는 터에 들이닥친 아버지는 윗목에 아직도 풀지 못하고 쌓여있는 짐을 마당으로 내던지기 시작했다. 이걸 말리려고 막고 나서는 휘철은 이제 초등학생처럼 작고 가녀린 여린 몸이 아니었다. 이제는 어머니를 보호할 수 있다는 자신감이 있었다. 대학생이 되었으니 성인이 아닌가. 생각이 이에 이르자 휘철은 어머니를 등 뒤에 세우고 아버지 앞에 맞섰다.

그러자 그는 대학생인 아들 휘철의 얼굴을 주먹으로 때려 쓰러뜨리고 나서는 악마처럼 미애에게 덤벼들었다.

"넌 내 인생을 망가트린 나쁜 년이야. 너를 짓이겨서 죽여도 내 성이 풀리지 않아."

그리고는 아내의 옷을 잡아 찢기 시작했다. 옷을 찢기지 않으려는 몸부림과 그에 맞서 싸우는 두 사람의 싸움은 치열했다. 여기에 휘철이까지 어머니 편을 들어 가세하자 싸움은 아주 극으로 치달았다. 워낙 등치가 큰 아버지의 힘은 모자의 힘을 능히 꺾을 수 있을 정도로 강했다. 술을 먹으면 힘이 약해진다고 하는데 그 반대로 그는 오히려 괴력을 발휘했다. 생각다 못한 휘철은 부엌으로 가서 아직 풀지 않은 짐을 마구 휘저어서 식칼을 꺼내들었다. 그걸 가지고 안방으로 뛰어 들어왔다. 이걸 눈치 빠르게 본 어머니가 매를 맞아가면서도 휘철을 건넌방으로 몰아넣고 밖에서 문을 잠가버렸다. 이런 경우를 대비해서 그랬는지 어머니는 건넌방 문을 아주 튼튼하게 짜달았다. 더구나 종갓집 구조에 어울리지 않게 밖에서도 잠글 수 있도록 잠금장치를 해놔서 휘철이 도저히 밖으로 나갈 수가 없었다.

그 시간 닥터 박은 아내의 옷을 완전히 발가벗겨 밖으로 내몰았다. 밖은 성탄절을 열흘 앞둔 영하의 날씨였다. 그것도 성에 차지 않아서 닥터 박은 바깥까지 따라 나와서 얼어붙은 마당 한가운데 아내를 내팽개쳤다. 그것으로도 분이 가라앉지 않은 그는 식식거리면서 우물가에 수도를 틀어서 김장을 담글 적에 쓰던 큰 고무 함지박에 물을 철철 넘치도록 받았다. 언 땅 위에서 허리를 다친 미애가 실오라기 하나 걸치지 않은 몸으로 일어서지를 못하고 끙끙거리고 있었다. 이런 아내를 가볍게 들어서 물속에 강제로 처박으면서 고함을 쳤다.

"죽어라. 어서 죽어. 네가 죽어야 내가 산다. 너는 나에게 걸림돌 밖에 되질 않는다. 너 때문에 나는 망했다."

물에 빠지지 않으려고 머리를 드는 미애를 닥터 박이 마구 물속에 처박는 바람에 허우적거리는 모양이 마치 물고기가 물 밖에 내던져진 몰골 같아 보기에 끔찍했다. 반쪽달이 구름 사이로 얼굴을 내밀면서 이들 부부를 처절하게 내려다보았다.

마침 그때에 옆집에 사는 삼월이가 이사 온 미애에게 주려고 총각김치를 한 양동이 퍼가지고 들어오다가 이 광경을 보게 되었다. 총각김치를 내동이치고 삼월이 헛간으로 달려가서 도리깨를 가지고 뛰어나와 마구 닥터 박을 휘갈기기 시작했다. 어스름한 달빛에 뚱뚱하고 장대한 삼월을 흘끔 본 닥터 박은 귀신이라도 보고 놀란 듯 대문 밖으로 달아나버렸다. 미애의 벌거벗겨져 얼어붙은 몸 위로 내려앉은 차가운 달빛이 군데군데 시퍼렇게 멍든 상처를 처절하게 들어냈다. 급한 김에 삼월은 입고 있던 털이 부드러운 인조 밍크스웨터를 벗어서 미애를 감싸 안아다 아랫목에 이불을 깔고 눕혔다.

"도대체 이거 뭔 일이여. 너 결혼하고 행복한 줄 알았더니 저런 못돼 먹은 남자하고 여직 살았단 말이냐."

미애는 손으로 입을 틀어막으면서 심하게 흐느꼈다. 실오라기 하나 걸치지 않은 나신으로 영하의 날씨에 물속에 잠겨 당한 고문 때문에 미애는 몸을 심하게 떨면서 이를 악물었다. 얼어붙은 몸이 녹으면서 저리고 가렵고 서럽고 무서워서 미애는 심하게 떨면서 경련을 일으켰다.

삼월의 도움으로 잠근 장치를 열고 안방으로 뛰어 들어온 휘철은 소리로만으로도 어머니가 당한 무서운 광경을 실제 두 눈으로 본 것 같았다. 휘철은 흥분해서 얼굴이 불그레해지고 억한 감정을 가라앉히지 못하고 벌벌 떨었다.

"다시 한 번 더 어머니 몸에 손을 대는 날엔 내가 죽여버릴 거야. 진짜로 가만 놔두지 않을 거라고."

이런 휘철을 향해 어머니는 아니라고 손사래를 쳤다. 흐릿한 전구의 뭉그러진 불빛 밑에 모자를 버려두고 삼월은 혀를 차면서 나가버렸다. 한참동안 미애의 울음소리와 휘철의 흐느낌이 종갓집을 잡아 흔들었다.

9

삼봉리로 이사 온 첫 겨울은 너무나 추웠다. 소름이 끼치도록 무서운 공포와 아픔이 각인된 계절이었다. 아버지가 사라진 뒤였지만 삼봉리 생활은 휑뎅그렁하게 느껴질 정도로 삭막했다. 휘철은 대학생활을 시작하고 서울에서 먼 길을 교통에 시달리면서 삼봉리 집을 오갔다. 혼자 있을 어머니 때문에 수업이 끝나는 대로 바로 집으로 직행했다.

어머니는 오늘도 하루 종일 봄볕을 받으면서 뒤뜰을 가꾸고 있었다. 외할아버지와 외할머니가 살아계실 적에는 진짜로 벅적거렸던 종갓집이었다. 설에만도 백여 명이 넘는 친척들이 모여들어 며칠씩 묵다가 가기 때문에 김장이 그 기간에는 큰 양식이었다. 김치로 만두 속도 빚어야했고 김치국도 끓이고 김치전도 부쳤다. 해서 뒤란엔 큰 김장독들이 나란히 묻혀있다. 제일 큰 독에는 백 포기도 넘은 배추김치가 저장되었고 그 옆에 조금 작은 독에는 동치미를 담았다. 그 앞에 중치의 독들엔 총각김치와 깍두기를 담았고 마지막 줄에 있는 김칫독엔 여름까지 먹을수 있는 배추김치를 아주 짜게 소금을 많이 치고 젓갈을 넣지 않고 담가 묻었다. 해마다 가을이면 김장을 담는 일이 종갓집의 거대한 행사였고 어머니는 이런 때 항상 친정나들이를 했었다.

어머니는 이 김칫독을 모두 빼내서 그 옆에 햇살이 잘 드는 장독대 위에 모두 올려놓았다. 단지 딱 하나 배추김치 백 포기를 넣는 제일 큰 김칫독은 너무 커서 장정을 동원해도 힘든 일이라 처음부터 아예 포기했다고 했다. 배추 김칫독이 묻힌 자리에는 호랑가시나무를 심었고 그 옆에는 오송을 그 가장자리에는 작약과 목단을 심어 운치를 돋웠다. 그 주위로 겹채송화를 심었으며 봉숭아와 꽈리도 심었다. 뒤뜰은 어머니 생각에 떠오르는 대로 마구 이런 저런 꽃을 심어서 어머니의 머릿속처럼 뒤엉켜 잡꽃들로 우거졌다. 얼굴이 새까맣게 타도록 하루 종일 뒤란에서 어머니는 나오지를 않았다. 하지만 앞마당의 화계는 텅 비어있어 대문 안에 들어서면 한눈에 종갓집은 폐가로 보였다. 그러나 일단 사각 돌을 두른 우물가를 지나서 가마솥이 나란히 걸린 곳을 돌아서면 뒤란은 생기가 넘치는 아름다운 정원이다. 봄에 제일 일찍 꽃망울을 터뜨리는 작약이 만발했고 뾰족하게 잎을 내미는 목단도 한창 뿌리를 내려서 줄기에 힘이 오르기 시작했다.

이런 미애를 삼월이 옆에 붙어 앉아 이죽거렸다.

"너 병든 것이 아니냐. 왜 사람들이 봐주지도 않을 뒤란을 이렇게 정성들여 가꾸는 거냐."

삼월이 머리를 갸웃거리면서 옆에 붙어 앉아 미애의 얼굴에서 무엇인가를 캐내려는 듯 유심히 살핀다.

"앞뜰에 나가앉으면 사람들이 흉볼 것 같아서 이렇게 뒤란에 숨는 거다. 남편이 집을 나가버린 뒤 창피해서 어떻게 앞마당에서 꽃을 가꾸며 어른대겠니. 뒷산과 집 사이의 뒤란이 내게는 안식처가 된단다."

"그런데 왜 김장독들을 다 빼냈니? 그 자리에 묻힌 김장독들은 우리가 어렸을 적부터 보아온 터라 그것들을 다 빼내니 그 자리가 썰렁하니 이상해 보인다."

그러자 미애가 눈살을 살짝 찌푸리고 대청마루 쪽을 가리킨다. 삼월이 미애의 손끝을 따라 대청마루 쪽으로 눈길을 던진다.

"요즘 도시에서는 김장독을 묻은 사람이 없어. 모두 김치냉장고를 쓰거든."

"김치냉장고보다야 겨울엔 땅속에서 꺼낸 김치가 훨씬 맛있지. 우리 조상들의 방식이 얼마나 좋은 방법인데 그걸 마다해."

"이제 종갓집의 역할은 끝났잖니. 우리 모자만 이 종갓집에 남았어. 부모님 돌아가신 뒤에 친척들도 오지 않고 막내는 산청대안학교에 가버렸고 불쌍한 휘선이는……."

미애가 말끝을 흐린다. 하긴 두 식구만 사는데 거대한 김장독을 묻어놓고 추운 겨울에 김치를 꺼내려 찬바람이 횡횡 부는 날씨에 꽝꽝 얼어붙은 뒤란까지 나올 필요는 없을 터였다. 옛날의 영화가 사라진 종갓집은 시간이 흐를수록 귀기가 감돌았다. 미애는 뒤란에만 정성을 쏟고 집이나 앞뜰에는 손길을 주지 않아서 내루 옆에 머슴방들도 낙후된 헛간처럼 휑했다. 한창 시절 내루 위에서 울려 퍼졌던 웃음소리가 사라지고 창호지 문이 숭숭 뚫린 것이 마치 귀신이 나올 듯 을씨년스러웠다.

미애가 뒤란에 쪼그리고 앉아서 잡풀을 뽑아내고 어제 내린 비로 인해 푹신해진 땅에 모종을 하고 있는 동안 삼월은 종갓집을 세 바퀴나 돌았다. 그리고 가만히 미애 옆에 앉았다.

"이집을 나에게 팔고 넌 도시로 나가 살아라."

"싫어. 난 죽어서야 이 집을 나설 거야."

"그럼 후락해지는 집을 가꿔야지 완전히 폐가가 되고 있잖아. 너희 증조할아버지 대에 얼마나 멋지게 지었던 집이냐. 그때 이 동네에서 제일가는 종갓집으로 모두의 부러움을 샀던 집이 아니냐. 이런 집이 너의 대에 와서 이렇게 후락하여 폐가가 되는 걸 차마 볼 수가 없구나."

"절대로 이 집을 팔지 않을 거니까 나에게 이래라 저래라 자꾸 귀찮게 굴지 마라."

"정말 절대로 팔지 않을 거냐. 내가 이 집을 사서 그 옛날의 모습 그대로 복원을 할 거다. 전부 싹 고쳐서 새집으로 만들되 고풍스러운 옛 모습을 그대로 재현할 거야. 아마 많은 사람들이 이 집을 구경하러 올거라고 믿어."

"많은 사람들이 이 집에 구경 온다고……. 절대로 그럴 일은 없어. 내 눈에 흙이 들어가면 몰라도."

미애가 벌떡 일어서서 발을 구른다. 노기 띤 얼굴이 새하얗게 질린다. 푸르르 뺨이 떨리기까지 한다. 삼월이 돌아서서 바로 옆에 지은 호화별장으로 가면서 머리를 갸웃거린다. 저렇게 혼자 외롭게 뒤란을 가꾸면서 살기보다는 어서 이 집을 팔아버리고 도시로 나가 새 삶을 사는 것이 좋으련만 이해할 수 없었다. 남편이 아무 말 없이 집을 나가 자취를 감춰버린 뒤에 미애는 많이 변했다. 아마도 집나간 남편이 돌아오기를 기다리는 모양이다. 그래서 이 집을 떠날 수 없는지도 모른다. 옛집을 지키며 그 자리에 붙박이처럼 있어야 남편이 찾아올 거란 소망일 게다.

가장이 사라진 뒤에 수입이 없으니 강남의 아파트를 전세 놓아 그 돈으로 야금야금 곶감을 빼먹듯이 생활을 이어갔다. 다행히 전세 값은 계속 뛰어서 그 돈이 생계의 줄이 되었다. 휘선의 병원비도 내고 휘철이 대학등록금을 감당했고 막내 휘중을 대안학교 보내는 돈도 거기서 깎아나갔다. 다행히 시골이라 푸성귀를 텃밭에 심어먹었다. 콩도 심고 팥도 심었다. 고추나 들깨 잎이랑 가지는 질리도록 먹어도 늘 차고 넘쳤다. 파도 심고 감자랑 고구마도 심었다. 방울토마토를 심었더니 어찌나 많이 열리는지 과일 대용이 되니 시장에 가지 않아도 되었다.

남편이 갑자기 사라진 뒤 편안할 줄 알았으나 날마다 집안을 뒤덮고 찍어 누르는 어둠은 짙은 안개처럼 앞을 볼 수 없을 정도였다.

10

삼월의 할아버지는 종갓집의 머슴과 같았다. 종갓집의 농사를 지어주고 도지를 받아서 살았다. 삼월의 어머니까지 간간히 와서 빨래를 해주고 음식 만드는 일을 도와주는 드난살이를 했다. 비슷한 시기에 태어난 종갓집의 미애와 드난살이를 하는 집안의 딸인 삼월은 늘 함께 붙어 다녔다. 특히 초등학교 6년간 학교까지 큰 신작로를 따라

가는 학교길이 왕복 한 시간이 넘겨 걸리니 삼월과 미애는 비가 오나 눈이 오나 항상 함께 붙어 다녔다. 키가 유난히 작은 미애에 비하여 몸집이 좋은 삼월은 날씨가 너무 추울 적에는 보호자처럼 미애에겐 든든한 바람막이가 되어 주었고 이따금 고뿔감기로 열이 나면 미애의 책가방이나 체육복을 날라주기도 했다. 하지만 미애의 집에서는 그걸 달갑지 않게 생각했다. 미애는 종갓집의 귀한 딸이고 삼월은 천한 집안 출신이기 때문이었을까.

미애의 어린 시절 북한강은 졸졸 흐르는 시냇물이라 미역도 감을 수 있는 위험성이 전혀 없는 강이었다. 봄에는 강가에 핏빛의 철쭉이 만발했고 달래보다 큰 골파가 땅을 뚫고 올라오는 봄이면 캐다가 삶아서 양념장에 찍어먹으면 꿀맛이었다. 강을 따라 늘어선 버들가지에 물이 오르는 봄이면 호드기를 만들어 불기도 했다. 여름이면 모깃불을 피워놓고 평상에 둘러앉은 가족들은 북한강에서 잡아온 다슬기를 된장을 풀어 삶아서 바늘로 파먹느라고 호호거리면서 밤이 깊어가는 줄 몰랐다. 이제는 그 옛날의 낭만을 즐길 수 없지만 미애와 삼월의 뇌리에는 이런 아름다운 정경이 그득 고여 있다. 팔당댐을 막은 뒤에는 물이 차올라서 개울 같았던 강이 시퍼런 깊은 강이 되었고 요트경기장으로 변해서 국제대회도 열릴 정도이니 시골스러운 향취가 사라진 셈이다.

삼월의 유일한 소망은 미애의 집을 사서 대를 물리면서

주눅 들어 살았던 한을 푸는 것이 삶의 목적이었다. 다행히 도시로 나가살면서 남편이 돈을 많이 벌어 이 지역의 땅들을 사들이는 일이 낙이었고 마지막으로 미애가 살고 있는 종갓집을 사면 그녀의 꿈은 다 이뤄지는 셈이다. 그런데 정작 종갓집의 주인인 미애가 뒤뜰에 붙박이로 앉아서 집을 팔 생각이 전혀 없었다. 어서 이 꿈을 이뤄야 하는데 종갓집 주인이 된 미애가 도대체 움직일 태세가 아니다. 날마다 내루와 그 옆에 연이어있는 툇마루와 일꾼들이 묵었던 방들이 퇴락해 가는 몰골이 마치 삼월이 자신의 몸이 상하는 것만큼이나 아팠다.

미애의 남편이 집을 나간 뒤에 이제는 이 집을 팔고 떠나려나 했더니 뒤란만 가꾸고 칩거하는 미애로 인해 매일 아침 뒤뜰에 쫓아나가 미애를 조르는 일이 삼월의 일과였다. 삼월은 날이 거듭할수록 어둠이 내려앉는 이 종갓집을 번듯하게 고치고 새로 단장하는 꿈을 꾸면서 지냈다. 옹고집을 부리면서 뒤란에 꽃밭을 만들어 열심히 가꾸는 미애의 등을 삼월은 밉상스럽게 흘겨보면서 문악산과 나란히 올라간 맞배지붕을 올려다본다.

이 집을 사들이면 삼월은 뒤란의 김장독 자리에 장독대 위에 캐어놓은 독들을 다시 묻을 것이다. 김치냉장고 대신에 김장독을 묻어놓고 그 오묘한 김치 맛을 보면서 살 작정이다. 어려서 얻어먹은 종갓집의 김치 맛을 잊을 수 없기 때문이다. 한 겨울 북풍이 마구 불어올 적에 미애와 둘이 건넌방에서 놀던 밤, 배가 고픈 두 소녀는 김칫독에 엎드려 배추김치 한 포기를 꺼내고 가마솥 안에 넣어놓은 밥 한 그릇을 부뚜막에 나란히 걸터앉아 김치를 손으로 죽죽 찢어 하얀 이밥 위에 동그랗게 얹어 한 입 가득 씹을 적의 그 맛을 어떻게 표현해야할지! 밥 한 그릇을 둘이서 뚝딱 먹어치운 다음 솥에 남아있는 차가운 숭늉을 한 모금 마실 때 밀려오던 오스스함과 속이 확 풀리면서 밀려오던 유년시절의 전율은 삼월이 죽을 때까지 잊지 못할 맛난 추억이었다.

지금도 그 맛을 떠올리면서 이따금 김치냉장고의 김치를 꺼내 손으로 죽죽 찢어 쌀밥 위에 얹어 먹어보지만 아무리 여로 모로 김치를 잘 담가서 흉내를 내봐도 유년시절 미애네 땅에 묻어놓았던 김칫독에서 꺼내먹던 그런 김치 맛이 아니었다. 아무튼 이 집을 사자마자 곧바로 장독대 위에 나란히 캐어 놓아둔 그 독들을 모두 다시 땅에 묻을 것이다.

김치를 남도 식으로 젓갈을 많이 넣지 않고 아주 담백하게 담글 예정이다. 이 지역 김치 맛은 개성처럼 담백하다. 삼월은 장차 뒤란의 김칫독을 복원하여 종갓집 손맛으로 김치를 담가 묻어놓고 김치판매를 할 계획까지 세웠다. 그러자면 뒤란 가득 김장독을 묻어야 하리라.

삼월은 아침 햇살이 적당히 동쪽으로 솟아올라 따스하게 비출 적에는 언제나처럼 뿌르르 미애를 찾아 종갓집으로 갔고, 그때 어김없이 뒤란에 쪼그리고 앉아서 꽃을 가꾸고 있는 미애를 흘끔거리면서 장독대 위에 나란히 놓여 있는 장독의 수를 세어본다. 모두 여덟 개가 그대로 있으면 가슴을 쓸어내리면서 이 집을 살적에 저 독까지 몽땅 사서 다시 제자리에 묻을 계획을 세운다. 뒤란 전체를 김칫독으로 꽉 채우자면 독을 몇 개나 더 구입해야할지 가늠해본다.

다른 때보다 일찍 귀가한 휘철은 어머니가 날마다 뒤뜰에 있는 것이 마음에 거슬렸다. 생활을 제대로 하지 못하고 늘 꽃밭에 매달리는 어머니를 걱정하면서 휘철은 화를 냈다.

"전 어머니가 뒤란에 있는 것이 아주 싫어요. 역겨워요."

그렇게 화를 내는 휘철을 무시하고 뒤란에서 두릅을 따서 삶아 초고추장에 무쳐놓기도 했다. 뒤란을 너무 정성스럽게 가꿔서 잡초도 한 포기 없고 봄이 익어갈수록 온통 꽃으로 뒤덮였다. 뒤란은 어머니의 종교요, 쉼터요, 평안하고 안전한 자궁처럼 보였다.

남편의 실종을 꽃으로 위로받으려한다고 종알대는 삼월의 말도 무시하고 아들의 신경질도 등 뒤로 하고 미애는 그렇게 종갓집 뒤란에서 세월을 보낸다. 대들보가 번듯한 종갓집을 이렇게 버려둘 수 없다고 생각한 휘철이 조금이라도 손을 대서 수리하려고 대패와 톱을 숫돌에 갈고 있을 적에 낯선 중년의 남자가 어릿대면서 대문 안으로 들어섰다. 마지막 겨울바람에 견디지 못하고 바짝 말라서 떨어진 가랑잎 빛깔의 낡은 바바리를 걸친 남자였다. 옆집 토막살인사건으로 범인을 찾지 못하고 있는 터라 아직도 낯선 사람이 들어오면 가슴이 철렁 내려앉게 마련이다. 더구나 아버지의 실종도 함께 미제사건으로 남아서 시시때때로 형사들이 독사눈을 하고 드나들어 늘 불안하게 지내는 터였다.

"누구시죠?"

대답도 않고 여기저기를 신기한 듯 둘러보고 어릿대는 남자는 담배를 입에 물고 여유 있게 코로 연기를 뿜어내면서 호주머니에서 수첩과 볼펜을 꺼내들었다.

"미국변호사에게서 의뢰받고 사람을 찾으러 나왔습니다."

뒤란 꽃밭을 돌보던 미애가 화살처럼 뛰어나와 휘철을 밀어내고 바바리코트를 입은 남자의 코앞에 주먹을 들이댄다.

"한국도 아니고 미국변호사가 어째서 한국에까지 관심을 가지는 것입니까. 이곳 대한민국의 형사들이 지금도 눈을 퍼렇게 뜨고 집을 나간 내 남편을 찾느라고 난리인데 거기에 미국변호사까지 합세하는 이유가 뭡니까?"

거세게 나가는 여인의 항의에 말라비틀어진 가랑잎을 연상케 하는 바바리를 걸친 남자가 엉거주춤 뒤란 모퉁이에 몸을 앙당그리고 서버렸다. ✿

나는 살고 싶다

1

미국이란 말에 기겁을 하면서 미애는 어쩔 수 없이 이주희라고 하는 여자를 떠올릴 수밖에 없었다. 그 여자는 남편인 닥터 박의 인생길에 걸림돌이 된 여자였고 또한 이 가정의 결정적인 불행의 요인이 되기도 했다.

남편이 미국여행을 하고 와서 갑자기 술을 더 마시게 되었고 이혼을 요구하는 근원이 된 여자가 바로 이주희라는 여자다. 산부인과 의사로서 병원에 정착을 못한 그가 탈출구로 택한 여자이기도 하다. 이 나라에 풍요의 바람이 불어오고 여성해방운동이 일어나면서 여권이 신장되자 여자들은 맹렬여성으로 탈바꿈하면서 아기를 낳지 않으려는 풍조가 정보사회의 가정들을 강타했다. 여자들이 힘든 농사일을 피하는 바람에 농촌에서는 장가를 가지 못한 남자들이 노총각으로 늙을 수 없어 국제결혼을 하는 바람에 한국도 미국처럼 국제인종시장이 되어가고 있다. 이 나라도 정보사회의 물결을 타고 글로벌 시대가 되면서 온 세상의 피와 문화가 녹아있는 그릇(melting pot)으로 둔갑하고 있는 중인 걸 누가 부인하랴.

산부인과 의사들은 소규모 병원에 일자리를 잡기도 하고 병원구실을 하는 구멍가게를 한적한 도시에 차리기도 한다. 문제는 너무 많은 의사들이 쏟아져 나와서 병원에도 발붙일 자리가 점점 줄어들고 있다는 사실이다. 이런 와중에 닥터 박이 나성에서 만난 이주희는 그의 가난했던 어린 시절 한 반이었고 그것도 짝꿍 사이였다. 주희가 입은 옷은 가난에 찌든 어린 시절의 박장호 눈에는 천사의 옷이었다. 그녀의 투명한 볼은 칙칙하고 탁한 살갗을 지닌 어머니와 전혀 달랐다. 시커머니 쪼그라든 모과 같은 어머니를 보다가 탐스럽게 익어 발그레한 복숭아를 대하는 듯했다. 매일 학교에 와서 주희의 곁에 앉는 것이 유토피아의 끝자락에라도 자리를 잡은 듯 황홀하기도 했다. 장호처럼 키가 컸던 주희는 언제나 맨 꼴찌라 장호와 짝꿍이 되어 뒷자리에 나란히 앉았다. 아버지의 술주정에 견디지 못하고 집을 박차고 나가버린 어머니 탓에 장호는 세상의 모든 여자를 나이에 관계없이 증오하고 있었는데 주희처럼 천사를 닮은 이런 여자도 있다는 사실에 내심 몹시 놀라고 있었다. 아버지는 매일 싸가는 장호의 도시락에 신경을 쓸 마음은 물론 그럴 여유도 없었다. 그러니 그는 점심시간에 항상 교실을 벗어나 쓸쓸하게 주린 배를 움켜쥐고 운동장언저리를 배회할 수밖에 없었다.

어쩌다 주희가 먹는 도시락을 훔쳐보고는 주눅이 들어 침을 꼴깍 삼키면서 급우들 모두가 맛있게 점심을 먹고 있는 교실을 빠져나와 학교운동장 한 구석에 서 있는 키큰 미루나무 밑에 혼자 외롭게 서 있기도 했다. 우울한 마음을 달래려고 철봉에 거꾸로 매달려 파란 하늘을 올려다보면서 새털구름이 떠가는 하늘에 짝꿍인 주희의 예쁜 얼굴을 그려보기도 했다.

그런 장호가 불쌍했는지 하루는 도시락을 하나 더 싸가지고 온 주희가 그를 눌러 앉혔다.

"내가 도시락 하나로는 배가 고프다고 했더니 엄마가 두 개를 싸준 거야. 널 주려고 일부러 거짓말을 했거든."

주희가 장호에게 살짝 윙크를 보내면서 도시락을 밀어놓는다. 얼떨결에 주희가 준 도시락을 받아 뚜껑을 열었다. 우선 그 찬란한 음식의 빛깔에 눈이 부셨다. 맛을 보기보다는 음식의 색깔이 놀랍도록 황홀하다는 사실에 숨이 막혔다. 색색으로 속을 박은 김밥과 삶은 계란과 생전 먹어본 적이 없는 새큰한 무절임과 달착지근한 오징어조림이 혀끝에 닿자 아이스크림처럼 살살 녹았다. 음식도 이렇게 색깔이 곱다는 사실을 처음 알고 그는 몸을 떨었다. 그건 놀라운 발견이었다.

도시락뿐만 아니었다. 때로는 고운 필통을 살짝 급우들 몰래 그의 앞에 밀어놓기도 했다. 외교관이었던 그녀의 아버지가 사왔다고 하는 연필이랑 크레용도 자신의 것과 똑 같은 것으로 선물하기도 했다. 그건 귀족들의 향연을 잠간 맛보는 기분이었다.

비가 오는 날이 장호에겐 제일 곤욕스러웠다. 주희의 잠자리 날개 같은 옷자락에 혹시라도 냄새가 나는 그의 옷이 닿을까봐 주희의 반대쪽으로 몸을 당기면서 애써 몸을 앙당그렸다. 아무리 봐도 장호처럼 구질구질한 옷을 입은 아이가 그의 반에는 없었다. 어쩔 수 없이 집에 가면 손수 한 벌뿐인 옷을 빨아서 밤새 방안에 널어말려 입고 아침에 등교하는 날이 반복되었다. 손톱발톱도 열심히 깎았고 매일 저녁 찬물로 목욕을 해서 주희와 걸맞게 깨끗하게 되려고 노력했다.

주희에게 보이기 위해 코피를 흘려가면서 공부를 열심히 했다. 그녀에게 보여줄 것은 학교성적뿐이 없었기 때문이다. 어떤 때는 시험에 대비하여 몸을 도사리지 않고 꼬박 며칠 밤을 새울 정도로 오로지 공부에만 열중했다. 그 결과 장호는 언제나 학년 전체의 수석자리를 놓치지 않았다. 주희를 위해 그렇게 열심히 공부하는 것이 몸에 배서 그 관성으로 중고등학교를 우수한 성적으로 졸업했고 나중에는 의과대학에 합격해서 의사가 될 수 있었던 셈이다.

초등학교를 졸업하고 외교관이었던 아버지를 따라 바다를 건너 가버린 주희를 닥터 박은 성인이 되어서도 잊지 못하고 그리움에 몸을 떨었다. 이 지구 위에 살아만 있다면 언젠가는 그녀를 꼭 만날 수 있으리란 기다림 속에 살았다. 그런 주희를 여행 중에 나성에서 기적처럼 만나게 된 셈이다. 그간 소식이 완전히 끊겼던 두 남녀가 의사와 변호사로 만나서 불이 붙은 꼴이다. 한 번 결혼한 경험이 있는 이혼녀인 주희는 장호를 악착같이 붙들고 늘어졌고 이런 주희가 싫지 않은 닥터 박은 옛날의 황홀한 추억에 빠져서 헤어나지를 못했다. 두 사람의 사랑의 불길이 절정에 달했을 때 주희가 딱 한 번 한국에 온 적이 있었다.

그때의 기억이 새롭게 미애의 머리에 떠올랐다. 초인종이 울려 나갔더니 낯선 여자가 서 있었다. 작고 쪽 째진 눈에 날카로움이 번뜩이는 얼굴이었다. 가는 몸에 키는 장대처럼 컸다. 코언저리와 입가에 번들거리는 기름기로 인해 얼굴 전체에 욕심이 덕지덕지 서렸고 뺨에 흐르는 지성미는 차가운 눈으로 인해 따스하게 대할 수 없는 상대로 거부반응이 일었다.

"잠깐 들어가도 될까요?"

"누구신데 이렇게 남의 집에 함부로 들어오겠다고 이러십니까? 누구시죠? 신분을 밝히셔야지요. 이렇게 무단침 입을 하면 경찰을 부르겠습니다."

"전 이주희라는 여자로 미국의 변호사입니다."

순간 미애의 눈에 번갯불이 번쩍 스쳤다. 남편의 술주
정에서 간간히 거론되었던 여자기 때문이다. 쭈뼛거리면
서 물러서는 미애와는 정반대로 이주희란 여자는 아주 당
당하게 거실 안으로 들어와서 소파에 무람없이 턱 걸치고
앉았다.

"저에 대해선 장호 씨에게서 이미 들어 아시고 계시지
요."

"……."

"저희는 사랑하는 사이입니다. 그러니 물러서주세요."

단도직입적으로 나가는 여자의 태도가 너무 교만하고
당당해서 미애도 허리를 딱 펴고 앉아서 맞받아쳤다.

"제가 물러설 수 없다면 어찌하렵니까?"

"애정이 없는 결혼생활은 남자를 죽이게 마련입니다.
가정도 망하고 가족도 망합니다. 보다 못해서 이렇게 미
국에서 태평양을 건너왔습니다. 날마다 망가지는 장호 씨
를 그냥 바라볼 수만은 없다는 결론에 이르렀습니다. 그
러니 이제 이혼을 하시는 것이 이 가정을 살리는 길이고
그 사람을 살리는 길이 됩니다. 저희는 이미 결혼을 약속
한 사이입니다."

"미국에서는 쉽게 이혼을 하는지 몰라도 여기 한국은
아직도 이혼을 그렇게 쉽게 하지 않습니다. 미국에 있는

남자를 택하시지 어쩌자고 바다 건너에 있는 남자 그것도 유부남을 홀려서 남의 가정을 깨트리는 것입니까. 저는 자식이 셋입니다. 그러니 자식들을 위해서도 절대로 이혼할 수 없습니다."

그러자 주희는 벌떡 일어서더니 분노에 찬 음성으로 날카롭게 쥐어박듯 언성을 높였다.

"남편이 죽어가고 있는 판에 그 알량한 가족이 중요합니까. 이렇게 꽉 막힌 여자하고 사는 장호 씨가 불쌍해요. 전 이 가정을 위해서 하는 충고입니다. 이혼이 빠를수록 모두가 사는 길입니다. 저도 그를 사랑하니까 양보하세요. 장호 씨는 이렇게 놔두면 죽습니다. 알코올중독이 날이 갈수록 심해져서 어서 데려다 좋은 병원에 입원시키고 제가 옆에서 돌보겠습니다. 이혼을 해야 법적 서류가 갖춰지게 되고 의료혜택을 받을 수 있으며 닥터 박이 미국에 체류할 수 있게 되요. 미국에서의 그의 신분은 이혼이 절대적으로 필요합니다. 이런 결혼생활은 지옥이고 애정이 없는 결혼은 서로를 파멸합니다. 어서 물러서세요."

설교조로 차갑게 읊조리는 음성에는 상대방을 찍어 누르는 카리스마적인 위압감이 서려있었다. 변호사인 직업이 주는 논리 정연함이 비인간적이고 사무적이었다.

"우리도 결혼할 적에는 대단한 사랑이 있어서 부부로 맺어졌습니다. 그러니까 그 사이에서 아이들 셋이 태어났지요. 전 절대로 이혼하지 않습니다."

"지금은 그 알량한 사랑이 없어졌습니다. 이런 결혼생활은 닥터 박을 지옥에 떨어뜨리고 있습니다. 그 사람을 미국에 어서 데려다가 살려낸 뒤 의학공부를 더 시켜서 미국자격증을 가진 훌륭한 의사로 키울 것이니 어서 양보하세요. 기다리겠습니다."

이렇게 일방적으로 통보하고 퉁퉁거리면서 현관문을 빠져나가던 여자의 등 뒤에 고여 있던 당당하고 서슬이 시퍼렇던 빛을 가슴 맨 밑바닥에 미애는 아직도 간직하고 있었다.

그런 만남을 떠올리면서 미애는 기분 나쁘다는 표정을 의도적으로 상대방에게 알리려고 애를 쓰면서 갑자기 침입한 중년의 남자를 응시했다. 이런 미애의 태도를 싹 무시하고 느글느글 웃어대는 남자는 묘하게 상대방을 찍어 누르는 힘이 있었다.

"이렇게 남의 집에 침입해서 미국변호사 운운하는 것이 잘하는 짓입니까?"

어머니 뒤에 서 있던 휘철이 앞으로 나서면서 따지듯 말했다.

"전 미국의 변호사에게 의뢰를 받고 나온 사람입니다. 이 집에서 실종된 가장 닥터 박장호를 찾기 위해 나왔습니다."

미애가 따발총을 쏘듯 낯선 사내에게 덤벼들었다.

"한국도 아니고 미국에 있는 변호사가 어째서 남의 집

가장의 실종에 그렇게 관심이 많답니까? 혹시 그 여자가
숨기는 무엇이 있는지 의심이 가네요. 제 남편이 그 집에
가있을 가능성이 많으니 먼저 미국의 그 여자 집이나 정
탐하시지 그러세요."

남자는 머리가 푸스스하고 삶에 지친 피곤한 얼굴에 바
짝 말라 땅 위에 뒹구는 가랑잎 색깔의 풍덩한 바바리를
걸치고 있었다. 호주머니에서 작은 수첩을 꺼내들고 볼펜
을 쥐고는 취재를 하려는 기자 냄새를 풍겼다. 수첩과 볼
펜이 주는 공포감이 미애와 휘철을 휘감았다.

"그럼 형사도 아니고 경찰도 아닌 사람이 우리를 심문할
자격이 있다고 생각합니까? 그리고 실종된 사람이 어떻
게 생겼는지도 모르고 어떻게 찾는다고 이 야단입니까."

휘철이 단호하게 가로막고 나서자 남자는 수첩갈피에
서 사진을 한 장 꺼내 두 사람 앞에 내밀었다. 실종된 아
버지가 활짝 웃으면서 바다를 뒤로 하고 야자수 밑에 포
즈를 취한 사진이었다. 도대체 이 사진이 어떻게 이 자의
손에 들어갔단 말인가.

"이 사진을 어디서 구했습니까?"

"미국의 의뢰인이 이 사진을 주었고 상세한 정보도 제
손에 넘겼습니다."

누군지 짐작이 가면서도 시치미를 뚝 때고 미애가 다그
쳤다.

"도대체 태평양 건너편 누가 이런 사건을 맡겼단 말입

니까?"

"이주희라고 미국 나성에 살고 있는 여자변호사입니다."

그러자 미애의 얼굴이 눈에 띌 정도로 일그러졌다.

"그럼 형사도 아니고 경찰도 아닌 당신의 신분이 무엇입니까? 자격도 없으면서 남의 나라 공권력에 끼어듭니까."

휘철이 날카롭게 따지면서 대들자 남자는 약간 기죽은 표정을 지으면서 텁수룩하게 자란 턱수염을 손바닥으로 쓰윽 문질렀다.

"이 나라에서는 저를 사설정보관리사라고 부른다고 하더군요. 그 말이 어려우면 민간조사원이라고 할까요."

그러자 휘철이 야유조로 픽 웃으면서 중얼댔다.

"쉬운 말로 탐정이라 이 말이지요. 옷이랑 외모가 꼭 콜롬보탐정 흉내를 냈군요. 그런데 우리나라에는 탐정이란 말이 없습니다. 법으로 인정이 되질 않지요. 그 비슷한 일을 하는 곳을 흥신소라고 했는데 요즘은 심부름센터라고 하더군요."

그러자 중년의 남자는 아주 어눌하고 바보 같은 얼굴을 하면서 뚫고나갈 구멍이라도 찾은 듯 비실거리면서 말했다.

"어떻게 제 이름을 그렇게 딱 맞추세요. 콜롬보는 제가 살고 있는 로스앤젤레스에서 절 부르는 이름입니다. 이제부터 절 콜롬보라고 불러주셔도 됩니다. 이 집안의 기둥인 주인양반이 실종된 걸 최선을 다 해서 해결해드리겠습니다. 5년의 세월이 흘렀으니 어디 살아있다고 보기는 어렵겠군요. 그럼 시신이라도 찾아야지요. 제가 최선을 다해서 문제를 해결해드리겠습니다. 생사여부가 불확실한 상태가 지속되면 가족들의 상처가 깊어집니다."

순간 미애의 얼굴색이 싹 변하더니 눈에 띌 정도로 손을 벌벌 떨었다. 그러나 휘철의 내심에는 그의 맹한 얼굴과 어리뜩한 표정으로 인해 어느 정도 마음이 놓였다. 오히려 형사보다 훨씬 부드럽고 대하기 편하다는 생각이 들 정도였다. 더구나 한국에선 탐정이란 미국 탐정처럼 권총 휴대권도 없고 호텔탐정이나 빌딩 탐정처럼 제한된 구역 내에서도 수사권이 없어 활동범위가 아주 좁다. 형사나 경찰에 시달리는 것보다 훨씬 가볍게 대할 사람이란 생각에 휘철은 우선 안도했다.

엉거주춤 서 있는 가족들에게 사설탐정이란 사람은 깍듯하게 허리를 굽혀 절하고는 콜롬보라고 자신의 이름을 밝히고 난 뒤에 뒷짐을 지고 바바리코트 자락을 날리면서 대문을 나갔다. 얼마나 오래 입었는지 때가 꼬질 꼬질 긴 바바리의 뒷자락이 불쌍하다는 생각이 들 정도로 구겨져 있었다. 밖에 세워놓은 자가용은 요즘 사람들이 그 나이에 절대로 타고 다니니 않을 낡아빠진 작은 차인 마티즈였다.

콜롬보가 제일 먼저 접근한 사람은 닥터 박의 누나인 박말자였다. 자신이 사용할 수저와 젓가락을 가지고 다니면서 파출부를 하고 있는 혼자된 여자였다. 서리 맞은 배추처럼 피로에 절어 귀가하는 여자를 골목길에 숨어 있다가 접근했다. 어스름한 빛을 받고 골목에서 불쑥 튀어나온 콜롬보를 만난 박말자는 기겁해 무척 놀란 표정이었으나 동생의 실종을 수사하는 사람이란 말을 듣고는 얼굴이 펴졌다.

"마지막으로 동생을 본 적이 언제였습니까?"

"그 집에서 나를 사람취급을 하지 않으니 그렇게 자주 만나는 사이는 아니었어요. 또 동생은 의사가 되려고 기를 쓰고 공부하는 통에 누나를 기억하고 만나는 그런 사이는 아니었습니다."

"그래도 마지막 본 때가 있을 것 아닙니까?"

"그게 그러니까 아버지 장례식 때였지요. 어쩔 수 없이 그때는 저도 그 집안 딸이라 이런 신세지만 가봐야 했으니까요."

"그때도 닥터 박은 그렇게 술을 많이 마셨습니까?"

"아니요. 우리 닥터 박은 아주 착한 녀석이었지요."

박말자는 닥터 박이란 단어에 묘한 억양을 주면서 자랑스러운 표정을 지었다. 가난과 일에 찌들어서 약간 비굴할 정도로 눈치를 보는 몸짓이 정상이 아니라 약간 비뚤어진 성품이란 걸 한 눈에 알 수 있었다.

"5년 동안이나 실종되었으니 마음이 많이 상하셨겠네요."

이 말에 금세 그녀의 눈에 눈물이 그득 고여 온다.

"올케가 문제예요. 그 여자를 만나고 제 동생이 이렇게 이상하게 되었지요. 내조를 잘못해서 그렇게 되었어요. 남자가 술 마시는 것은 모두 여자책임이지요. 제게도 아주 잘하던 동생이 올케를 만나고는 시달려서 그런지 도대체 이상해졌다니까요."

언뜻 보기에도 야유와 이기죽거림이 몸에 밴 여자였다. 입을 삐죽거리면서 머리를 흔드는 여자의 아래턱이 앞으로 뾰족하게 나와서 말년이 박복할 상이었다. 동그랗게 돌출한 눈은 산전수전 다 겪은 할미의 강인한 표정이었다.

"그래도 의사가 되는 과정에서 그 많은 학비를 누가 다 대었습니까? 집안이 어려워서 의과대학에서 공부를 할 정도가 아니었다고 들었는데요."

그러자 박말자는 눈을 동그랗게 뜨고 콜롬보탐정을 노려보았다. 힘을 주어 뜬 눈에 총기가 가시고 앞니 셋이 나란히 빠진 입 모습이 허기져 보였다. 평생 어렵게 살아온 노파의 모습이 전신에 각인되어 있었다. 코에 살이 없어 일평생 가난하게 살아갈 상을 한 박말자는 납작한 코를 씰룩거리면서 기어들어가는 목소리로 말했다.

"그래서 문제가 된 거지요. 올케가 학교선생질을 해서 학비를 대면서 얼마나 들볶았으면 그렇게 술을 먹게 됐겠어요."

"혹시 동생의 실종에 의심이 가는 사람이 있습니까?"

그러자 박말자는 거리낌 없이 내뱉었다.

"그쪽 집식구들이지요. 친정나부랭이나 자식들 모두 내 동생을 싫어했으니까 아마도 그 사람들이 잘 알 터인데……."

놀라는 눈으로 그녀를 바라보는 콜롬보의 시선에서 동티날 짓을 했다고 느꼈는지 여자는 움찔해서 말끝을 흐린다.

"그렇다면 식구들이 닥터 박을 어떻게 했단 말입니까?"

그러자 머쓱해진 박말자는 입을 오물거리면서 두려운 표정을 감추지 못했다. 이런 기회를 놓치지 않고 콜롬보는 바짝 당겼다. 하긴 실종된 사람들의 거개가 가족 간에 일어나는 갈등으로 종결될 적이 많은 점을 참작한다면 이 가정의 실종사건도 그 점을 간과할 수 없었다. 살인이라면 먼 데 있는 사람이 아니고 아주 가까이에 있는 친구나 친척 심지어는 자녀나 부부사이도 의심을 해야 한다. 살인이라는 범죄는 살인의 역사에서 보여주듯 언제나 가까이에 있는 사람에 의해 저질러진 적이 많기 때문이다. 생판 모르는 사람이 충동에 의해서 죽이는 경우는 아주 드문 케이스인 것은 그의 오랜 살인추적 경험에서 나온 결론이었다. 그러니 가족이나 병원 주변인물이나 친구들과 친척들을 추적할 수밖에 없지 아니한가. 실종자의 측근을 추적하는 것이 기본구도였다. 하지만 만에 하나 무연無緣 범죄일 수도 있다. 지금 우리 사회는 자극을 쫓아 불가에 너무 가까이 간 나방과 같으니 이유 없이 불특정개인을 살해하는 일도 흔하다는 점을 간과해서는 안 된다.

"아무래도 식구들이 의심이 가지요? 저도 그런데요."

콜롬보는 슬쩍 박말자에게 미끼를 던졌다. 그의 말에 대어가 덥석 먹이를 물 듯 그녀는 다가왔다.

"하긴 이상해요. 올케나 자식들이 조용히 저렇고 있는 것도 의심이 가지요. 동생이 실종된 뒤에 제가 삼봉리 마을에 한 번 갔었는데 울고불고 남편을 찾아 헤매는 게 아니고 뒤란에 쪼그리고 앉아 잡초를 뽑으면서 뒤란을 글쎄 무릉도원처럼 아름답게 가꾸고 있으니 이상하지 않아요. 거긴 올케의 천국 같다니까요."

"실종자의 가장 측근이 누님인데 그럼 자주 삼봉리 집에 가보시지 그러세요."

"그러잖아도 내일이 실종된 동생의 생일이라 한 번 가보려는 참이어요."

"가서 면밀히 살펴보세요. 동생이 실종된 실마리를 찾아서 저에게 연락해주시면 제가 해결하겠습니다."

콜롬보는 박말자에게 자신의 핸드폰 전화번호가 적힌 명함을 건네주고 달동네의 골목길을 빠져나왔다. 두 손을 호주머니에 푹 찌르고 걸으면서 박말자의 말을 되새겨본다. 그래 가족과 아내 쪽 친척일 수 있다. 5년의 세월이 흐르도록 소식이 없다면 닥터 박은 죽은 것이 확실하다. 그러나 시신을 찾아야 범인을 찾을 수 있다. 살인자가 가장 가까운 피붙이일 수 있다고 가정해도 어떻게 그 실마리를 찾는단 말인가. 우선 내일부터 실종자가 일했던 병원이랑 닥터 박의 친구들을 탐문수사하려고 차곡차곡 범죄프로파일링을 작성하여 계획을 짜기 시작했다.

콜롬보란 남자가 다녀간 뒤에 미애는 잠을 이룰 수가 없었다. 실종된 남편을 찾아다니는 사람들이 곁에 맴돌 때는 몸이 오싹할 정도로 귀기가 서리서리 어리고 바람결을 따라 휘몰아치는 섬쩍지근한 기운이 그녀를 찍어 누르기 때문이다. 게다가 밤새도록 이주희란 여자의 얼굴이 눈앞에서 알찐거렸다.

역시 잠을 이루지 못한 휘철이 어머니 방으로 들어갔다. 말없이 우뚝 서서 괴로운 표정으로 누워있는 어머니를 내려다보다가 유리창을 통해 멀리 시선을 옮긴다. 어둠 속에서 성근 머리칼처럼 곤두선 뒷산 나무들을 향해 멍청히 눈길을 던졌다.

"우선 시간이 필요하다. 우리에게 시간이 약이다. 집을 나간 네 아버지란 사람은 우릴 버리고 가버렸고 우리 가족은 살아야 한다. 이 집에서 10년만 이렇게 참고 지내면 모든 것이 해결된다. 너도 그 때까지 이를 악물고 참아라. 지금부터 10년 만 지나면 모든 것이 만사오우케이다."

어머니는 10년이란 단어에 힘을 준다. 그것에 모든 희망을 걸고 있다는 뜻이 분명했다. 세월이 약이라고 했으니 그저 시간만 가라고 하면 되는 것일까. 10년만 지나면 과연 해결될 일인가.

　휘철이 건넌방으로 간 뒤에 미애는 쪼그리고 앉았다. 세월을 거슬러 올라가 남편을 만났던 시절이 주마등처럼 앞에 펼쳐졌다.

2

　사범대학을 갓 졸업하고 경기도에 자리 잡은 자그마한 고등학교 국어선생으로 발령을 받은 미애는 꿈이 이뤄져서 어깨에 날개라도 달린 기분이었다. 이제 한 가지 꿈만 더 이루면 된다. 문예지에 시가 당선되어 시인으로 등단한 뒤 열심히 많은 시를 발표하여 예쁜 시집을 내고 싶다는 소망이 그녀의 마음속에서 움트고 있었다. 그러기 위해서는 적어도 시집을 300권은 읽어야 한다고 내심 단단히 다짐을 하고 늘 핸드백에는 시집을 두 권씩 지니고 다녔다. 집에서 학교까지 통학을 하자면 같은 경기도라도 삼봉리에서 여주까지는 정반대 거리라 버스를 두 번이나 갈아타야 한다. 집 가까이에 발령받는 것보다 이렇게 버스를 타고 통근하는 것이 그녀의 기쁨이기도 했다. 시를 구상하고 또 시를 읽고 얼마나 행복한지 그녀의 얼굴에는 '나는 행복합니다.'라는 표정이 가득 고여 있다. 웃음이 넘치고 기쁨과 평안이 철철 전신을 휘감았다. 여주터미널을 떠나 두 정거장을 갔을 적에 몰골이 추레한 한 청년이 올라타더니 곧장 미애의 옆 자리에 짐을 부리듯 몸을 내던진다. 술 냄새가 울컥 풍겼다. 흘끔 옆 자리의 남자를 보니 온통 먹구름이 잔뜩 낀 얼굴이다. 모르는 척 하고 그의 냄새가 옷에 옮겨올 것이 두려워 살짝 몸을 창문 쪽으로 당겼다. 그녀는 의도적으로 두 사람 사이가 약간 떨어지게 공간을 만들었다. 처음에는 머리를 푹 숙이고 있던 남자의 키가 얼마나 큰지! 앉아있는 키도 미애보다 압도적으로 커서 아무리 몸을 앙당그려도 큰 덩치의 남자 허벅지가 몸에 닿아서 몸서리를 쳤다. 자꾸 옴지락거리면서 남자의 살이 엉덩이에 닿는 것을 피하려다가 나중에는 쓸데없는 짓인 걸 깨닫고는 핸드백에서 시집을 꺼내 읽었다. 옆의 남자에게 신경을 쓰지 않고 오로지 시에만 신경을 써서 읽으려고 노력했다. 버스가 다섯 번째 정류장에 섰을 때 미애가 담임한 여학생이 버스에 타면서 그녀를 알아보고 다가왔다.

"선생님, 이제 집에 가세요?"

"그래 성애구나. 넌 어디 가니 이 저녁에."

"저희 음식점이 여기서 두 정거장 더 가면 있어요. 저녁에는 손님이 많아서 매일 이렇게 학교에 갔다 와서 거기에 가요. 일손이 모자라서 제가 부엌에서 설거지를 해줘야 하거든요."

"참 착하구나. 그래야지. 부모님을 도와야 착한 딸이지."

이내 두 정거장을 와서 성애를 내려주고 버스는 달린다. 피곤에 절은 사람들이 버스가 흔들리는 대로 몸을 맡기고 눈을 지그시 감고 있었다. 미애도 시집을 핸드백에 넣고 눈을 감았다. 아직도 집까지 반 시간 이상을 더 가야 하고 희미한 빛에 시를 읽을 수는 없고 이렇게라도 눈을 감고 피곤을 달래려는 의도였다.

"선생님이시군요?"

담임한 학생의 출현으로 선생이라는 것이 알려진 상태라 그저 머리를 끄덕여보였다. 남자는 호기심 잔뜩 어린 얼굴로 미애를 찬찬히 훑어보는 눈길이 차가운 뱀살이 스치듯 느낌으로 다가왔다. 버스는 푹 익은 연시 빛으로 곱게 물든 서쪽 하늘을 오른쪽에 끼고 달리고 있었다. 땅거미가 스멀스멀 산야의 바닥을 기어다니기 시작하자 스산함이 함께 들판을 뒤덮었다.

미애가 종점에서 내리자 그도 따라서 내렸다. 미애는 모르는 척 머리를 푹 숙이고 집으로 향하는 좁은 길로 접어들었다. 남자가 바짝 뒤를 쫓는다. 미애의 발걸음이 빨라지면 그 쪽도 속도를 내서 따라온다. 걸음을 늦추면 그 사람도 속도를 늦춘다. 살살 등에 진땀이 나기 시작했다. 그녀가 대문을 박차고 집으로 뛰어 들어가자 남자는 포기한 듯 뒤돌아서 가버렸다.

다음날도 그 다음날도 이상한 남자는 계속 미애를 미행한다. 어쩔 수 없이 아버지의 도움을 요청했다.

"이상한 남자가 제가 집에 올 적에 늘 미행을 해요."

"이런 나쁜 놈이 있나. 내가 늘 버스정류장에 나가서 기다리마. 나하고 함께 오면 그런 일이 없을 거다."

그 내막을 알아챘는지 남자는 그다음 날부터 미행을 중단해서 미애는 가슴을 쓸어내렸다. 그리곤 남자는 나타나지 않았다. 누구나 젊은 시절 한두 번 당하는 해프닝으로 알고 그냥 웃으면서 지나친 사건이었다. 한 달 뒤 하교시간에 학생들과 함께 교정을 빠져나오는 순간 그 남자가 교문 앞에 떡 버티고 서 있는 게 눈에 띄었다. 가슴이 철렁했다. 떨어져나간 줄 알았는데 다시 미행을 하려는 모양이다. 아버지에게 전화를 걸어 버스정류장에 나와 있으라고 해야지 하면서 다시 교무실로 들어갔다. 미애는 일부러 교무실에서 선생들과 너스레를 떨면서 시간을 보냈다. 그를 떨어버리려는 속셈에서였다. 아버지와 시간약속을 해놓고 버스시간에 맞춰 교문을 나서자마자 버스에 올랐다. 어디에 숨어 있다가 나왔는지 그 남자가 같은 버스에 탔다. 가슴이 콩닥콩닥 뛰었다. 하필이면 미애의 옆자리에 털썩 앉으면서 말을 걸었다.

"구면이지요. 안녕하셨어요."

"아, 네."

"왜 그렇게 절 무서워하세요. 전 괴물이 아닙니다."

버스 안 사람들의 시선에 신경이 쓰여 미애는 되도록 말을 아끼고 시선을 차창 밖에 두었다.

"저란 놈은 의사가 되려고 명문대학에 입학했는데 첫 학기 등록금만 어떻게 해서 냈지요. 학교 선생님들이랑 급우들이 모아서 준 것으로요. 2학기는 돈이 없어 휴학을 했습니다. 너무 낙담하여 죽으려고 양수리행 버스를 탔다가 선생님을 만났습니다. 죽을 놈의 소원이니 한 가지만 들어주시구려."

버스 안에 승객이라곤 늦은 시간이라 운전기사를 빼고 앞자리에 두 사람 뒤에 미애랑 그 청년 이렇게 딱 넷뿐이었다. 그래도 대답을 않고 묵묵히 차창 밖만 응시하는 미애에게 청년은 다시 말을 걸었다. 마치 마이크를 잡고 외치듯 너무 소리가 커서 미애는 운전기사와 앞에 앉아있는 승객 두 사람에게 창피해서 얼굴을 가리고 싶은 심정이었다.

"구름이 높은 봉우리에 걸려서 멈춘다는 산이 운길산이라고 들었습니다. 북한강과 남한강이 만나는 두물머리 북서쪽 지점에 솟아있다고 사전을 뒤지니 나오더라고요. 거기 수종사를 한 번만 다녀오면 자살하고픈 마음이 싹 가실 것 같은 마음이 듭니다. 제발 저를 그 절로 안내해주시겠습니까?"

자살을 앞둔 청년의 간청이다. 지푸라기라도 잡고 싶은 심정일 터였다. 대학에 갓 입학하였다면 동생뻘이다. 미애보다 네다섯 살은 아래로 보였다. 같은 또래도 아니고 연장자도 아닌 어린 청년이 자살을 앞두고 이렇게 방황하고 있는데 수종사에 가는 길을 동행해주는 것쯤은 괜찮다는 생각이 스쳤다. 산에 올라가서 마음을 비우고 절에 들어가 빌면 자살하지 않을 수 있다는데 그런 정도야 못해줄까 하는 마음이 슬그머니 그녀의 마음에 파고들었다.

"저는 시간이 일요일뿐이 없습니다. 직장을 나가는 여잔 걸 잘 아시지요. 더구나 일요일에도 오후만 가능합니다. 오전에는 교회에 가거든요."

"압니다. 그럼 다음 일요일 오후 두 시에 수종사로 들어가는 큰길 입구에서 기다리겠습니다."

청년은 그녀의 대답도 듣지 않고 일방적으로 통고하고는 흔쾌하게 인사를 하고 버스가 멈추자 바로 뛰어내려버렸다.

3

수종사는 미애가 수없이 집 앞의 정원처럼 드나들던 곳이다. 초등학교 시절 소풍을 가면 항상 수종사로 갔었고 사춘기에 마음이 울적하면 혼자서라도 찾았던 절이다. 특히 산사의 저녁에 울리는 타종소리는 순간적으로 머릿속이 텅 비는 것 같고 종소리의 울림으로 마음속이 그득히 채워짐을 몇 번 체험한 터라 청년도 그런 마음을 가질 수 있으리란 확신이 왔다.

수종사水鐘寺에 대하여는 어려서부터 담임선생이나 사찰의 중들로부터 귀 따갑게 듣던 전설이 있다.

신라 때 지은 고사로 돌 틈으로 물이 흘러나와 땅에 떨어지면서 종소리를 낸다고 하는 곳이다. 세조가 1458년 악성 피부병인 지명을 치료하고자 강원도 오대산에서 요양을 한 뒤 남한강을 따라 환궁하던 중 날이 저물어 풍광이 뛰어난 두물머리에서 하룻밤을 묵었다고 한다. 그 밤에 은은하게 울려오는 종소리를 듣고는 이상히 여기고 사람을 보내 종소리의 출처를 조사해보니 폐허가 된 천년고찰의 바위굴 속에 18나한상이 모셔져있고 그 바위틈에서 맑은 물방울이 떨어지며 종소리를 냈다고 한다. 세조는 그 다음해인 1459년 절을 다시 짓고 수종사라고 명명했다는 전설이 깃든 곳이다.

큰 젖줄인 남한강과 북한강이 몸을 섞는 양수리 너머로 청계산, 유명산, 용문으로 이어지는 한중지맥의 굳센 산줄기를 조감도를 보듯 높은 곳에서 내려다보면 가슴이 탁 트이는 풍광에 아마도 청년은 삶의 의지를 다시 찾을 수 있을 것이란 생각이 들었다. 자신의 인생을 조감도를 보듯 끌어안을 수 있기 때문이다.

한강 두물머리를 향해 입질하는 물고기 형국인 운길산에 오르면 조망이 매우 빼어나서 막힌 가슴이 탁 트인다고 모두들 고백하고 있다. 힘들고 어려워도 그를 데리고 수종사에 오르기로 했다. 경사가 심하게 가팔라서 몇 년간 등산을 하지 않은 미애가 오르기엔 몹시 힘이 들 터이지만 한 청년의 생명을 구하는 일이니 아이들을 가르치는 국어선생인 미애가 마다할 수가 없었다.

수종사의 요사채 앞에서 20미터 정도 내려가 우축 길로 오르면 천천히 걸어도 40분 만에 운길산 꼭대기에 이를 수 있다. 태백산을 발원으로 하는 남한강과 금강산을 발원으로 하는 북한강이 만나는 곳을 한눈에 내려다보면서 해동 제일이라는 전망을 발밑에 깔고 서 있으면 청년은 자살하려는 생각을 산 밑 두물머리에 던져버리고 새 삶을 살아갈 마음을 가질 수 있을 터였다. 낡은 옛 옷을 벗어던지고 새 옷을 입듯이 말이다. 더구나 수종사에는 아직도 위용을 자랑하는 은행나무가 보호수로 지정이 되어있어 오랜 삶의 역사를 지니고 있다. 400년 수명이니 그 청년도 비바람에 끈질기게 살아온 나무를 보면서 힘을 얻어 삶을 포기하지 않을 가능성이 많았다. 한 청년을 살린다는 의협심에 미애는 차츰 마음이 밝아지고 기쁘기도 했다.

엎어치나 메치나 마찬가지 변명이 되겠지만 엉뚱하게도 그 산중에서 상상할 수 없는 일이 일어났다. 사람의 인적이 드문 곳이라 둘은 떨어져 걷고 있다가 숨이 턱에 차서 헐떡이던 미애가 길가에 주저앉아버렸다. 몸이 가벼웠던 시절에 올랐던 산이 아니었다. 상당히 힘든 코스였다. 수종사로 올라가는 비탈길은 생각보다 엄청나게 성깔이 있고 숨 막히게 곤두서서 걸어 올라가기 수월치 않았다. 그간 풍상우로에 산이 더 깎인 탓일까. 헐떡이는 그녀를 업어주겠다고 청년은 등을 내밀었다. 경계하는 사이지만 그런 그의 태도가 귀엽기도 하고 재미가 있어 웃음이 날 정도였다. 그런 그녀를 덥석 업고 산림이 우거진 숲속으로 들어간 청년은 미애에게 동물처럼 덤벼들었다. 마치 발정한 멧돼지처럼 헐떡이며 반항하는 가녀린 여자를 찍어 눌렀다. 몸부림치고 악을 쓰면서 가슴팍을 물어뜯었으나 그는 바위처럼 꼼짝을 하지 않고 자신이 하고 싶은 일을 끝까지 밀어붙였다. 순식간에 일어난 일이요, 아무리 소리를 질러도 산속은 적막뿐이었다. 엄청난 일을 당하고 멍청히 누워있는 미애의 시야에 기름기가 자르르 흐르는 나뭇잎들이 하늘거렸다. 가슴이 벌렁대고 눈앞이 어지러워 멍하니 누워서 바라본 하늘은 무척 푸르렀다. 간간히 산새들과 어울린 산의 호흡이 들려오는 듯했다.

어떻든 청년은 새 삶을 얻었다. 그런데 수종사와 운길산이 그를 치료한 것이 아니다. 치료자는 바로 미애 그녀가 되어버렸다. 수종사를 다녀온 뒤에 조촘조촘 그를 가까이 하면서 부모로부터 받는 보수적인 교육을 떨칠 수 없었다. 한 번 몸을 허락한 남자를 일생 섬겨야 한다는 마음이 그녀를 사로잡았기 때문이다. 아무리 생각해도 그를 사랑하지는 않았다. 단지 운명적으로 그 길을 가야한다는 강박감이 더 많았다. 나이가 네 살이나 미애가 많아서 친정아버지의 완강한 반대가 있었으나 두 사람을 갈라놓을 수가 없었다. 특히 박장호는 아주 악착같이 따라다녀서 장인이 될 친정아버지도 혀를 내두를 정도였다.

결혼하여 처음에는 단칸방에 살림을 차렸다. 경기도 여주 남의 집 문간방을 얻어서 시작했다. 미애가 버는 돈으로 의과대학등록금을 내면서 6년간의 학업이 끝나가고 있었다. 그녀가 버는 돈은 몽땅 의대공부에 학비와 책값으로 다 나가고 생활은 최소한으로 줄였다. 쌀과 자잘한 먹거리는 친정에서 가져다 먹었다. 간장에 된장, 고추장까지 모두 친정어머니의 손길이 닿았고 김장도 뒤란에 묻은 김장독에서 내 것인 냥 늘 꺼내다 먹었다. 연료비와 자잘한 의료비랑 옷값도 최대한으로 줄이고 오직 남편을 의사로 키우는 일이 미애의 목표요 남편인 장호의 소망이었다.

여름이면 반찬으로 달랑 깻잎장아찌와 고추장아찌로 끼니를 때웠고 가을이 오면 친정에서 가져온 고구마나 단호박을 쪄서 식사대용으로 먹었다. 그만큼 의과대학의 학비가 비쌌고 책값이 많이 나갔으며 의대공부엔 자잘하게 과외로 나가는 돈도 많았다.

그 시절 두 사람은 한 몸이었다. 얼마나 그가 아내를 아끼고 위해주었는지 어떤 때는 밥을 지어놓고 문앞에 나와 기다리기도 했다. 고기가 먹고 싶으면 길거리의 포장마차에 들어가서 꼬치를 먹기도 하고 주물럭 닭발이나 오징어를 먹기도 했다. 그 시절은 참으로 행복했었다. 남편은 아기도 낳지 못하게 했다. 하긴 아기를 낳으면 미애가 직장을 다닐 수 없기 때문이다. 결국 남편이 의대를 졸업하고 인턴이 끝나고 레지던트에 들어서서 쥐꼬리만 한 돈이 들어올 적에 친정아버지가 사위 대우를 해준다고 병원 근처에 아파트를 하나 사주었다. 거기서 아이를 줄줄이 셋이나 낳았고 남편은 병원에 남아 일을 하면서 점점 술의 수렁으로 빠져들기 시작했다.

그 이면에는 고모 박말자가 문제 되기도 했다. 미애에게는 하나뿐인 시누이로 손윗사람인데 시아버지와 함께 미애 앞에 비껴갈 수 없을 만큼 큰 바위로 나타났다. 저들은 넘기에 힘든 거대한 바위산이었다. 치우기도 너무 커서 어려웠고 사사건건 물고 늘어져서 남편이 등에 지고 온 등짐보따리는 모두 미애의 머리 위에 떨어졌다. 남편의 공부가 끝나자 연이어 그녀에게 맡겨진 남편의 등짐은 너무 무거워서 비명을 내지를 정도였다.

남편의 말로는 한 때는 술을 끊으려고 아버지가 무척 애를 썼다고 했다. 그가 의과대학에 들어갈 시기였다고 한다. 술만 먹고 돼지 같은 삶을 살아가는 아버지를 찾아온 그의 담임선생님이 면전에서 무척 심하게 말을 한 뒤였다.

"공부 잘하는 아들의 앞길을 막고 있군요. 제발 술을 끊고 아들이 공부할 수 있도록 얌전하게 있을 수 없어요. 쯧쯧······. 이런 집에 태어난 장호가 너무 불쌍합니다."

선생들이 돈을 모아 겨우 학비를 대주고 식비도 주어서 건강을 돌본 탓에 고등학교 3년을 겨우 힘겹게 공부한 장호에게 아버지는 앞을 막은 거대한 산이었다. 치울 수 없는 구렁이처럼 길게 앞을 가로막고 누운 장애물이었다. 그런 아버지가 담임선생의 말을 듣고 아들을 위해 술을 끊기로 마음을 먹었다. 보름간 술을 먹지 않고 참는 동안 그는 완전히 폐인이 되었다. 전신을 떨면서 혼수상태에 빠져 학교에서 돌아온 아들의 등에 업혀 병원으로 갔다. 가난한 사람들을 위한 무료치료소를 찾아서 여기저기 헤맬 적에 아버지는 아들의 등에서 어찌나 몸을 떠는지 어쩔 수 없이 길가에 내려놓고 전신을 주물러야 했다. 다행히 일 년 동안 감금당하여 알코올중독치료를 아버지는 받았다. 그런 아버지는 계속 술을 끊었다가 다시 마셨다가 하면서 방황했다. 나이 들어 코도 빨개지고 눈도 거스름치레하고 살갗은 간이 나빠진 탓에 설익는 가지색이었다.

이런 아버지가 외곽지역의 시궁창에 널브러져 죽어있는 것을 끌어내 장례를 치룬 뒤에 아버지의 무서운 그늘에서 박장호는 벗어날 수 있었다. 따지고 보면 이 모두를 아내인 미애가 감당해냈다. 박장호는 아내의 뒤에 몸을 숨기고 의대공부를 핑계대고 그저 따라다닐 뿐이었다.

4

술주정뱅이로 길에서 비명횡사한 할아버지와 자식과 아내를 죽을 듯이 때리고 학대했던 아버지, 닥터 박장호도 살아졌건만 휘철이 학교에서 돌아와 집에 들어서면 언제나 불안하고 숨을 쉴 수 없이 답답했다. 대를 물리면서 내려온 이 가정의 암덩어리였던 인물들이 사라졌건만 집 안에서는 죽은 쥐 썩는 냄새가 진동하는 듯도 하고 고가에서 풍겨 나오는 진득한 퀴퀴함도 신경을 자극했다. 휘철은 이런 집안의 눅진하고 음습한 공기를 참아낼 재간이 없었다.

아버지는 이제 더 이상 그의 앞에, 또한 가족들 앞에 나타나질 않을 것이다. 실종된 지 5년이 지났으니 그럴 리가 없다. 아버지만 없어지면 살 것 같았는데 그게 아니다. 지금은 그의 부재로 인한 또 다른 칙칙함이 이 가정을 찍어 누르고 있기 때문이다. 가족들 모두가 아무도 그걸 말하지 않고 있지만 각자 나름대로 지어놓은 성채에서 달팽이처럼 자신의 짐을 지고 묵묵히 살아가고 있다. 서로 대화를 나누지 않는다. 가족끼리 속마음을 말하지 않고 서로 눈치만 보는 상태는 숨이 막힌다. 가족들 모두가 아버지로 인한 고통에 중독되어 고통의 원인이 없어졌어도 그 기운은 그저 남는 모양이다.

휘철은 어머니의 동굴인 종갓집을 벗어나서 찍어 누르

는 음울함을 걷어내기 위해 대학입구에 자리 잡은 푸른 초장으로 향했다. 거기에 들어서면 종갓집에서 느끼지 못하는 자유로움이 있고 숨통이 트이는 걸 여러 차례 경험했기 때문이다. 휘철은 유뇨증遺尿症으로 이불을 흥건히 적시고 잠이 깼던 어린 시절의 아침처럼 침잠한 마음으로 푸른 초장에 들어섰다. 점심 먹을 시간을 빗겨간 탓인지 푸른 초장 안은 한산했고 잔잔한 음률을 타고 아늑한 평안함이 넘쳐흘렀다.

보기만 해도 평안을 주던 여자는 카운터에 없었다. 아무리 사위를 둘러봐도 눈에 띄지 않았다. 쓸쓸함이 갑작스레 밀려와서 마음을 가눌 수가 없었다. 휘철은 그냥 거기 멍청히 앉아있는 것이 숨 막히고 마음이 가눌 수 없을 정도로 무너져 내려 밖으로 튀어나와 포장마차로 들어갔다. 소주가 들어가면서 마음이 따뜻해지고 출렁거리던 세상이 차차 제 모습을 찾는 듯 차분하게 가라앉았다.

술에 잔뜩 취해서 비틀거리면서 들어서는 휘철을 미애는 독사의 눈을 하고 노려보았다. 자기 아버지처럼 자꾸 술을 마시는 아들에 대한 반감과 걱정이 맹독이 머리끝까지 올라 똬리를 틀고 있는 강렬한 색깔의 까치독사처럼 매서운 혀를 날름거리게 했다. 대청마루가 쩡 울리도록 미애는 속에 고인 아픔을 토해냈다.

"아버지에 이어 너마저 나를 배신할 것이냐. 어쩐 술을 이렇게 많이 마시면서 정신을 못 차리니. 난 너를 위해 모든 걸 바치고 있는데 너는 도대체 왜 이러니. 네 아버지도 나를 미끼삼아 이용해서 의대를 졸업하고 배신했는데 너도 그 나쁜 애비를 닮으려고 하니."

그런 어머니를 휘철은 흐리멍덩하게 불어터진 눈으로 바라보다가 이죽거리는 몸짓을 하면서 휘청거렸다. 괴로움이 전신을 사로잡아서 뱀처럼 몸을 비비 꼬았다. 지금처럼 뼈를 깎는 고통을 겪느니 차라리 숨이 막혀 죽는 쪽을 택하고 싶었다. 죽으면 땅에 묻혀 땅의 한 부분인 티끌로 돌아가게 마련이다. 그렇다면 창조주가 그를 흙으로 뭉쳐 만들었으니 이제 흙으로 다시 돌려보내려고 이 고통을 주는 것일까. 아아! 이제 그는 생명을 싫어하고 이 땅 위에서 살기를 원하지 않는다. 그를 얽어매고 있는 모든 것으로부터 놓이기를 소원한다. 아마도 그의 괴로움을 알기 위해 진짜로 몇 근이나 나가는지 달아볼 수 있는 저울 위에 올려놓을 수 있다면 운길산보다 더 무거울 것이다. 이런 괴로움은 술을 마셔야 둔해져서 조금이라도 숨통이 트이는 듯했다. 그러니 술을 마실 수밖에 없었다. 휘철의 얼굴은 술기운으로 붉었고 눈꺼풀에는 칙칙한 어둠의 그늘이 고여 있었다. 거의 날마다 술을 마시는 장남에게서 미애는 남편의 한 면을 보게 되어 몸서리를 쳤다. 자식이란 같은 핏줄이라 제 할아버지랑 아비의 유전인자를 지니고 태어나서 나쁜 점까지 그대로 판에 박듯이 이어받는 것일까. 시아버지도 남편도 그 길로 가서 패망했는데 장남까지 술주정꾼으로 간다면 앞길이 아찔했다. 자신이 무엇을 위해 사는 것인지 헷갈리면서 지금까지 목숨을 걸고 자식들과 가정을 지켜온 삶의 목적에 대해 회의하기 시작했다.

휘철은 몸을 제대로 가누지도 못하면서 대청마루 위로 기어 올라와서는 학교운동장에라도 들어선 듯 몸을 이리 비틀 저리 비틀거리며 커다란 원을 그리고 휘두르면서 마루를 가로질러 건넌방으로 향했다. 그런 아들의 뒤를 향해 미애가 고함쳤다. 간장이 녹아내리는 목소리였다.

"너 죽고 나 죽자. 이제 죽는 일밖에 없구나. 함께 죽어버리자. 그게 우리가 살 길이다."

그러자 휘철이 핏기에 푹 절은 눈을 들어 어머니를 보면서 코웃음을 쳤다. 진저리칠 만큼 괴이한 목소리였다.

"우린 이미 죽지 않았나요. 또 죽을 일이 남았어요."

"넌, 넌 내 꿈이고 소망이다. 넌 나의……"

"전 어머니의 제단이지요. 어머니의 제단에 받쳐진 희생양이지요. 맞지요? 어머니! 전 그런 제물이 되고 싶지 않아요. 전 자유롭고 싶어요. 저 창공으로 날아가서 파란 하늘 깊숙이 훨훨 날고 싶단 말이에요. 이 가정과 어머니를 떠나 나를 아무도 알아보지 못하는 아주 먼 곳으로 가고 싶어요. 거기가 지옥이라도 좋아요. 이곳의 삶보다는 나을 테니까요."

"넌 이 넓은 세상을 무대 삼아 맘껏 훨훨 날 수 있다. 너를 자유롭게 날려 보내기 위해 이 어미는 살아가고 있다."

"아니요. 어머니의 덫이 저를 얼마나 단단하고 무섭게 옥죄고 있는지 숨을 쉴 수가 없어요. 너무 아파요. 참을 수 없을 정도로 찍어 눌러 저는 서서히 죽어가고 있어요. 전 이제 기운이 진하여서 나의 살날이 다 한 것 같아요. 무덤이 나를 위하여 준비되어 있어요. 저기 보세요. 땅속 깊숙이 파놓은 제 무덤이 보이지요. 제가 서 있는 쪽으로 와서 보세요. 아주 똑똑히 보여요."

이런 아들을 아득한 표정으로 바라보던 미애는 그대로 대청마루 위에 철퍼덕 주저앉아버렸다. 오래 묵은 체증기가 미친 듯이 끓어오르더니 가슴이 메어지게 아파서 숨을 쉴 수조차 없었다.

자정이 넘는 시각, 정신병원에서 주말에 임시 휴가를 얻어 안방에 와있던 휘선이 갑자기 무릎을 두 팔로 끌어안고 뒹굴기 시작했다. 처절하게 신음하다가 나중엔 억장이 무너지는 듯 울어대면서 어찌나 격렬하게 방안을 헤집고 다니는지 휘철도 술에서 번쩍 깨어났다. 몸을 가누기 힘들 정도로 술에 잔뜩 취했지만 누나의 발작에서 아버지를 떠올렸기 때문이다.

몸을 뒤틀면서 괴롭게 신음을 토해내던 휘선이 외마디 소리를 내질렀다. 공포에 잔뜩 취한 무서운 절규였다. 누구엔가 쫓기듯 무섬증으로 잔뜩 일그러진 휘선의 얼굴에 가늠할 수 없는 공포감이 서려있었다. 죽음을 앞둔 절박한 심정으로 뺨을 푸들푸들 떨기까지 했다.

"아버지다. 저기 아버지가 있다. 우리 식구들 모두를 죽이려고 지금 방안으로 들어오려고 한다. 아버지가 우리 모두를 죽이려고 저기 뒤란에서 이리로 오고 있다. 아이쿠! 무서워. 사람 살려요. 나 죽는다, 나 죽어."

휘선이 뒤란 쪽을 향해 손가락질을 하면서 공포에 질려 벌벌 떤다. 불뚝 시커먼 망토를 걸친 귀신이 들어설 것 같은 절박감이 온 방안을 휘감았다. 무서운 기류가 흐른다. 귀신이 머리를 풀어헤치고 안방으로 어적어적 걸어 들어오는 것 같다. 이건 몸이 오싹할 정도의 서늘하고 이상한 바람결이었다. 모두를 불안하게 하는 이상한 기운이 집을 감싸고 휘휘 돌면서 강도가 점점 심해지더니 회오리바람처럼 종갓집을 휙 하늘로 날려버릴 듯했다.

"저기 저 뒤란에서 소리가 나요. 아버지 목소리가 들여요. 날 보고 그리로 오라고 마구 불러대요. 엄마, 아이쿠! 무서워. 저 소리를 좀 막아줘요. 어머니, 저 소리가 들리지 않아요."

휘선의 말에 미애의 얼굴이 파랗게 질렸다. 나뒹구는 딸을 가슴에 안고 함께 뒹굴면서 딸의 귀를 두 손바닥으로 꽉 막으려고 애를 썼다. 가슴에 안긴 딸은 가녀린 참새처럼 바들바들 떨었다.

"이 애야. 넌 환청을 듣는 거라고. 뒤란에서 무슨 소리가 난다고 그러니. 잘 들어봐라. 뒷산에서 불어 내려오는 바람소리다. 아직도 넌 환청에 시달리고 있으니 아이쿠! 불쌍한 자식아. 저녁 약을 먹었니?"

미애는 휘선을 끌어안고는 안방에서 뒤란으로 뚫린 방문을 열어젖혔다. 어둠이 잔뜩 내려덮인 밖을 보더니 휘선이 기절할 듯 몸을 돌려 어머니의 품안에 얼굴을 묻었다. 사시나무 떨 듯 마구 몸을 흔들어서 딸을 품에 안은 미애의 몸도 제대로 가눌 수 없을 지경으로 휘둘렸다.

"엄마, 저 소리 들어봐. 자기를 구해달라고 외치는 아버지 목소리야. 아이쿠! 무서워. 나 죽을 것처럼 무서워. 우리 김장독들을 묻었던 자리에서 소리가 난다고. 아아! 지금 아버지가 권총을 빼들고 나를 향하여 겨누었어. 아악!"

휘선이 미애의 품에서 마지막 숨을 내쉬는 사람처럼 신음하면서 맥을 놓아버린다.

"아버지가 쏜 총알이 내 복부를 관통해서 내장이 밖으로 쏟아져 나오고 있어. 콩팥을 꿰뚫어서 피가 마구 나오네. 이것 보라고. 엄마! 쓸개가 방바닥으로 흘러나오고 있어. 아이쿠! 무서워. 너무 아파 죽겠네. 피, 피, 피……. 이 방바닥에 흘러내리는 이 피를 보라고. 엉엉……."

휘철이 뒤란으로 뚫린 방문을 왈칵 닫으면서 휘선 누나의 뺨을 거세게 때렸다. 목이 돌아갈 정도로 세차게 때렸으나 공포감에 사로잡힌 휘선은 남동생의 손자국으로 빨개진 얼굴을 누에처럼 훼훼 돌리면서 울먹이며 무섭다고 신음했다. 남동생이 아무리 무섭게 야단을 쳐도 휘선의 공포심을 조금도 잦아들지가 않았다. 어쩔 수 없이 강력한 신경안정제를 강제로 먹여서 축 늘어지는 딸을 안고 미애는 소리 없이 흐느꼈다.

지금 이 가정은 스올이었다. 구더기들이 우글대는 깜깜한 지옥이었다. 아버지만 없어지면 가정이 편안할 줄 알았는데 점점 온 식구들이 깊이를 측량할 수 없는 아득한 어둠의 수렁으로 빠져들고 있었다. 휘선을 어머니랑 휘철이 사이에 누이고 세 식구는 나란히 안방에 누웠다. 겁에 질려 휘철은 감히 혼자서 자신의 방으로 갈 수조차 없었다. 아버지가 나타나서 모두의 목을 조일 것 같은 무섬증으로 몸을 떨었다. 이런 가족을 안정시키려고 미애가 기어들어가는 목소리로 말했다.

"너희 아버지는 없다. 지금 여기 없어. 멀리 가버렸다. 얼마나 이 가정이 싫었으면 그렇게 떠나버렸겠니. 아마도 지긋지긋해서 다시는 집에 오지 않을 것이다. 벌써 5년이나 나타나지 않는 걸 보면 다른 곳에 둥지를 틀고 살아가고 있을 것이다. 과거를 전부 억지로 잊어버리려고 하든지 아니면 기억상실증에라도 걸려 우리는 그의 머리에 없을 것이다. 그러니 무서워할 이유가 없다. 조금도 두려워하지 마라. 이 어미가 있지 않니. 내 코끝에 호흡이 붙어 있는 한 나는 너희들을 지킬 것이다. 목숨을 걸고 말이다. 이 어미는 너희들의 방패요 요새가 될 터이다."

이런 어머니를 곁눈으로 훔쳐보는 아들을 향해 다시 말

한다.

"일생 이 어미를 지켜준 하나님이 내 뒤에서 나를 붙들고 있으니 염려하지 마라."

어머니가 그렇게 말해도 무섬증이 풀리지 아니하였고 눈을 감고 누워있어도 심장의 고동이 쿵쿵 울려서 도저히 참을 수가 없었다. 아련한 아픔이 전신에 스며들었다. 어머니의 말을 귓가로 들으면서 휘철은 등을 누나와 어머니 쪽에 돌리고 팔베개를 하고 누웠다. 뜨거운 눈물이 눈가 장자리를 타고 베개로 줄줄 흘러내렸다. 소리를 죽여 흐느끼는 바람에 어깨가 들먹였다. 어머니의 가녀린 손이 그런 아들의 어깨를 다독였다.

내일은 토요일이다. 막내아들이 돌아올 것이다. 그 애를 대안학교에 보낸 것이 얼마나 다행인가. 이런 스올 같은 환경에서 해방시킬 수 있는 묘안이 그때 떠올랐던 것에 감사하고 있었다. 이 암흑에서 아들을 구하는 최대의 수단으로 산청에 있는 산골마을의 대안학교에 보낸 것이 얼마나 잘한 짓인지! 미애는 온 가족이 다 죽어도 막내아들인 휘중이 살아남을 것을 내심 치밀하게 계산하고 있었다. 그 애는 아버지에 대해서도 잘 모른다. 하나님이 선천적으로 잠을 깊이 자게 만든 아이라 자정에 들어와서 행패를 부리는 아버지를 단 한 번도 본적이 없고 철이 들면서 대안학교로 가버렸으니 그 애는 천사로 남아있다. 큰아들인 휘철도 지켜야하지만 장남은 어쩔 수 없이 이미

최전선에 어미와 함께 배치되어 노출되었다. 휘철은 쏟아지는 포탄에 이미 치명타를 맞았고 죽어가고 있다. 그러나 그녀는 최선을 다해서 목숨을 걸고 휘철을 지킬 셈이다. 마귀들의 날뜀을 혼자서라도 대적하여 이길 수 있다고 중얼거렸다. 앞을 분간할 수 없을 정도로 짙게 밀려오는 어둠도 호롱불을 켜들고라도 길을 안내할 자신이 있었다.

토요일 밤 늦게 산청에서 집으로 돌아온 휘중은 휑한 집을 한 바퀴 둘러보더니 아랫목에 누워있는 어머니 앞에 털썩 주저앉는다.

"엄마, 우리 집은 참 이상해. 뒤란은 천국이고 앞뜰은 쓸쓸해. 사람들은 앞뜰을 모두 가꾸는데 우리 집은 반대네. 그래서 내가 여름 내내 산과 들에 널린 들꽃 씨들을 수집했어. 앞뜰 화계에 20센티 간격으로 줄을 그어놓고 들꽃을 심어요. 들꽃이 참 아름답다고요. 칸나나 장미처럼 야들야들하니 연약하고 화려한 맛이 아니고 강인하지만 아주 은은한 멋이 깃들어 있어요."

휘중은 가방에서 대안학교 주변의 산야에서 정성을 다해 수집한 들꽃 씨를 내놓았다. 말린 씨앗을 작은 비닐봉지에 담아 거죽엔 예쁘게 들꽃 이름들을 써놓았다. 패랭이, 엉겅퀴, 애기똥풀, 꿀풀, 차조기, 범의 귀, 범부채, 노루오줌 그리고 용담이었다. 씨를 채취하기 어려울 적에는 뿌리를 담아오는 열심이 어려 있었다. 휘중은 여자아이처럼 마음이 잔잔하고 꼼꼼했다.

"이것들은 앞뜰 화계에 심으면 좋겠어. 봄부터 늦가을까지 엄청 아름다울 거야."

휘중이 어머니 앞에 내놓는 종이 위에는 그 딴에는 열심히 조사해서 목록을 작성한 야생초 이름과 앞뜰 화계에는 어떻게 꽃씨를 뿌릴지 꽃밭 지형까지 반듯하게 그림을 그려놓았다.

"우물가에서 담까지 사이가 열 평도 더 되게 크잖아. 이걸 심어놓으면 봄부터 늦가을까지 엄청 아름다울 거야."

사각형으로 돌을 두른 우물언저리에 심을 것이라고 명시한 산구절초, 감국, 도라지, 더덕, 만삼, 결명자, 둥굴레, 맥문동, 마름, 천마 등의 뿌리와 씨앗을 촘촘히 알아볼 수 있도록 담은 작은 봉지들 위엔 그에 상응하는 약초의 효능까지 상세하게 또박또박 기록한 종이쪽을 붙여놓았다 .

미애는 아들의 이런 열심에 감복하여서 어지러워 천장이 휘휘 돌았지만 끙끙거리면서 일어나 앉았다.

"이런 걸 어디서 알아냈니."

"백과사전도 뒤져 보았고 혼자서 직접 산야를 헤집고 다니면서 조사하고 잘 모르는 건 선생님한테 물어보기도 했어요."

"넌 여자아이처럼 아주 섬세한 데가 있구나."

"아버지가 실종된 후 엄마는 사람들 만나기가 싫은 거

지. 앞뜰을 가꿔 놓으면 사람들이 흉을 볼까봐 자꾸 뒤란에만 가있는 거라고. 난 엄마 마음을 다 알아. 그러니까 앞뜰에는 꽃을 가꾸는 것이 아니고 야생초들을 심어서 자연스럽게 장식을 하자고요. 야생초는 화려하지 않지만 잔잔하고 섬세하고 은은하게 안에서부터 뿜어내는 평안함이 깃들어 있어요. 저는 산청마을 대안학교에 살면서 야생초에 완전히 심취해서 제 책갈피에는 온통 말린 야생초들이 가득해요. 이런 제 마음을 아시겠어요."

이런 아들을 위해 미애는 부엌으로 내려갔다. 아들이 좋아하는 김치전을 부치려고 김치냉장고에서 심심하게 담가 푹 익은 김치를 한 포기 꺼내서 종종 썰기 시작했다. 작은 아들 휘중의 말이 맞다. 앞뜰도 가꾸리라. 우물가에 그가 적어온 것들을 줄을 그어놓고 심는다면 여름에도 가을에도 상당히 아름다울 것이다. 특히 맥문동이나 둥굴레는 몇 해 길러서 뿌리를 캐내 차로도 마실 수 있고 잎도 난초처럼 아름다울 터이니 말이다. 휘중이 가져온 것들로 족하지만 그래도 꽃집에 가서 몇 가지 야생뿌리와 씨앗을 더 사다가 구색을 맞춰 심으리라 마음을 다진다.

"어머니, 저는 이다음에 커서 어른이 되어도 산속에서 살고 싶어요. 어려서부터 이 집, 외할머니댁에 자주 와서 산 탓인지 도시보다 산속이 제 성품에 딱 맞아요. 산골마을에 아주 매력을 느껴요. 전 산청의 자연에 푹 빠졌어요."

"산에서 무얼 먹고 살려고 그래."

"기도 중이에요. 농사꾼이 되고 싶기도 하고 특수농작물을 재배하는 기술을 배우려면 농과대학에 가고도 싶고 이러저런 꿈이 많아요. 사람들이 비좁은 공간에서 벌레들처럼 옴실거리면서 사는 도시는 아무튼 싫어요."

"아버지처럼 의과대학에 갈 마음은 없니?"

"싫어요. 아버지는 너무 공부만 하셨어요. 그래서 아마 우울했을 거예요. 시체를 만져야 하고 공부는 힘들고 돈은 많이 들고 아빠는 무척 힘이 들었나 봐요. 그래서 아빠는 혼자 산속으로 가서 산사람이 되어 집에 돌아오지 않는 모양이에요. 전 그런 아빠를 사랑해요. 게다가 의대에 갈 수 없는 이유는 전 비위가 약해서 사람이 죽었다는 말만 들어도 소름이 끼쳐요. 절대로 시신을 만질 수는 없을 거예요. 제 손에서 나는 피를 봐도 질겁하는 걸요."

미애는 작은 아들의 이런 소망을 들으면서 차라리 도심지보다는 산속 마을에 묻혀 사는 것도 좋으리란 생각을 해본다. 남편이 술 마신 뒤 주사가 심해 마음고생을 많이 한 미애는 도시보다 시골이 훨씬 인간답게 사는 곳이란 생각이 스치고 지나갔다. 삼봉리처럼 도심지에 가까운 곳이 아니고 산청처럼 도시에서 멀리 떨어진 아주 깊은 산속이 좋을 것이란 생각도 들지만 정보사회를 살아가는 현대에 산속으로 간다는 것은 퇴보라는 생각도 지울 수 없었다. 차라리 작은 아들은 산청에서 곧바로 대학을 미국이나 캐나다로 보내는 것이 좋을 것이란 마음이 번개처럼 스쳤다. 그래 이 아들은 이런 어둠의 집에서 벗어나게 하자. 산청에서 고등학교를 졸업하면 곧바로 대학은 외국으로 내보내자. 강남에 있는 아파트를 팔아서라도 막내아들만은 이 집에서 탈출을 시키자 하는 심정을 미애는 내심 단단히 굳혔다.

번철에서는 김치전이 노릇노릇하게 익어서 고소한 냄새가 온 집안에 가득했다. 그 냄새를 이기지 못하고 휘중이 젓갈을 가지고 번철 위의 지짐을 뚝 잘라 호호 불면서 입에 넣는다.

"역시 엄마가 만든 김치전이 최고야. 김치도 이 맛을 가졌을 때 가장 맛있거든. 산청의 기숙사 식당에서 이런 김치전을 가끔 부쳐주는데 엄마손맛이 아니야. 김치가 너무 시든지 아니면 골마지 냄새가 나서 별로 맛이 없어."

휘중은 번철에서 김치전이 익을 때마다 널름널름 가져다가 즉석에서 먹어버린다. 잔잔한 기쁨이 미애의 가슴에 피어올랐다. 남편이 없어진 뒤에 그녀가 만든 음식에서는 씀바귀를 넣은 듯 늘 씁쓸한 맛이 났다. 갑자기 그녀의 손끝에서 쓰디쓴 호르몬이 마구 쏟아져 나온다고 착각할 정도였다. 심지어 밥까지 너무 써서 음식을 제대로 먹은 적이 없었다. 그래서인지 몸은 자꾸 말라서 뼈만 앙상하고 쇄골이 징그럽도록 들어나서 목이 파인 옷을 입을 수가 없었다.

미애는 아들을 위해 수수와 차조를 듬뿍 넣은 찰밥을

솥에 안치고 냉동실에서 삼겹살을 꺼내놓았다. 고추장에 맵게 무쳐 볶으려고 마늘을 다지고 생강도 조금 다져넣고 참기름과 고춧가루까지 꺼내면서 아직도 귀가하지 않은 큰아들 휘철을 떠올렸다. 차라리 이번 학기가 끝나면 그 아들도 외국으로 유학 보내는 것이 좋을 것이란 결론에 이르렀다. 두 아들을 모두 외국으로 내보내고 이 집을 지키리라 하는 결론에 이르자 조금 힘이 나기 시작했다. 어둠의 골짜기에서 자식들을 피신시켜야 한다. 이 음습하고 음침한 골짜기에서 두 아들을 빼내어 멀리 아주 멀리 귀기가 감히 따라가지 못할 땅, 그런 곳은 태평양을 건너야 할 것이다. 이 집안의 사악한 기운이 절대로 미치지 못할 곳으로 보내는 것이 그녀의 임무란 생각에 이르자 미애는 마음이 가벼워지면서 생기가 돌았다.

5

　대문을 두드리는 소리가 들린다. 이런 시각에 대문을 그냥 밀치고 들어온다면 그건 휘철이다. 어떻게 잠근 대문을 여는가를 식구들은 다 알고 있기 때문이다. 이렇게 요란하게 대문 고리를 마구 흔드는 것은 외인이라는 증거였다. 휘중이 대문을 따려고 통통거리면서 뛰어나간다. 아무튼 작은 아들이 와서 이 집안에 생기가 돌기 시작했

다. 음울한 집안을 기쁨으로 바꿔놓는 마력을 지닌 듯 그
애가 오면 항상 평안과 기쁨이 넘쳤다.

"고모 오셨어요."

박말자가 큰 여행 가방을 질질 끌면서 마당으로 들어선
다. 눈가에 서린 칙칙한 기운과 찌그러진 표정이 보기만
해도 주위 사람들을 우울증환자로 만들듯한 음울한 얼굴
이다. 입가에도 피곤이 서리고 눈에서도 요상한 빛이 넘
쳐난다. 호박씨처럼 생긴 얼굴은 살갗이 검고 누르퉁퉁해
서 그 곁에 서 있기도 싫어지는 그런 얼굴이었다. 특히 목
소리가 시아버지를 똑 닮아서 미애는 시누이의 목소리만
들어도 소름이 끼칠 지경이었다.

"내 동생을 찾으려고 왔다. 내가 이 집에 와있으면서 실
종된 동생을 찾아보라는 탐정의 요청이 있어서 어쩔 수
없이 온 것이다. 사실 나도 먹고 살려면 돈을 벌어야 하는
데 이렇게 들어왔어. 불쌍한 우리 동생을 찾아야지. 5년
이나 집에 들어오지 않았다면 어디로 갔는지 행방을 알아
야할 것이 아니냐. 죽었다면 시신이라도 찾아서 묻어 줘
야한다는 생각이 든다. 인생이란 응어리를 풀어야 하는
법이다. 마냥 이렇게 지낼 수는 없는 일이 아니냐. 아무래
도 내가 나서야겠다는 생각에 이렇게 왔다."

선뜻 방안으로 들어서지 못하고 대청마루에 걸터앉아
박말자가 주절거린다. 휘중이 고모의 짐을 받아들고 방안
으로 들어온다. 조카 뒤를 따라 슬그머니 안방으로 들어

선 박말자는 아랫목에 턱 버티고 앉더니 두 다리를 쭉 뻗고 통곡하기 시작했다.

"내 불쌍한 동생이 어디 가서 찬바람, 찬서리를 맞으면서 살고 있는지 모르겠다. 아이쿠! 이 불쌍한 것아! 의사가 되려고 그렇게 공부를 많이 하고 고생을 하더니 공부다 해놓고 어디로 가버렸단 말이냐. 아이고, 아이고! 천하에 불쌍한 내 동생아."

그녀의 눈에서는 눈물이 한 방울도 보이지 않는다. 이마 위로 머리를 풀어 내리고 마른 얼굴로 곡만 구성지게 해댄다.

"내가 여기 살면서 내 동생의 행방을 찾아다녀야겠어. 혹시 미국에 간 것이 아닐까. 그 변호사 한다는 여자 말이야. 내 동생이 어려서부터 그 여자를 무척 좋아했거든. 그리로 가서 살고 있으면서 식구들에게 미안하니까 숨기고 있는 것이 분명해."

그 말을 하면서 박말자의 눈에 빛이 서린다. 분명히 거기 있으리란 확신이 왔는지 얼굴이 쫙 펴졌다. 어려서부터 그 여자아이를 좋아해서 공부를 열심히 한 걸 생생하게 기억하고 있기 때문이다. 미국에서 둘이 알콩달콩 재미나게 살면서 콜롬보라는 사설탐정을 사서 조사를 시키는 걸 보면 자기들끼리 그렇게 사는 것이 미안하니까 이쪽에서 완전히 잊어버렸나 아니면 아직도 찾고 있나 정탐하기 위해 꾸미는 연극일 수 있다는 생각도 들었다. 아무튼 이 집에 살면서 철저하게 동생의 실종을 매듭지으리라 다짐한다.

남편도 없는데 시누이가 와서 함께 살겠다는 사실이 끔찍해서 미애는 눈에 뜨일 정도로 싫은 기색을 감추지 않았다. 그러자 휘중이 어머니의 등에 손을 얹고 소곤거렸다.

"아버지가 가출한 뒤에 어머니도 외로우실 터인데 고모가 와있으면 말동무도 되고 의지가 될 터이니 좋은 일이잖아요."

그러자 미애가 버럭 화를 내면서 내뱉는다.

"난 싫다. 네 고모랑 함께 사는 것이 싫단 말이다. 그냥 이렇게 낮에 혼자 집에 있어도 된다. 이 집은 남편이 사준 집도 아니고 내 친정집이다. 여기에 왜 고모가 들어와서 산단 말이냐."

그러자 박말자가 따발총처럼 덤비면서 와글와글 대든다.

"금쪽 같은 내 동생이 없어졌어. 이 동생을 찾으려면 현장에 있어야 한다고 탐정양반이 충고하더군. 나도 먹고 사는 일이 바빠서 일에 매달리다 보면 동생을 찾을 여유가 없다고. 그러니 올케 옆에서 함께 찾아보자고. 내 도움이 필요할 것이 아닌가."

"전 고모도움이 전혀 필요 없어요. 제 발로 걸어 나간 사람이 죽지 않았다면 제 발로 걸어 들어올 것 아닌가요.

고모는 고모대로 밖에서 살면서 찾아보세요."

"난 그래도 이 집에 머물 거야. 내 피를 나눈 조카들 곁에."

"그 나이에 파출부로 나가는 일이 힘들어서 의지하려고 들어온 것이라고 왜 솔직히 말을 못하세요. 시집식구들은 모두 그렇게 저에게 빌붙어 살았잖아요. 아무튼 이 밤만 여기서 자고 내일 아침에 나가주세요."

이렇게 대들어도 박말자는 시큰둥하니 대꾸를 하지 않고 올케가 무어라 떠들든 짐을 풀기 시작했다. 이렇게 해서 미애와 박말자의 안방동거가 시작되었다. 미애 입장으로는 상당히 거북한 동거이고 동행이었다. 낮에는 학교로 가버린 휘철로 인해 하루 종일 시누이와 올케가 얼굴을 맞대고 있어야 한다. 휘선은 다시 요양시설로 가버렸고 이른 봄이라 싸늘한 바람이 아직도 겨드랑이 밑으로 파고드는 한낮. 미애는 뒤란의 꽃밭에 모종할 꽃들과 가장 큰 독이 묻혀있는 곳에 심은 호랑가시나무의 덧자란 가지를 쳐내고 오송의 마른 잎도 주워냈다. 제일 큰 김장독 자리에 심은 호랑가시나무는 봄을 맞아서 청청하게 그 잎을 자랑했다. 그 옆 동치미 독이 묻혔던 자리에 심은 오송도 그에 못지않은 싱싱함을 뿜어냈다.

뒤란에서 온종일 시간을 보내는 올케 옆에 말자가 쪼그리고 앉았다. 그리고 속으로 생각했다. 하긴 올케도 속이 상할 것이다. 아이들은 커 가는데 학비가 만만찮은 시기가 아닌가. 젊어서는 남편 공부 시키느라고 힘들었고 시아버지 시중을 드느라 고생을 했다. 이제 살만하니 어디로 가버린 동생이 야속할 것이 뻔했다. 아무래도 확실하게 매듭을 짓기 위해서는 미국의 이주희라는 변호사를 찾아보는 것이 상책일 것 같았다. 그러나 이 무지렁이 여자가 어떻게 혼자 미국엘 갈 수 있단 말인가. 그녀가 만난 탐정의 명함을 지갑 속에 간직하고 있으니 그가 일러준 미국의 이주희 변호사 주소로 가서 갑자기 급습을 하면 된다.

"나를 미국으로 보내줘. 아무래도 내가 미국의 이주희란 여자를 만나고 오는 것이 상책이야. 올케가 화낼지 모르지만 내 짐작에는 그 애가 거기 가서 그 여자와 동거하는 것이 확실해."

"전 그 돈을 댈 수 없어요."

"내 짐작이 맞을 거야. 그 녀석이 거기 가서 잘 살면서 미안하니까 연락하지 않고 있어."

"거기 갈 필요 없어요. 거기 없다니까요."

미애가 화가 잔뜩 난 음성으로 팽 토라져서 소릴 친다.

"너 돈 대기가 싫어서 이러는 거지. 어떻게 해서든지 내가 돈을 만들어 가지고 미국에 갔다 올 거야."

뒤란 가장자리에 채송화 씨를 뿌린 뒤 올봄에는 휘중이 가져온 들꽃을 그 애의 계획처럼 사각우물가와 화계에 줄을 긋고 심으리라 생각하면서 앞뜰로 나갔다. 여기까지 말자가 따라오면서 미국 갈 이야기를 주절대고 있을 적에 옆집에 사는 삼월이 들어왔다.

"오늘 아침에 콜롬보라고 불러달라는 탐정이 나를 만나러 왔다가 지금 막 갔어. 깨끗하게 생기지도 못한 몰골에 구질구질하게 땀과 때에 찌든 옷을 입고 나를 찾아 왔어. 수첩을 꺼내들고 적으니까 괜히 기가 죽고 꼭 신문기자가 와서 야단치는 것 같아 겁나더라고. 더구나 우리 동네에서 여대생 실종사건도 아직 범인을 잡지 못한 터라 그런 사람이 오면 괜히 기분 나쁘고 나를 범인으로 지목하지 않나 해서 두렵고 그래."

삼월이 처음 보는 말자를 흘끔거리면서 미애에게 이런 저런 말을 늘어놓는다. 이런 동네 분위기에서 낯선 사람의 출현은 모두가 꺼려하는 터이기 때문이다.

"난 이 집주인 누나 되는 사람이요. 내 동생이 실종된 때가 5년 전 크리스마스를 앞둔 때라고 들었는데 혹시 그 사람을 본 적이 있어요?"

그녀의 질문에 삼월은 미애와 말자를 번갈아 보면서 무슨 대답을 해야 할지 머뭇거린다.

"정확하게 말해 주이소. 이 녀석이 어디로 가버렸는지 행방을 찾자면 어디로 어떻게 실종되었는지 알아야 할 것이 아니요."

순간 그때가 눈앞을 스친다. 지붕 가장자리를 두른 깜박등과 대문 앞 어른 키가 넘게 자란 전나무에 장식한 꼬마전구들의 번쩍거림을 멀리서 감상하려고 삼월이 혼자 대문을 밀치고 나왔었다. 바로 그때 옆집 의사가 차를 몰고 들어오던 걸 본 기억이 아직도 생생했다. 그리고 성탄절 아침에 나와 보니 차는 사라지고 없었다. 그걸 내놓고 미애에게 물어보지 않았다. 형사들의 질문에 미애가 강하게 남편이 성탄전야에 집에 온 적이 없다고 강하게 부인하고 있기 때문이다.

"글쎄요. 무얼 본 것이 있어야지요."

닥터 박의 실종사건을 다룬 신문에서는 그의 차는 강남의 아파트 주차장에 주차되어 있었다고 했고, 실종될 당시 어떤 증거도 없었다고 하지 않던가. 삼월은 꿀 먹은 벙어리처럼 아무소리도 않고 멀뚱히 미애만 바라보았다.

6

한편 휘철은 학교수업이 끝나자마자 바로 푸른 초장으로 갔다. 항시 앉은 구석자리에 앉았다. 저녁식사 시간 전에는 언제나 푸른 초장에는 손님이 없다. 식사시간대에는 사람들이 차를 마시며 여담을 나누려고 몰려오지 않기 때문이다. 멍청히 앉아서 이따금 카운터 쪽을 훔쳐보는 휘철에게 눈길을 한 번도 주지 않던 여자가 그가 늘 마시는 아메리카노 한 잔하고 달걀 두 개를 프라이 해서 들고 나왔다.

"수업 끝나고 바로 이리로 온 거지요? 속이 비었을 터인데 커피만 마시면 위장병 걸려요. 이 달걀하고 잡수세요."

휘철 앞에 커피와 달걀 프라이를 놓아준 여자는 매일 푸른 초장에 와서 혼자 친구도 없이 멍청히 앉았다 가는 그에게 무척 신경이 쓰였다. 어떤 때는 오전 중에도 와서 멍청히 앉아있다 가기도 했다. 언제나 혼자 오는 것이 가엾다는 생각도 들었다. 친구도 단 한 사람 없이 기름 돌듯 물방게처럼 빙빙 학교와 집과 푸른 초장을 외롭게 홀로 돌아다니는 그가 측은했다.

이곳에 오면 휘철은 마음의 안정을 얻는 것 같았지만 아버지는 어디에나 있었다. 그리고 아무데도 없었다. 그게 그를 괴롭혔다. 이런 고통이 사라지면 어머니도 사라질 것 같아 그것도 두려웠다. 아무리 생각해도 자신은 이 세상에 태어나서 낭패를 본 사람임에 틀림없다. 스산한 찬바람에 일렁이는 마음이 헝클어진 실타래처럼 뒤엉켜서 가물가물 멀리서 아른아른 밀려오는 어지럼증이 전신을 휘감았다.

"이러고 앉아있는 모습이 아주 멋있어요. 철학 전공하는 거 맞지요. 철학과 학생들 중에 가끔 이렇게 다방에 와서 홀로 명상에 잠기는 분들을 보았어요."

부처의 얼굴을 닮은 여자가 그의 앞에 앉는다. 그러자 휘철은 꿈틀했다. 자신을 사람취급을 하면서 다가서는 그녀에게 환희를 느끼면서도 두려웠다. 그녀의 눈에 비친 남학생은 초조하고 예민한 인상에 날카롭고 창백한 빛이 번뜩였다. 그러나 눈에서는 강렬한 빛이 뿜어 나오고 코도 오뚝하고 눈꼬리가 약간 위로 쪽 째진 눈에서는 이지적이고 날카로운 영혼이 번뜩거렸다. 상대방을 압도하는 카리스마가 전신에 넘쳐흐르는 멋진 모습이다. 그러나 그의 영혼은 간데없이 깊은 곳에서 길을 찾지 못해 허덕이고 있는 얼굴이었다.

타인에게 말을 못하고 있지만 휘철의 아픔은 시시때때로 들려오는 아버지의 목소리를 견딜 수가 없었다. 밤마다 내용도 애매모호한 악몽에 시달려서 발을 제대로 뻗고 잘 수도 없었다. 존재보다 부재에 가까웠던 아버지가 완전히 휘철의 육신의 눈앞에서 사라졌건만 보이지 않는 채널을 통해 영혼과 숨통을 조여 온다. 해서 그는 단 하루도 인간답게 살지 못한다. 항상 불안하고 초조한 나날은 생지옥이었다. 이젠 단 하루도 술 없이는 잠을 청할 수조차 없다. 아무리 생각해도 하나님은 그를 진흙 가운데 던지셨고 그를 티끌과 재처럼 취급하는 것이 분명했다. 창조주가 그를 바람 위에 들어 올려놓고 들까불며 채질을 해서 바람에 불려다니게 무서운 힘으로 그를 던져버린 것이 확실했다.

아버지는 5년 전에 눈앞에서 살아졌건만 아직도 맨정신으로 앉아있으면 그의 발을 차꼬에 채워놓고 빤히 노려보면서 비아냥거리는 아버지얼굴이 눈앞에 알찐거린다.

'너는 쓰레기야. 넌 개만도 못한 새끼야. 미친 새끼가 아직도 정신을 못 차려. 꿀꿀이죽 같은 녀석! 쓰레기통에 던져버려야지. 너는 네 어미를 닮아서 그렇게 성격이 나쁘고 너만 보면 토할 것 같다. 네 얼굴에는 내가 제일 싫어하는 것들이 다 새겨져 있어서 그런다. 으윽…….'

계속 이어지는 아버지의 이죽거림과 인격을 모독하여 자존심을 싹 뭉개버리는 말들이 그의 귓전에서 난무했다. 가족관계란 좋든 싫든 평생 묶여서 지내야만 하는 지긋지긋한 굴레였다. 아버지가 눈앞에서 사라진 지금도 그 굴레는 무섭게 그의 몸을 숨이 막히도록 죄어왔다. 아무리 생각해도 휘철 자신은 익기 전에 비바람에 떨어진 풋감신세 같았다.

"무슨 생각에 그렇게 깊이 빠져있어요. 앞에 놓인 커피와 달걀 프라이가 다 식었잖아요."

여자가 자기혼자만의 생각에 깊이 빠져있는 휘철의 코앞에 얼굴을 바짝 들이댄다. 그녀의 콧김에서 달착지근한 사과냄새가 풍겼다.

"전 지금 이 자리에 앉아 이대로 숨이 멎어서 죽었으면 좋겠다는 생각을 하고 있어요."

"청춘은 얼마나 아름다운 것인데 왜 죽으려고 그래요."

"저는 청춘이 부담스러워요."

"제가 전에도 말해줬잖아요. 청춘이란 사랑하고 열심히

공부하고 열심히 술을 마시듯 즐기라고요. 아주 오래 된 영화에 황태자의 첫사랑이란 노래가 있어요. 거기에 나오는 축배의 노래는 참 멋있어요. 전 마음이 울적할 적엔 그 축배의 노래를 들어봐요. 황태자 카를 하인리히가 독일의 하이델베르크 대학에 유학하던 시절 카페에서 일하는 소녀 케티와 만나 사랑하고 이별하게 되는 젊은 날을 그린 이야기지요. 합창단인 웨스트 벨리언스에 가입하는 날 녹색 모자를 쓴 황태자가 1000cc가 넘어 보이는 맥주를 단숨에 마실 때 독창과 합창으로 흐르는 곡인데 아주 흥이 나서 용솟음치는 젊음이 화려하고 힘차게 펼쳐지지요."

"전 그렇게 못해요. 그럴 수가 없는 환경과 가정에 속해 있고 아주 못된 나쁜 성격 탓에 모두가 절 싫어해요."

그러자 그녀는 허밍으로 축배의 노래를 부리기 시작했다.

'드링크, 드링크, 드링크, 흘러들어가는 걸 느껴봐. 한 손에 들고 맥주를 단숨에 들이켜 드링크, 드링크, 드링크 너의 입술은 나무에 달린 붉은 열매 같아, 아름다운 두 눈이 빛을 발하게 될 거야, 사랑스러운 그 눈빛은 내 마음을 녹이지……'

그래도 누렇게 들뜬 얼굴에 찌그러든 표정으로 덤덤히 휘철은 반응을 하지 않고 멍하니 앉아있다.

"청춘은 자기 스스로 만들어가는 것입니다. 젊은 시절의 고뇌도 세월이 흐르고 나면 참으로 아름다운 법입니다."

그녀의 말을 들으면서 공포와 전율을 느끼게 하는 증오의 대상인 아버지 때문에 그렇다고 말하지 못했다. 아버지가 그의 청춘의 특권을 이미 땅속에 묻어버렸단 말을 차마 하지 못하고 멍청하게 여자를 물끄러미 쳐다볼 뿐이었다.

"장남 같아 보여요."

그녀의 말에 휘철은 가만히 머리를 끄덕였다.

"장남이 갖게 마련인 그런 장남증후군에 시달리고 있군요. 가정에서 경험한 일시적 불안, 열등감, 위축, 피해망상은 그렇게 쉽게 없어지는 것이 아니에요. 열심히 친구들과 어울리면서 등산도 하고 운동도 하세요. 그렇게 발산하고 나면 개운할 거예요."

그녀의 푹 익은 머루처럼 새까만 눈동자에 눈물이 어린다.

"영장류 가운데 인간만큼 고독을 못 견디는 동물이 없다고 그래요. 학생은 너무 고독한 거예요. 고독하게 사는 사람들은 병에 대한 저항력도 떨어진데요."

이 여인은 상당히 머리가 좋았다. 이성인 상대방에게 담대하게 접근하고 있으니 말이다. 그가 한 가정의 장남으로서 아버지로 인한 지나치게 무서운 고통으로 인해 위축되어 고통 받으면서 혼자만의 세계에 빠져있는 걸 어떻게 이렇게 명중하고 있단 말인가. 심성이 맑은 여자는 남자의 속까지 꿰뚫어본다고 하는 글을 어디선가 읽은 적이 있었다.

"혹시 타인으로부터 그게 가족일 수도 있는데 괴롭을 당해서 피해망상증에 시달리고 있는 것이 아닌가요. 저에게 다 털어놓으세요. 제가 다 받아줄게요. 사람의 마음은 그릇과 같아서 더러운 것이 들어가 있으면 괴로운 법입니다. 그걸 다 쏟아 내버리고 새 물로 채우면 돼요. 깨끗한 물로 채우세요. 평안과 기쁨으로 그리고 예쁜 사랑으로 가득 채우세요. 사랑은 죽음 같이 강해요. 사람들을 사랑하세요. 사람이 사람에게 약이 되니까요."

"전 아이가 아니에요. 군대도 다녀왔단 말이에요. 절 초등학생 대하듯 그렇게 말하지 말아요."

"호호……. 사람이란 늙어 죽을 때까지 생긴 그대로의 마음 그릇을 지니게 마련이지요. 그 그릇 속에 술을 가득 채우면 알코올 중독자가 되고요, 지식을 가득 채우면 학자가 되지요. 돈을 가득 채우면 수전노나 아니면 사업가가 되고 미움을 가득 채우면 살인자가 되고요. 사랑을 가득 채우면 사랑하는 사람으로 우리는 그런 사람을 크리스천이라고 불러요. 그러니 지금 학생을 괴롭게 하는 것이 무엇인가 말해보세요. 제가 보기에는 치유되어야할 분 같아서 하는 말이에요. 날마다 이렇게 우리 커피숍에 와서 혼자 머리를 푹 숙이고 죽을 듯 우거지상을 하고 있으니 마음이 많이 쓰이네요. 우선 마음속에 고인 고통이나 힘든 것들을 내게 다 쏟아놓아요. 그런 뒤에 사랑과 평화,

지식과 기쁨으로 채우자고요."

그녀의 긴 말에 대꾸도 하지 않고 그는 호주머니에서 이빨 쑤시기를 수북하게 꺼내놓고 탑을 쌓기도 하고 허물기도 했다. 볼멘소리라도 한 마디 하면 좋으련만 그냥 입을 꾹 다물고 손만 놀린다. 그런 모습이 밉살맞기도 하지만 얼마나 괴로우면 저러나 싶어 여자는 자꾸 연민의 마음이 솟구치고 신경이 쓰였다. 살 저미는 아픔보다 마음 저미는 아픔이 더 하다고 하는데 이 청년의 아픔은 대단한 것이라고 감지되었다.

손님이 왔다 가고 다시 들어오고 커피숍은 계속 사람들로 출렁거리기 시작했다. 저녁노을이 지면서 커튼 사이로 살짝 파고들어오는 햇살을 두 손으로 받아 휘철은 손살으로 빠져나가는 불그레한 햇살을 움켜쥐려는 자세로 수긋하게 앉아서 여윌 대로 여윈 손가락을 가지고 놀고 있다.

여자는 혹시 이 청년이 사이코 패스가 아닌가 생각해본다. 정장차림의 뱀이라고 일컫는 사이코 패스는 반사회적 성격장애로 돌발적으로 어떤 일을 저지를지 모를 사람일 수도 있다. 살짝 이런 생각도 들었으나 아무리 살펴봐도 감때사나운 그런 모습은 아니었다. 단지 마음속에 고인 아픔으로 시난고난 앓고 있는 불쌍한 청년으로 다가왔다. 아무튼 그 나이에 괴이쩍을 만큼 버겁게 고통의 수렁 속에 빠진 그런 모습이었다. 그러나 요즘 흔히 보는 청년들처럼 가볍게 정보사회의 물결에 휘말려 떠내려가는 그런

얕은 생각을 지닌 사람이 아니고 무겁고 괴로워하는 모습에서 인생의 깊이를 아는 청년으로 다가왔다. 그는 어린 시절 깊게 받은 상처로 인해 무의식의 갈등을 겪고 있음에 틀림없다. 이런 갈등은 어둠 속에서 활개 치는 드라큘라처럼 상당한 고통을 안겨줄 것이 확실했다.

목걸이, 귀걸이에 심지어 팔찌까지 하는 남학생들이 지천인데 옷도 유행에 뒤떨어진 코트를 입고 목을 깃 속에 푹 파묻고 있는 모습에서 명상을 하며 철학을 깊이 있게 연구하는 공부벌레처럼 보이기도 했다. 약삭빠르게 나대는 청년들을 너무 많이 식상하게 봐온 그녀에게 어리바리 비틀거리는 청년이 물가에 내놓은 어린 소년처럼 다가오기도 했다. 이렇게 깊은 고뇌에 빠진 청년을 물끄러미 바라보고 있는 여자에게 이쑤시개로 손장난을 치던 휘철이 입을 열었다.

"전 된침을 한 방 맞은 것처럼 몹시 아파요."

"된침을 맞으면 잠깐 아프다가 다시 나아요. 시간이 약이니 조금만 참고 기다리세요."

"왕벌이 쏜 된침도 치유되나요."

"그럼요. 시간이 약이지요."

시간이 약이라. 휘철은 그녀가 해준 말을 되뇌어본다. 어머니도 시간이 약이라고 하면서 10년만 참자고 했다.

"제 이름은 박휘철이라고 해요. 전 여기 옆에 있는 대학의 철학과 학생이고요."

"전 최신혜라고 불러요. 그러나 휘철 군보다 나이가 아주 많아서 누나라고 해도 아주 나이가 많은 손위 누나니까 어린양을 부려도 돼요. 그러니 아무 말이나 다 해도 받아줄 수 있어요. 큰 누나도 좋고 나이어린 엄마가 되어줄 수도 있어요. 철학을 전공하는 학생이라면 굉장한 사고의 깊이까지 간 분일 터이지만 인생살이에서는 훨씬 위니까 도움이 될 거예요."

마침 그날은 바깥 날씨가 따듯한 탓인지 모두 밖으로 돌고 있어 푸른 초장은 한가했다.

7

신혜라고 불리는 여인은 정신병으로 시달리고 있는 누나 휘선을 떠올리게 했다. 누나도 신혜처럼 청춘의 희열에 가득 차 눈을 반짝이면서 평화롭고 소망에 찬 인생을 살 수 있을 터인데 공포와 두려움에 빠져 허우적거리고 있다. 누나를 떠올리자 울컥 눈물이 나왔다.

"제겐 3살 위인 누나가 있어요. 그런데 많이 아파요."

"저런! 무슨 병이에요. 요즘 흔한 암인가요?"

"암이라면 차라리 항암치료를 하지요. 암보다 더 무서운 병입니다. 끔찍하게 나쁜 병이지요."

"요즘 세상에 암보다 더 끔찍한 병이 있나요. 그럼 혹시 수혈을 했다가 걸린 에이즈인가요?"

"아니요. 에이즈에 걸리면 정신이나 맑지요. 자신이 처한 상황을 알고 괴로움을 인지한다는 것은 행복한 병이지요."

그의 말에 신혜는 어웅한 두 눈을 놀란 듯 치켜뜨고 재미있는 표정을 지어 보여 휘철은 오랜만에 흔쾌하게 웃었다.

"도대체 무슨 병인데 그렇게 요리저리 피하면서 요상하게 끌고 가요."

그러자 휘철은 한숨을 삼키면서 머리를 숙인다. 초췌해 보이는 눈 밑에 형광등이 켜지자 어둔 그림자가 짙게 드리운다. 혹시 마목으로 인해 그러는가. 그러나 요즘 문둥병은 병이 아니잖은가. 약이 좋아져서 완벽하게 치료된다고 들은 터였다. 그럼 희귀병에라도 걸린 것일까. 휘철이 그렇게도 괴로워하면서 여기 앉아있는 것은 치유될 수 없는 누나의 병으로 인한 걱정일 거란 추측을 하면서 그가 말해줄 때까지 입을 다물기로 했다.

둘 사이에 오랜 침묵이 흐르자 그 갑갑함에서 빠져나오려는 듯 휘철이 먼저 무겁게 입을 열었다.

"정신질환이에요."

"아유! 난 별 이상한 생각을 다 했네. 요즘 정신질환에 시달리는 사람이 얼마나 많은데요. 그건 병이 아니에요. 단지 괴로울 뿐인 걸요. 저도 한 때는 우울증이 심해서 죽을 고비를 몇 번 넘긴 적이 있어요. 자살하려고 수면제를 모아서 시도도 해보았고 칼로 팔목의 동맥을 끊어서 사람들을 놀라게 한 적도 있었어요. 모두 복잡한 정보사회의 물결에서 일어나는 그런 병이니 걱정하시 마세요. 그래서 휘철씨가 그렇게 얼굴이 어두웠군요."

"이건 근원적으로 어려운 정신질환이에요. 일생 치유하기 어렵다고 의사가 그랬어요."

"그럼 혹시 연인에게 배신을 당하여 생긴 병인가 보군요."

"아니요. 그런 고급스러운 병이 아니에요. 우리 집의 문제점은 아버지예요. 아버지로 인한 병을 앓고 있어요."

아버지로 인한 병이란 말에 그의 목소리가 이상하게 엉킨다. 능멸하는 어조이기도 하고 범접하지 못할 저주의 주문呪文을 중얼거리는 듯도 했다. 카키 빛 윗옷에 비치는 불빛으로 인해 휘철의 얼굴은 몹시 창백하고 야위어 보였다.

자고로 아버지란 위엄이 어려 있어 신혜 앞엔 항상 거대한 산으로 다가왔던 분이었다. 우뚝 하늘을 고이고 선 그런 아버지만을 생각했었는데 휘철에게 아버지는 어떤 사람이었기에 아버지란 말만 해도 저렇게 얼굴빛이 변하는 것일까.

그때 한 구석 깊숙이 출입구 쪽에 신문으로 얼굴을 가리고 앉아있던 남자가 쿵쿵거렸다. 휘철의 눈이 그에게 멎었다. 바바리색이 눈에 익었다. 기름때가 꼬질꼬질 엉겨 붙은 소맷부리에 눈이 멎자 콜롬보탐정이란 생각이 퍼뜩 들었다.

"어어! 이보세요. 콜롬보탐정님. 어떻게 여기까지 오셨어요. 반갑습니다."

휘철이 지나치다 싶게 오버액션을 취하면서 반갑다고 소리치자 콜롬보형사라는 사람은 보던 신문을 얼굴에서 치우고 겸연쩍어하면서 씨익 웃었다. 탐정 냄새가 나지 않는 조금 멍청해 보이는 그의 얼굴에 척박한 땅에 단물이 스며들 듯 웃음이 번진다.

"날 보고 반가워하면 어떻해요. 자네를 조사하려고 숨어서 쫓아다니는 사람이요. 여기까지 미행한 것을 몰라서 물어요. 모른 척 하고 얼른 도망가는 것이 원칙인데."

그가 너털웃음을 웃어대자 신혜는 놀란 눈으로 그를 쳐다보고 다시 휘철에게 눈길을 던진다. 탐정이 따라다닐 정도라면 이 청년이 도대체 무슨 극악한 범죄를 저질렀단 말인가. 콜롬보탐정은 신혜와 휘철이 담화를 나누도록 다시 신문지를 코앞에 바짝 대고는 열심히 신문읽기에 심취하는 듯했다.

어쩔 수 없이 두 사람은 마주 앉아서 하던 이야기를 계속했다. 놀라운 일은 지금까지 까부라져서 죽을 듯 보였던 휘철이 생기발랄하게 살아나 마구 웃어가면서 너스레를 떨었다. 콜롬보탐정 쪽을 흘끔흘끔 보면서 말이다. 전혀 다른 모습이었다. 핏기 없던 뺨에 발그레한 빛까지 띠

워가면서 아주 활달한 얼굴로 유쾌하게 지껄이기 시작했다. 더욱 놀라운 일은 갑자기 대화의 줄기를 누나의 정신질환이 아닌 철학 쪽으로 바꾸었다는 점이다.

"제가 여기 와서 죽치고 괴로운 모습을 보였던 것은 사실 이런 괴로움이 있었기 때문입니다. 예를 들면 슈퍼 유(Super You)와 리얼 유(Real You) 사이에서 오락가락하는 이유에서랍니다."

갑자기 튀어나오는 어려운 철학용어에 신혜는 어리둥절했으나 이내 그 속내를 알아차리고는 놀란 얼굴을 누그러뜨리고 새롱거리는 눈으로 맞받았다. 목에 두른 자줏빛 머플러가 불빛을 받아서 약간 상기된 신혜의 얼굴에서 작열했다. 흔히 보는 머플러가 아니고 귀엽게 레이스를 단 것으로 최근 유행하는 스타일이다. 가장자리가 너풀거리는 자줏빛 머플러가 신혜를 아주 애티 나게 했다. 열 살이나 많은 신혜의 나이 차이를 넘어서 그녀는 대학에 갓 입학한 앳된 여학생처럼 참신하게 보였다.

"제가 어떻게 그렇게 어려운 철학용어를 알겠어요. 상세히 설명해주세요."

신혜가 코맹맹이 소리로 애교를 부리며 휘철에게 휘감기자 콜롬보탐정은 아주 잠깐 신문 옆으로 두 사람을 엿보고는 못 본 척 다시 활자에 코를 박는다. 그의 두꺼운 돋보기안경이 콧등에서 헐렁하게 내려와 코숭이에 간지럽게 매달려있어 무섭지 않은 시골할아버지를 연상케 했다.

"진짜 나와 무의식 속의 나라고 표현하면 알아듣겠어요. 진짜 나는 사람을 죽일 듯이 미워할 수도 있지만 행동으로는 옮기지 못하고, 슈퍼 유인 무의식 세계의 나는 상상으로 혹은 생각으로 심지어는 마음으로 죽이는 방법을 찾아내서 최선을 다 해 상대방을 살해하는 것이지요. 쉽게 말해서 생각 속에서 살인 판타지를 마음껏 누릴 수 있다 이거지요. 이래도 어려워요."

휘철이 상식을 초월한 이상한 이야기를 하자 신혜는 잠시 혼란스러운 표정을 짓더니 살살 웃으면서 응했다.

"제가 아는 지식으로는 상상과 생각, 마음으로 살인하는 살인판타지도 살인이 아닐까요. 자연사가 아닌 살아있는 사람의 영혼과 육체를 상상으로 죽이는 것도 살인과 같다고 생각해요. 여자를 보고 음욕을 품어도 간음이라고 하는 말을 들어본 적이 있어서 그런 생각이 드나 봐요."

"실체를 죽이지 않았는데도 그게 살인이 됩니까?"

극렬하게 대항하면서 분노로 일그러진 벌건 얼굴을 하고 다그치는 휘철의 태도에 그녀는 콜롬보탐정을 의식한 듯 대답을 못하고 머무적거린다. 휘철은 콜롬보가 저렇게 멍청하고 바보스러운 표정을 짓는 것은 순전히 전략적인 제스처라는 생각이 스쳐 연막탄을 펴기로 했다.

"전 살인판타지로 사람을 죽인 적이 많아요. 다행히 현실이 아니니까 괜찮아요. 실제로 살인한 것이 아니고 상상이니 죄가 될 수 없지요. 법적으로 문제도 되지 않고 제 상상을 누가 감히 알 수 있겠어요. 상상 속에서 사람을 죽였다고 잡혀간 사람은 없으니까요. 상상으로 사람을 죽이는 것도 죄라고 잡아간다면 아마도 감옥은 사람들로 차고 넘칠 것입니다. 이 세상 모든 사람들이 살인자가 되는 셈이지요."

"휘철씨, 누굴 그렇게 미워하고 있나요? 미움은 마음을 불행하고 우울하게 만드는 법인데 그 나이에 미워할 사람이라면 사랑하는 여자의 배신 때문인가요?"

"흥! 여자라. 내 인생에 그렇게 사치스럽고 고급스러운 감정은 없어요. 제 환경이 그걸 철통같이 막고 있으니까요."

"그럼 누굴 그렇게 죽이고 싶도록 미워하나요?"

"제 아버지요."

"십대 청소년들은 사춘기에 아버지를 죽이고 싶도록 미워하는 경향이 있어요. 지나가는 바람이지요. 나중에 그런 날들을 떠올리고 그런 아버지를 그리워하면서 미안함을 가진다고 해요."

신혜가 살살 웃으면서 휘철의 이야기 방향을 틀려고 한다. 그러자 휘철이 강하게 맞섰다.

"아버지는 어렸을 적부터 저에게 이 싹수 노란 새끼 같으니라고. 굼벵이, 미련 툭박진 놈, 꺼벙이, 죽일 놈이라고 늘 소리 질렀어요. 전 그런 아버지를 죽이고 싶도록 미위했지요."

휘철의 얼굴이 창백하게 질린다. 격한 감정으로 인해 숨소리도 거칠어져서 신혜 얼굴에 헉헉거리는 숨결과 뜨거운 입김이 전해졌다. 순간 신혜는 콜롬보탐정을 경계하면서 목소리를 낮추고 소곤거렸다.

"아버지가 아들에게 너무 무거운 기대를 걸었던 모양이군요. 그동안 우리 사회에서 권위 있는 가장의 자리를 차지해온 아버지가 정보사회의 물결을 따라서 횡적으로 다시 말해서 같은 눈높이에서 서로 소통하는 친구가 돼줘야 하는데 권위를 세우는 수직적인 관계가 문제지요. 요즘 가정마다 문제가 심각하다는 점을 저도 알아요. 그래도 휘철씨는 아버지를 사랑해야 돼요. 신세대의 가족의식이 급격히 변하는 가치관의 물결을 타고 마비되고 있으니까 지혜롭게 극복해야 합니다."

"우리 아버지를 몰라서 그래요. 그 사람은 인간이 아니라 짐승이라고요. 자신이 처한 상황도 모르고 무모하게 성난 곰처럼 날뛰는 정신 나간 산山짐승이라고요."

아버지에게 억눌린 그의 분노로 들끓는 의식이 순간 그의 뇌와 몸을 지배하여 마비시키는 듯 보였다. 이글거리는 눈빛에서 용광로의 강렬한 시퍼런 빛이 지글지글 타고 있었다.

아아! 이 청년은 현실과 미래에 대하여 다가오는 불안감과 두려움에 대한 존재론적 불안이라기보다는 경험적 불안에 빠져있다는 생각을 하면서 신혜는 조심스럽게 입을 열었다.

"이 봐요. 휘철씨. 상처 입은 사슴이 가장 높이 뛴다고 했어요. 그 아픔을 극복하고 높이 뛰어올라 먼 훗날 승화되어 평범한 일반인들보다 더욱 훌륭한 사람이 될 수 있다고 봐요."

"짐승하고 싸우려면 짐승이 돼야 하는 거지요. 높이 뛰는 사슴처럼 그런 소녀적이고 낭만적인 감정은 저에게 없어요."

그가 살아온 처절한 삶을 토해내는 고백이었다. 너무나 큰 상처를 받은 한 청년의 고통스러운 아픔이 고스란히 신혜에게 안겨오면서 가엾다는 생각이 스멀스멀 피어올랐다. 아버지의 언어폭력으로 인해 상처 입은 가녀린 소년의 찢어진 모습을 보는 듯했다. 신혜는 아버지가 그의 고통의 근원이라는 사실을 처음으로 알게 되었다.

"아빠가 그렇게 미웠나요. 아버지가 마치 사람이 아니라 짐승이나 괴물인 것처럼 말하는군요."

그러자 휘철이 손뼉을 치면서 맞는 말이라고 머리를 주억거리고 헛웃음을 터뜨리면서 초점 없는 멍한 눈으로 위를 본다.

"내 말 잘 들어요. 괴물과 싸우면서 가장 조심해야할 점은 자기 자신도 괴물이 되고 만다는 사실을 잊지 않는 거예요."

그녀의 말에 박장대소하던 휘철의 얼굴이 새하얗게 질려버렸다. 한참 말을 못하고 신혜를 노려보다가 기어들어가는 목소리로 중얼거렸다.

"난 이미 괴물이 되어버렸어. 모든 인간을 믿을 수가 없고 이 세상 사람들은 모두가 날 싫어해. 나는 괴물이니까."

순간 신혜는 말을 잇지 못하고 입을 딱 벌렸다. 어려서부터 겪은 심리적 갈등으로 심어진 쓴 뿌리가 너무 깊이 박힌 것이 분명했다. 신혜는 신문을 코에 바짝 대고 있던 콜롬보탐정 쪽을 한 번 흘끔 훔쳐보면서 마음이 초조해졌다.

마침 부활절이 가까워서 100개가 넘게 삶아놓은 달걀 소쿠리가 떠올라 주방으로 가서 몽땅 가져왔다. 부활절아침 달동네 주일학교에 가져가려고 준비한 달걀들을 신혜는 휘철 앞에 내놓고 달걀거죽에 예쁜 그림을 그리라고 매직펜을 넘긴다. 최대한 자연스럽게 휘철을 안정시키려는 의도가 분명했다. 삶은 달걀 위에 그리는 그림이라면 그는 자신이 있었다. 아버지가 실종되기 전에는 매해 부활절에 주일학교 학생들에게 줄 달걀 그림은 그의 몫이었기 때문이다. 부활절마다 어머니는 이 일을 천직으로 알고 즐겨했으며 자녀들 셋이 모두 그 일에 동참하는 걸 큰 기쁨으로 알았기 때문이다. 휘철이 달걀 거죽에 귀엽게 그려내는 병아리와 꽃들을 보면서 신혜가 감탄사를 발했고 그녀의 그런 환호성에 전염되어서 그도 함께 유쾌하게 웃었다. 그런 와중에서도 신경질적이고 날카로운 그의 눈 속에 측량할 수 없을 정도의 고뇌가 고여 있는 걸 신혜는 읽을 수가 있었다. 미움으로 찌든 칼날 같은 눈빛이 어느 직종의 최상위에 도달했을 적에 지니게 마련인 카리스마 로 변한다면 그 얼굴이 얼마나 멋질까! 말없이 둘이는 마 주 앉아서 달걀에 그림을 그리고 있었다. 하지만 신혜의 머릿속에서는 오만가지 생각이 주마등처럼 스치고 지나 갔다.

'이 청년은 소심하고 사회성이 적은 편이다. 공격성을 평소 배출하지 못하여 분노가 쌓여있으니 언제 폭발할지 모르는 활화산과 같은 상태로구나. 아버지와의 갈등이 심 한 성장과장으로 인해 극도의 불안감과 절망감 내지는 피 해의식으로 인해 온전하지 못한 정신상태에 놓여있는 것 이 분명하다. 눈이 크고 쌍꺼풀이 졌으니 마음은 상당히 약한 편이고 공포와 두려움을 안고 떨고 있는 눈동자가 마음을 아프게 하는 청년이다. 대학에 다니면서 친구도 없고 물 위에 뜬 기름처럼 혼자 도는 걸 보면 대인기피증 도 있다. 심각한 것은 대인불신증에 사로잡혀 사람들이 베푸는 호의에도 몸을 도사리고 웃을 줄도 모르는 환자가 되어버렸다. 게다가 스스로를 비하하고 자존심도 없이 주 눅들어 있어 함께 있으면 그의 불안과 공포가 전염되는 느낌이 드니 누가 이 청년에게 다가가겠는가. 어쩌다 같 은 과 친구가 푸른 초장에 들려 아는 척해도 인사도 받지

않고 시선조차 무시하니 아무리 좋게 보려 해도 이 청년은 중증의 인격장애자가 틀림없다.'

이런 생각을 하면서 신혜는 이따금씩 동정어린 시선으로 휘철을 훔쳐보았다. 달걀에 날개달린 천사를 그리다가 신혜의 눈과 부딪히자 청년이 히죽 웃는다.

"밤에 잠은 잘 자요?"

"자고 나도 골이 아파요. 악몽, 악귀가 두려운 것이 아니고 꿈속에 아버지가 나타나서 날 죽일까봐 무서운 거지요."

"아버지를 불쌍히 여기세요. 요즘처럼 명퇴가 많고 돈벌기 힘든 시대에는 아버지란 자리가 쉽지가 않다고 하더군요. 자식들과 심지어 아내하고도 정서적 교류관계를 맺을 수 없는 외롭고 소외된 가장들이 많아요. 정보사회가만들어낸 불쌍한 아버지들이지요. 돈 벌어오는 기계로 전락한 현대판 비극의 아버지를 이해하면 휘철씨 마음이 상당히 풀릴 터인데."

그러자 휘철이 벌떡 일어나면서 천사가 그려진 달걀을 탁상 위에 던져버렸다. 그리고 왜가리처럼 꽥꽥거리면서 발을 굴렀다.

"난, 난 말이야 야구방망이나 깨진 유리병을 베개 밑에 넣고 자야 잠을 잘 수 있는 놈이란 말이요. 항상 이것들을 대기시켜놓고도 마음이 놓이지 않아서 망치도 침대 밑에 두고 자는 놈이야."

신혜가 당황해서 쩔쩔매는 사이에 콜롬보탐정은 신문

에서 눈을 떼고 소란한 쪽을 보면서 중얼거렸다.

'이건 방어본능을 넘어서서 잠재적 공격본능을 가지고 있는 상태까지 갔군. 아주 심각해. 정말 심각해. 억압되고 위장되었던 분노가 망치나 야구방망이, 유리병 같은 무기를 통해 분출되려고 발돋움하고 있는 정신상태라 아주 위험한 지경까지 가있어.'

수사관의 동물적인 감각으로 휘철의 가정에서는 악취가 풍기고 무언가 숨겨진 사연이 깊다는 것을 콜롬보탐정은 감지하고 코를 큼큼거렸다.

달걀을 모두 바닥에 내던지고도 화가 충천하여 휘철은 퉁퉁거리면서 밖으로 뛰어나갔다. 이렇게 내보냈다가 혹시 사고라도 치면 어쩔까 하는 걱정으로 신혜가 뒤를 따라 나갔으나 그의 뒤통수는 물결치는 인파 사이로 아물아물 사라져버렸다.

한편 휘철은 도망치듯 푸른 초장을 빠져나와서 무작정 인파를 따라 걸었다. 그냥 걷는 것이 아니라 급한 볼 일이 있어 서두르는 그런 걸음걸이로 한참을 걷다가 육교의 한가운데 섰다. 차들이 질주한다. 차를 타고 있는 사람들은 얼마나 용감한가! 저 차들이 순간적으로 잘못해서 옆으로 핸들을 꺾는다면 그가 조금 전에 바닥에 내동이 쳐서 으깨어진 삶은 달걀처럼 저들의 육체가 뭉개질 것이 뻔하다. 그러나 잡담을 하고 웃기도 하고 행복에 겨워 하하거리면서 차를 몰고 간다. 차 안에서는 속도감에 젖어 평안하건만 위에서 내려다보는 휘철에게는 아찔하여 눈을 감아야만 했다. 인생이란 이런 것이 아니겠는가. 선과 악의 경계라는 것이 너무나 딱 붙어있어서 한 발만 내딛으면 되는 것이다. 삶과 죽음의 경계도 마찬가지다. 달리는 차들 위로 지금 이 순간 그가 뛰어내린다면 그는 영원 속으로 들어가버리게 된다. 생사의 갈림길도 순간이다. 달리는 차 밑으로 뛰어내리면 이렇게 두렵고 지겨운 삶을 끝낼 수 있다. 고층 아파트에서 한 발만 내딛으면 죽음으로 가는 원리와 똑같다. 선과 악도 그 구분을 뛰어넘는 것은 순간이고 종이 위에 가는 선을 그어서 흑과 백을 나누듯 삶과 죽음도 마찬가지다. 컴퓨터 전문가가 마음 한번 삐딱하게 먹으면 해커로 돌변하는 것은 시간문제가 아닌가. 여차하면 죽을 수도 있는 순간이 바로 그가 서 있는 육교였다.

이렇게 괴로워하면서 그저 골방에 갇혀있는 것처럼 지내는 것이 무서운 심판을 받고 있는 상태라는 생각에 이르자 휘철은 머리를 흔들었다. 달리는 차들 위로 아버지의 굳은 표정이 보인다. 무섭게 일그러진 눈살 밑에 입을 욱 다물고 노려보던 섬쩍지근한 눈길, 그리고 고압적인 태도로 일관하여 식구들에게 공공의 적으로 다가오던 모습이 떠오르자 순간적으로 육교에서 밑으로 뛰어내리는 환상에 사로잡혔다.

순간 옆에 바짝 다가온 아버지의 목소리가 들린다.

'어서 뛰어내려라. 저 차들 위로 어서 뛰어내려야 한다. 너는 그래야 마땅한 놈이다.'

하늘이 한 바퀴 빙 돌았다. 다리가 후들거리면서 양손으로 육교의 난관을 꽉 잡았다. 그러나 여전히 머릿속에선 삶과 죽음이 순간이니 죽음을 택하라는 명령이 떨어졌으나 몸은 그 명령을 거부하면서 난간을 의지하고 서 있었다. 두 손으로 난간을 죽어라고 움켜쥐고 몸을 부들부들 떨었다. 시간이 흐를수록 힘이 솟구쳤다. 삶과 죽음의 경계선이 금 하나라는 사실이 큰 위로가 되었기 때문이다. 언제고 한 발자국만 내딛으면 삶과 죽음의 경계선을 건너뛸 수 있다는 사실을 깨달았기 때문이다. 삶을 포기하기란 아주 쉽기 때문이다.

8

대문 곁 흰 목련이 송편을 빚어놓은 듯 입을 오므린 몽오리를 터뜨리려고 잔득 물을 머금고 있다. 휘중이 산청에서 가져온 야생초들을 심으려고 4월의 햇살에 나온 미애는 눈부신 봄볕이 어지러워서 잠시 비틀했다. 꽁꽁 얼어붙었던 추위에도 끈질긴 생명력을 자랑하는 감국이 뾰족 머리를 내밀었다. 생명의 억척스러움에 미애는 몸을 떨면서 호미로 촉이 상하지 않도록 흙을 돋아주었다. 담

밑에 자리를 잡은 벌개미취들도 머리를 내밀어서 비료만 조금 주면 가을에 감국과 벌개미취가 흐드러지게 필 조짐을 보인다. 노란 감국과 보랏빛 벌개미취가 어우러지게 필 가을을 그려보면서 미애는 앞마당의 화계로 가서 호미로 흙을 파기 시작했다.

"이제 정신이 돌아왔나 보지. 앞뜰에 나온 걸 보니. 오늘은 왜 뒤뜰에 가질 않고 앞으로 왔니?"

삼월이 미애와 나란히 앉으면서 딴죽을 건다. 그래도 미애는 눈길도 주지 않고 호미로 땅만을 판다.

"이건 씀바귀인데 뽑아버리지 그래. 어머! 엉겅퀴 씨가 여기까지 와서 촉을 트고 있네."

삼월이 씀바귀와 엉겅퀴를 뽑아버리려고 하자 미애가 날래게 그녀의 손을 뿌리치며 만류한다.

"이건 잡초야. 이런 것은 이렇게 어렸을 적에 뽑아버려야 해. 아무튼 잡초는 죽으라고 해도 악착같이 살아남는 악마들이야."

"그냥 두라고. 우리 휘중이가 야생초가 좋다고 씨들을 산청에서 받아와서 지금 심으려는 중인데 잘 됐군. 벌써 씀바귀와 엉겅퀴가 자리를 잡고 있으니."

삼월이는 기가 차다는 듯 미애를 멍청히 쳐다보다가 화계의 난간에 궁둥이를 걸치고 앉았다. 멀리 북한강으로 열린 벌판에 봄 아지랑이가 아른거린다. 내루의 후락한 마루가 눈에 거슬리게 다가온다. 어서 이 집을 사가지고 수리해야 하는데 올봄에도 미애는 이 집을 떠날 기미가 전혀 보이질 않는다.

"시세보다 더 줄 터이니 이 집을 내게 팔고 도시로 나가라. 휘철이도 대학까지 통학하느라고 얼마나 힘이 들겠니. 친정 부모님이 다 돌아가시고 네 남편까지 집을 나가버려 우울한 판에 이런 고가에서 지내는 것이 얼마나 힘든다는 걸 내가 잘 안다."

그러자 미애가 호미를 삼월이 쪽으로 팽개치면서 고함을 친다.

"몇 번을 말해야 넌 내 말을 알아듣겠니. 내 코끝에 호흡이 붙어있는 한 이 집을 절대로 팔지를 않는다고 했지. 네가 현재 시세의 백배를 준다고 해도 절대로 이 집을 팔지를 않는다."

"그렇게 고집 피우지 마라. 넌 이 집에서 서서히 말라죽어가고 있어. 이 집이 널 죽이고 있는 것이 내 눈에 똑똑하게 보인다. 그러니 제발 고집부리지 말고 내게 이 집을 넘기고 너는 아들을 따라서 도시로 나가라. 더구나 휘선이 이 집에 오면 심하게 발작하는 걸 너도 잘 알잖아. 아무래도 이 집에 귀신이 붙어있는 것 같다. 조상신들이 널 돕고 있지 않다는 걸 왜 모르니."

"까불지 말라고. 난 여기에 결명자도 심고 둥굴레도 심을 거야. 이 집의 앞뜰에 약초와 야생초를 심어서 아름답게 꾸밀 거라고. 뒤란도 얼마나 예쁘게 손수 가꾼 걸 너도 알면서 날 들볶고 있어. 이건 우리 조상대대로 살아온 내 핏줄이 흐르는 집이야. 어느 누가 감히 이 집을 소유할 수 있겠어. 뒤란이나 앞마당에 서린 조상들의 발자국과 숨결이 아직도 남아있는데 누가 감히 이 집을 산다고 해."

그러자 삼월이 이죽거리면서 미애의 귓가에 바짝 입을 대고 속삭인다.

"넌 이 집을 네 남편 때문에 팔지를 못하는 거지."

"그게 무슨 소리야?"

"네 남편이 실종되던 밤에 난 네 남편의 차가 대문 앞에서 있던 걸 봤어. 그게 무슨 뜻인지 너도 잘 알지."

그러자 미애의 얼굴이 사색이 되어 전신을 부들부들 떨었다.

"그 사람은 그 밤에 서울 아파트로 돌아갔어. 다음날 아침에 차가 없는 것도 넌 확인했겠구나."

"그런데 왜 형사들한테는 전혀 모르는 것처럼 말하고 있니? 그게 이상하지 않니. 그래서 나도 그런 차를 보지 못했다고 그러고 있는 중이야. 너하고 말을 맞춰야 되는 것이 아니냐."

"그건, 그건 차가 집에 왔다갔다고 하면 귀찮게 그 밤에 무슨 일이 있었느냐고 들볶일 것이 싫어서 그랬다. 왜 이제 형사들한테 그 말을 하면서 날 귀찮게 하고 싶은 거냐. 넌 아무튼 내 인생에서 전혀 도움이 되질 않아. 넌 내 인생의 걸림돌이야."

"내가 끝까지 함구할 터이니 제발 이 집을 내게 팔고 넌 도시로 떠나라. 그게 조건이다."

그러자 미애는 호미를 다시 주워들고 기어들어가는 말을 삼키면서 뭐라고 웅얼대가며 흙을 파서 뒤엎기 시작한다. 까치 한 마리가 깍깍거리면서 뒤란의 감나무 위에 내려앉는다. 참으로 한가롭고 평화로운 농촌의 봄날 아침이다. 미애가 무어라 말하든 삼월은 어서 이 집을 꾸밀 생각으로 눈이 반짝인다. 제일 먼저 삼월이 할 일은 사당을 문막산 입구에 신축하여 슬프게 살다간 어머니와 아버지, 그리고 그 윗대의 할머니 할아버지의 위패를 모실 예정이다. 산천정기가 스며드는 문막산의 첫 길목에 자리 잡으려면 그녀가 눈도장 찍어놓은 종갓집의 뒤란 위쪽이 될 터였다. 낡아 무너져 내리는 내루는 다시 치장을 해야 한다. 구름무늬가 새겨진 나무 단을 내루의 하단에 대야겠다. 밍밍한 미닫이의 문지방 아래와 벽 하단에 머름을 목수에게 부탁하여 만들어 달 참이다. 머슴방 옆으로 꽃담을 쌓으면 종갓집이 확 살아날 것이다. 쪽마루의 난간도 구름과 박쥐무늬를 넣어 다시 장식할 터였다. 돈이 문제가 아니다. 얼마든지 돈을 쏟아 부어서라도 이 집을 수리해 그 옛날 풍성하면서 넘쳐나던 웅성거림을 살리기 위해 한식집으로 만든다면 돈도 벌고 전국에 널리 소문난 멋진 고택이 될 것이다. 너른 대문 밖의 문전옥답에는 빗살문을 넣은 창을 단 십여 채의 원두막을 지어서 손님들이 식사할 수 있도록 꾸밀 구도도 잡아놓고 그 사이사이 화단을 만들어 노란 매화와 애기씨꽃을 심어 흥을 돋운다면 얼마나 멋질까! 큰길에서 들어오는 입구에 봉숭아와 과꽃을 심어 시골 흥취를 낼 참이다.

삼월은 미애가 전부 뽑아버린 독들을 고스란히 다시 묻어서 김치냉장고가 감히 흉내 내지 못할 선조들의 김치 맛을 살리기로 했다. 그러자면 장독대에 놓인 장독들도 고스란히 거액을 주고라도 전부 살 마음을 먹고 있었다. 그렇게 한다면 지하에 묻혀있는 어머니, 아버지가 아마도 입이 찢어지게 웃을 것 같아서 삼월이도 터져 나오는 웃음을 참느라고 입을 손바닥으로 막았다.

9

휘철의 고모 박말자는 콜롬보형사를 만나 이주희라는 미국 여변호사의 주소와 전화를 받아들었다. 초등학교도 나오지 못한 무식쟁이지만 의사인 남동생을 찾는다는 꿈에 들떠서 여권을 내고 노후를 위해 생명처럼 모아두었던 돈으로 왕복 비행기표 값을 지출했다. 길에서 만나는 한국 사람들의 도움으로 어려움 없이 로스앤젤레스 땅에서 이주희와 마주 앉을 수 있었다. 예까지 찾아온 촌티가 뚝뚝 흐르는 박말자 앞에서 이주희는 다리를 외로 꼬고 앉아 아주 거만스러운 몸짓을 하며 그녀를 맞았다. 속으로는 뭐 이런 여자가 다 있나 하는 아니꼬움으로 화가 치밀었지만 박말자는 그래도 자신은 손위 시누이라는 확고한 줄을 붙들고 기죽지 않고 도도하려고 안간힘을 썼다.

"내 동생 박장호가 자네 집에서 함께 살고 있지? 난 그 박장호의 누나니까 자네는 내 올케가 되는구먼."

이주희는 올케 운운하는 이 여자를 향해 가소롭다는 듯 묘한 웃음을 삼키면서 찬기가 고인 눈으로 흘겨보았다.

"그 사람을 왜 여기 와 내게서 찾습니까?"

"호호……. 그 애가 여기 있지? 함께 살고 있다는 사실을 내가 알고 왔다고. 본처가 무서우니까 연극을 하는 거지. 내가 다 알고 있어. 나한테만 살짝 말해줘. 우린 같은 편이야."

그러자 이주희가 발딱 일어섰다. 야구 심판이 하듯 손을 문 쪽으로 가리키면서 조용하지만 권위가 서린 음성으로 말했다.

"나가주세요. 여기 그런 사람 와있지 않습니다. 그 사람은 한국에서 살해당한 것이 확실해요. 사람을 죽여 놓고 왜 여기 와서 찾아요. 어서 나가요."

그래도 꼼짝 않고 당당하게 가슴을 펴고 박말자는 호기 있게 말했다. 이렇게 도도하게 나가는 이 여자도 결국엔 그녀에게 머리를 숙일 것이다. 어떻든 자신은 손위 시누이가 아닌가. 남편의 핏줄을 거절할 수는 없지 아니한가.

박말자는 모든 걸 이해하고 있다는 너그러움이 넘치는 눈으로 다소곳하게 말했다.

"내가 다 이해한다고. 본처가 나타나서 난동을 부릴 것이 무서워서 그러지. 난 우리 장호의 손위 누나야. 하나뿐이 없는 핏줄이라고. 그러니 그렇게 억지로 숨길 필요 없다고. 내가 입을 철통처럼 다물고 있을 터이니 걱정 말라고. 여기까지 태평양을 넘어왔으니 내 동생 얼굴이나 보고 가고 싶구먼. 자네들의 앙큼한 속셈을 내가 다 알고 있어. 세상이 뭐라고 말해도 나는 자네 편이야."

그래도 험상궂은 표정을 풀지 않고 이주희는 연신 오른손으로 입구 쪽을 가리키면서 언성을 높였다. 그러자 경비가 들어오고 문앞에 앉았던 비서가 경찰을 부르겠다고 으름장을 놓았다. 어쩔 수 없이 비실비실 일어선 박말자는 어리벙벙하게 말했다.

"진짜로 내 동생 박장호가 자네 집에 없단 말인가. 진짜인가. 정말이냐고. 그럼 내 동생이 어디로 가버렸어. 유명한 의사선생인 내 동생이 어디로 가버렸단 말이야."

박말자의 얼굴에 공포가 서렸다. 낙담한 목소리로 다시한 번 간청했다.

"진짜요. 진짜란 말이요. 믿을 수가 없어. 내 동생이 여기밖에 올 데가 없는데 그럼 어딜 갔단 말인가."

"한국에서 찾으세요. 아마도 누군가가 살해했을 겁니다. 그렇지 않고야 지금까지 소식이 없겠습니까. 해서 저도 탐정을 하나 사서 배치했으니 그 사람과 협조하세요. 탐정의 전화번호를 드릴까요."

"내가 알아. 그 사람이 자네 주소와 전화번호를 줘서 여기까지 왔는데. 어메메…… . 내 동생이 그럼 죽었단 말이야. 그 불쌍한 녀석이 그럼 어디로 갔단 말이야. 고향 산속으로 갔을까. 어디로 가버렸단 말이야."

비실비실 이주희 변호사사무실을 빠져나온 박말자는 길가로 나와서 길바닥에 털썩 주저앉았다. 둘이 알콩달콩 살아가면서 한국의 본부인 가족들에게 연극을 하려고 콜롬보탐정을 세운 줄 알았는데 그럼 정말 내 동생이 증발했단 말인가. 실종이 사실인가. 죽어버렸단 말인가. 아니다, 아니야. 그럴 리가 없어. 아무리 좁은 아녀자의 소견으로 판단하더라도 본처와 자식 셋을 버리고 다른 여자에게 가는 마음이 편안했겠는가. 그러니 연극을 이렇게 세게 할 수도 있다. 생각이 이에 이르자 콜롬보형사에게서 받은 이주희의 집주소를 움켜쥐면서 박말자는 다짐을 했다. 무슨 일이 있어도 동생 박장호를 만나고 미국 땅을 떠나야겠다는 결심을 단단히 했다.

낯선 땅에서 동생을 찾아야겠다는 생각에만 오로지 매달려서 말도 통하지 않는 도시에 덜렁 혼자 선 그녀는 동생을 찾는 일에 목숨을 걸었다. 이주희가 퇴근하기를 기다렸다. 지하로 해서 차를 몰고 집으로 가버리는 것을 며칠이 지나서야 알고는 미리 그 집 뒤란에 숨어서 동태를 살피기로 했다. 이주희가 사는 집은 도심지에서 반 시간 거리인 버뱅크에 살고 있었다. 부촌인지 널찍한 앞 잔디밭에서 거부 티가 줄줄 흘렀다. 장호가 여기에 살고 있을 것이란 확신에 차서 박말자는 집안을 기웃거리고 안의 동태를 살폈으나 동네도 한적하고 집도 조용하고 사람의 기척이 전혀 없었다. 새소리가 정적을 깼고 이따금 멀리 하늘을 가르고 지나가는 비행기가 눈에 띌 뿐이다. 현관 유리문으로 들여다본 거실은 왕궁처럼 휘황찬란했다. 자신이 파출부로 나가는 부자들은 여기에 비하면 저 밑에 거지발싸개처럼 생각되었다. 동생은 이렇게 성공을 했구나. 한국의 구질구질한 자리를 박차고 뛰어나가 이 거대한 미국 땅 한 모퉁이에 자리 잡은 이런 집에서 살고 있으니 처자식을 버린 것은 천만번 잘 한 짓이다.

사월이건만 꽃밭에는 난초들이 만발했고 서양봉숭아로 보이는 진달래색 꽃들이 캘리포니아의 따가운 햇살을 받고 지천으로 피어나서 모두 입을 딱딱 벌리고 있다. 너무 진한 노란색이라 눈이 시린 채송화는 미국사람처럼 튼실해 보이기도 했다. 정신없이 꽃밭을 거닐면서 중얼대고 안을 기웃거리는 박말자의 어깨에 두터운 손이 얹어지더니 사이렌 소리가 귀가 따갑게 울리면서 경찰차 한 대가 집 앞에 섰다. 무어라 소리를 치는 경찰의 손에 이끌려 박말자는 차에 강제로 태워지고 이주희의 집을 떠났다. 자신은 나쁜 사람이 아니라고 손짓 몸짓을 하면서 발광을 했으나 모른 척 그녀를 데리고 경찰서로 향했다. 골목을 벗어나자 이웃들이 나와서 기웃거리면서 입을 삐죽거렸다. 이상한 여자가 부촌에 와서 알찐거리니 동네사람들이 신고를 한 것이다.

동생이 사는 집이라고 악을 쓰던 박말자는 저들의 손힘에 눌려서 의자에 깊숙이 몸을 박고 숨을 몰아쉬었다. 강제출국을 당한 박말자는 경찰의 호위를 받으면서 비행기에 올랐다. 동생을 만나보겠다고 인천공항을 뜰 적에는 이 여행이 이렇게 험난한 길인 줄 몰랐다. 그러나 말 한마디 통하지 않는 나라에 와서 냉대를 받고 비행기에 오르면서 올케인 미애와 변호사라는 이주희를 비교하게 되었다. 그래도 구관이 명관이라고 휘철의 어머니인 올케에 대한 고마움과 그간 너무 그녀를 마음으로 구박했다는 자책감에 사로잡혔다. 문제 많고 험한 가문에 시집와서 그래도 가정을 이만큼 일군 것은 미애가 아닌가. 이제 돌아가면 정성스럽게 올케를 위하리란 다짐을 했다. 구름 위를 날고 있는 비행기 밑으로 고등어 등처럼 짙푸른 바다가 몸을 뒤척였다.

문득 아버지와 어머니가 떠올랐다. 아버지는 술주정뱅이에 가정을 책임질 수 없는 무능한 사람이었다. 항상 저녁이 되면 집안은 난장판이 되었다. 구릿한 냄새를 풍기는 아버지는 시뻘겋고 누런 눈을 희번덕거리면서 어머니를 두드려 팼다. 어머니는 두 팔로 머리만을 감싸 안고 그 많은 매를 몸으로 다 흡수했다. 여자인고로 얼굴만은 제 모습을 지니려고 두 손으로 얼굴을 결사적으로 감싸 안았다. 이런 어머니의 손을 강제로 아버지는 떼어 내고 얼마나 세차게 얼굴을 강타하는지 어머니의 얼굴에서는 피가 줄줄 흘러내렸다. 눈가가 찢어지고 코끝이 찢어져서 흘러내리는 피는 눈을 뜨고 볼 수가 없었다. 이런 때면 언제나 다섯 살 배기 남동생 장호는 방구석에 개어놓은 이불에 얼굴을 묻고 소리죽여 흐느끼기만 했다. 남들은 다 초등학교에 다니건만 말자는 학교 문턱에도 가보지 못하고 어머니를 따라다니면서 달걀행상을 했다. 너무 아버지에게 맞아서 허리를 못 쓰는 어머니를 대신하여 달걀꾸러미를 목이 가라앉도록 한 짐을 이고는 어머니 뒤를 따라다니면서 단골집을 찾아 하루 종일 헤매고 다녔다. 아버지는 악마였다. 사람이 아니었다.

어머니가 자식들을 버리고 도망간 것은 아버지의 행패가 극에 달해서 죽음을 앞둔 상태에서 어쩔 수 없이 택한 길이었을 것이다. 몸도 부실하고 이제 얼굴도 찌그러진 어머니로서는 최소한 생명을 건지기 위한 탈출구로 가정과 자식을 버리고 가출하는 길밖에 없었을 터였다. 그래도 죽음의 자리까지 자식들에 대한 책임을 졌어야 하는 것이 아닐까 하는 아쉬움은 어머니에 대한 섭섭함으로 늘 그녀를 따라다녔다.

한국행 비행기는 잔잔한 기류의 공간을 뚫고 평안하고

아늑한 안방에 들어앉은 듯 여유롭게 흘러간다. 구름이 밀려와서 바다를 가리는 통에 아래에 깔린 거대한 대양을 볼 수는 없다. 텔레비전에서 나오는 히말라야 산처럼 밑에는 흰 구름의 바다가 깔리고 있다. 이렇게 행복한 순간 동생도 놔버리고 모든 과거의 애달팠던 인생길도 내려놓고 이제 죽고 싶다는 생각 속에 빠져들었다. 저 구름 위에 몸을 던지면 풍덩 그 아래로 꺼져내려 바다로 가는 것일까. 아니면 구름 위에 살짝 얹혀서 한없는 여행길을 떠나는 것일까. 죽고 싶다는 강렬한 소원이 그녀를 감싸는 순간 어머니를 용서하는 마음이 들면서 영혼에 평안함이 임했다. 아마도 어머니는 집을 나가는 순간 어디에선가 쓰러져 죽었을 것이다. 그렇게 아버지에게 두들겨 맞고 살아남을 사람은 없을 터이니 말이다. 3년 동안 어머니를 기다리면서 아버지와 장호를 돌봤지만 어머니는 끝내 집에 돌아오지 않았다. 가슴에 사무치도록 어머니를 원망하면서 살았고 그것이 일생 가슴에 못으로 박혔지만 이제 어머니를 용서하고 싶었다.

아버지의 손찌검이 시작되면서 말자는 어머니처럼 가출을 결심했다. 조금씩 어머니의 아픔과 고난을 이해할 수 있었다. 어린 남동생 장호를 차마 이런 아버지 밑에 혼자 두고 나갈 수 없어서 하루하루 미루고 지내다가 어느 날 밤 아버지에게 추행을 당했다. 한 방에서 그것도 남동생이 곁에 자고 있는 동안에 당한 일이었다. 그때 말자의 나이 겨우 15세였다. 밑이 찢어져서 피가 흘러나와 며칠 동안 팬츠가 젖었던 일이 떠오르자 박말자는 몸을 부르르 떨었다. 매일 밤 아버지에게 시달리다가 그녀는 어머니처럼 가출을 단행했다. 갈 곳이 없어서 길에서 자다가 어느 여인을 따라가 식당에서 막일을 하면서 그녀의 처녀시절은 심한 노동 속에서 흘러갔다. 그래도 아버지의 얼굴을 대하지 않아서 좋았었다. 무서운 아버지의 손찌검과 성적 학대에서 벗어난 것만으로도 숨을 쉴 수가 있었다. 가끔 동생 장호가 보고 싶어서 집 언저리를 기웃거렸지만 아버지가 무서워서 감히 집에 발을 들여놓을 수가 없었다. 허술한 오두막이 그래도 남아있어서 그곳을 찾아가 늘 맴돌았다. 어머니와 말자가 달걀행상을 하면서 어렵게 마련한 판잣집이라 정이 더 갔다. 그녀의 인생은 그렇게 흘러갔다. 시집 갈 마음이 조금도 없었다. 아버지에게 당한 끔찍한 일은 두고두고 그녀를 찍어 눌러서 남자를 봐도 무서워 가슴이 떨리고 눈앞이 아득했다. 이런 일을 감히 누구에게 말할 수 있단 말인가. 이렇게 비행기를 타고 그녀의 일생 처음 누려보는 아늑함과 평안함에 절어있다 보니 그 일이 생생하게 그녀를 사로잡아서 눈물이 줄줄 흘러내렸다.

어머니는 이제 이 세상에 없는 사람이다. 자식들을 두고 나가면서 아픔으로 가슴이 찢어져 죽었을 터이다. 어머니에 대한 연민의 정을 누르지 못하고 박말자는 조용히 흐느끼기 시작했다. 옆에 앉았던 백발의 미국여자가 손수건을 가만히 그녀에게 건네주었다.

올케 미애에 대한 연민의 정이 가슴을 스쳤다. 아아! 동생 장호는 아버지를 그대로 빼닮았다고 말할 수 있었다. 자식은 어쩔 수 없이 국화빵처럼 아버지와 똑같은 삶을 산다고 하지만 이건 너무 비슷했다. 그렇다면 올케인 미애가 불쌍하다는 생각을 지울 수가 없었다. 술에 잔뜩 취하여 잠이 든 아버지의 가슴을 식칼로 푹 찌르고 싶다는 충동을 누를 수 없어 번민한 적이 얼마나 많았던가. 아마도 올케인 미애도 그런 충동을 느꼈을 것이다. 적절한 시기에 장호가 나가버렸으니 다행한 일이 아닌가. 그 가정을 위해서는 잘된 일이 아닌가. 그러나 하나뿐인 핏줄, 동생을 찾아 생사를 확인하는 것은 인간의 도리가 아닌가. 혹시 만에 하나 아버지처럼 술에 절어서 시궁창에 틀어박혀 죽었다면 시신을 찾아서 장례라도 치러주어야 한다는 사명감이 그녀의 가슴을 무겁게 찍어 눌렀다. 불쌍한 동생을 땅에 묻어주는 일은 유일한 피붙이인 누나로서 마지막 보여주는 사랑의 표현이 될 것이다.

박말자는 스멀스멀 밀려오는 잠속에서 동생을 찾아 전국을 헤매고 다니는 꿈속에 빠져들었다. ✻

막대기와 지팡이

1

미국에서 기가 팍 죽어 돌아온 박말자와 미애는 함께 북한강의 논둑 언저리를 돌면서 나물을 캐고 있었다. 흙색 잎을 달고 움튼 냉이를 호미로 파서 뿌리까지 캐낸 뒤에 지저분한 마른 잎을 따가면서 아주 잘 다듬어서 비닐봉지에 담았다. 그래야 바로 씻어 삶아 국을 끓이거나 나물을 무칠 수 있기 때문이다.

미애는 이제는 밤마다 신경안정제가 없으면 누워있을 수도 없다. 수면제를 자꾸 늘려가야 한다. 이렇게 일어나서 다녀도 머릿속이 곪은 듯 멍멍하고 정신이 흐리고 맑지 않다. 세상 모든 것이 뿌옇게 보이고 조금씩 회전해서 가만히 있어도 몸이 흔들린다. 그녀가 서 있는 이 지구가 빙빙 도는 것을 느낄 정도로 그녀는 예민해졌단 말인가.
어찌 인간이 지구가 돌아가는 것을 느낄 수 있단 말인가.
지금 미애는 지구가 도는 것을 느낄 정도로 속도 메슥거
리고 정신이 명쾌하지 않았다. 뿌연 안개 속에 모든 자연
이 흐리게 앞을 가렸다. 마치 도수가 맞지 않는 안경을 쓴
것 같았다.

"너 이주희란 여자에게 악감을 품지 마라. 내가 미국까
지 가서 집안까지 들어가 보았는데 우리 닥터 박은 거기
없더라."

벌써 여러 번 이런 대화를 시도했지만 깊은 시름에 잠
긴 미애는 큰 시누이의 말을 귓가로 흘리고 아무 대답이
없다. 어쩌다가 미애의 인생이 이 지경까지 되었단 말인
가! 시를 쓰면서 학생들에게 자신이 쓴 시를 읽어주고 앵
두가 익을 무렵이면 그 애들을 데리고 앵두 밭을 거닐었
던 아름다운 청춘은 어디로 가고 이런 질고에 빠져버렸는
지 도저히 이해가 되질 않았다. 냄새가 독한 오물에 푹 절
은 밧줄이 전신을 칭칭 동여매고 있는 상태로 도저히 빠
져나갈 수가 없다. 숨이 가쁘다. 점점 숨통을 조여 오는
무서운 손길에서 아무리 발버둥 쳐도 도저히 빠져나갈 길
이 보이질 않는다. 매일 밤마다 너무 울어서 베개가 푹 젖
었고 뼛속이 아릴 정도로 아팠다. 전신의 뼈가 독한 식초
에서 녹아내리는 듯했다.

하나님만이 그녀의 마음을 말갛게 씻기고 정결하게 만

들 것을 알고 있지만 구체적으로 어떻게 해야 하나님이 그녀를 구하고 위로해 준단 말인가. 인간이란 원래 죄악 중에 태어나고 죄인으로 살게 마련이다. 그러니 하나님만이 그녀를 이런 아픔과 고통에서 건져낼 수 있다는 걸 확신하다. 그분이 우슬초로 그녀의 전신을 쓸어내려서 깨끗하게 씻어주고 정한 마음을 창조해줘야 그녀 안에 정직한 영이 기쁨과 평안에 넘쳐 거할 수 있다는 걸 알지만 어디부터 어떻게 손을 대야할지 도무지 갈피를 잡을 수 없었다.

미애는 아득히 멀리 두물머리 쪽에 피어오르는 아지랑이를 하염없이 보면서 한숨을 삼킨다.

"너도 힘 드는 모양이구나. 하긴 그렇지. 남편이 아니냐. 그런데 도대체 이 애가 어디로 꺼져버렸단 말이냐. 아무래도 유명하다는 도사나 점쟁이를 찾아가서 점을 쳐야겠다."

하염없이 멀리 허공에 시선을 꽂고 있는 미애를 향해 이렇게 말을 하면서 올케의 눈치를 본다. 형광등처럼 가만히 있던 미애가 갑자기 점쟁이와 도사란 말에 알레르기 반응을 일으켜서 감정이 상했는지 팽 토라진 음성으로 덤벼든다.

"고모는 언제나 제 속을 후벼 파요. 제가 예수를 믿는 사람이란 걸 잘 알지요. 내 앞에서는 점쟁이니 무당이니 그런 소리 하지 마세요. 소름끼쳐요."

"그럼 네가 믿고 있는 예수라는 분에게 좀 물어보려무나. 이 하늘 아래 내 동생, 닥터 박이 살아있는지 죽었는지 말이다. 만에 하나 죽었다면 어디서 죽어 어디에 묻혔는지 알아낼 수 있을 것이 아니냐. 제발 네가 믿는 하나님에게 직접 물어봐다오."

토라진 올케의 음성에서도 박말자가 화를 내지 않는 것은 벙어리로 대꾸를 하지 않는 것보다 이렇게라도 올케와 소통을 하는 것이 좋아서이다. 미국의 이주희란 여자를 만나본 뒤에는 구관이 명관이라고 그래도 이 올케가 더 좋다는 생각을 지울 수가 없었고 이해하려는 마음이 그녀의 가슴을 차분하게 해주었다.

미애는 흐린 눈을 들어 하늘을 올려다보면서 가슴을 폈다. 넓은 하늘과 땅을 보면서 마음의 날개를 펴고 속으로 기도했다.

'주님 구원의 즐거움을 내게 회복시키시고 자원하는 심령을 주셔서 저를 붙들어주세요. 나의 구원의 하나님이여! 여직 지은 수많은 죄에서 저를 건져주세요. 제 입술을 열어주세요. 제가 하나님을 찬송하겠습니다. 하나님이 구하시는 제사는 상한 심령인 걸 잘 압니다. 제 상한 심령을 굽어보시고 통회하는 마음을 멸시하지 말아주세요.'

하늘과 땅에 틈새가 트이듯 조금은 마음이 후련해졌으나 큰아들 휘철을 생각하자 다시 가슴이 조여오기 시작했다.

2

휘선이 두 달 만에 정신병원에서 집에 돌아오는 날이다. 사흘을 머물고 갈 것인데 걱정이 많다. 이상하게 집에 오면 병이 도지기 때문이다. 하긴 병원에서도 간헐적으로 발병하겠지만 의사들이 약으로 조정하고 있고 직접 현장에서 보지를 않으니 그 증상이 어떤지 가늠할 수 없었다. 딸이 좋아하는 냉잇국을 멸치를 넣고 구수하게 끓일 예정이다. 냉이 특유의 냄새와 맛을 딸, 휘선이 좋아하는 것을 미애는 잘 알고 있었다.

팥을 듬뿍 넣고 찰밥을 하고 냉잇국을 끓이는 동안 대문간이 소란하다. 휘철이 누나인 휘선을 데리고 대문을 들어서는 순간 고모가 나가서 호들갑을 떠는 소리로 종갓집이 시끌시끌했다. 막내 휘중까지 산청에서 돌아와 오랜만에 가족들이 모여 냉잇국을 맛있게 먹고 난 뒤에 밖을 보니 봄비가 기운차게 내린다. 어둑해지고 비가 내리면 으레 휘선의 병이 도지게 마련이라 겁이 난 미애는 의사에게 전화를 걸어 약의 양을 상의하려는 찰나에 아니나 다를까 휘선이 발작을 일으켰다. 휘선이 미친 증세를 일으키며 맨발로 뒤란으로 뛰어나가 악을 쓰기 시작했다.

"저기 검은 머리를 풀어헤친 남자가 있다. 저기 저기서 나를 향해 손짓하고 있다. 아이쿠! 무서워. 날 보고 어서 이리로 와보라고 야단이다."

고모인 박말자가 이렇게 난리를 치는 휘선을 잡아당겨서 가슴에 끌어안는다.

"네 병이 이 지경이 되었구나. 아이쿠! 불쌍한 새끼야. 네 눈에 귀신이 보이는 모양이구나."

"고모, 저기 키가 구척인 남자가 서 있다. 날 보고 자기를 빨리 끄집어내달라고 난리야."

"무슨 소리를 하는 거냐?"

박말자가 갑자기 얼굴이 창백해지더니 휘선의 가슴을 쥐어박으면서 악을 쓴다.

"네 눈에 죽은 귀신이 보인단 말이냐. 그럼 혹시 내 동생이 죽어서 네 눈에 나타난다는 뜻이 아니겠니. 아이쿠! 그렇다면 그 자식이 죽었구나. 아이쿠! 불쌍한 것아! 결국 내 동생이 죽었다는 뜻이구나. 죽어서 널 찾아와서 하소연하는 모양이구나."

휘선이 고모인 박말자의 품에서 벗어나 너울너울 춤을 추면서 오송五松과 호랑가시나무 주위를 맴돈다. 미애가 파랗게 질려서 딸을 껴안아 집안으로 끌어들이려고 안간힘을 쓴다. 휘선은 몸부림을 치면서 미애의 손에서 벗어나려고 몸을 비틀다가 미꾸라지처럼 빠져나가 호랑가시나무 가지를 손으로 마구 잡아당겨 날카로운 잎에 긁힌 손에서 피가 줄줄 흐른다. 이런 휘선의 짓거리를 한참 넋을 놓고 보고 있던 박말자가 갑자기 헛간으로 가서 괭이와 삽을 들고 뛰어나왔다.

"내가 이것으로 오송하고 호랑가시나무를 파내고 그 밑을 휘선에게 보여줘야겠다. 이 아이가 이렇게 야단을 치는 것은 귀신에 들씌워서 그러는 건데 속 시원하게 땅속을 보여줘야 이 아이가 병에서 풀려날 것이 아니냐. 이건 무당을 불러서 굿을 해야 하는 것인데 넌 예수를 믿는다고 못하게 할 것이니 내가 미치겠다."

그러자 미애가 괭이와 삽을 큰 시누이의 손에서 빼앗아 멀리 팽개쳐버린다. 그리고 발을 굴러가면서 악을 쓴다.

"고모는 미친 아이의 말을 듣고 거길 파려고 그래요. 왜 하필이면 내가 지금까지 정성드려 가꾼 오송과 호랑가시나무를 캐려고 그러느냐고요. 저 애가 저 정도로 미친 증세가 심하니 정신병원에 갇혀있는 것이 아니냐고요. 제 아버지 때문에 저런 병이 걸렸으니 무슨 말을 못하겠어요. 저엔 제 아버지의 희생제물이란 말이에요."

그래도 박말자는 악을 쓰면서 덤빈다. 몸을 마구 들이대면서 해대는 꼴이 죽기 아니면 살기로 몸부림을 친다. 이런 소란을 삼월이 들어와서 지켜보다가 장독대 위에 있는 독들을 세어본다. 꼭 열 개가 있어야 하는데 제일 큰 독이 없다. 모두 언제나처럼 제 자리에 놓여있었는데 왜 그걸 몰랐지. 흐릿한 외등불빛에 들어난 장독대 위의 독들을 다시 세어본다. 김장독 중에서 제일 커서 왕의 자리에 있어야할 배추김치독이 없다. 제일 큰 배추 100포기를 사등분하여 절여서 무를 뚝뚝 썰어 시루떡처럼 사이사이 켜켜로 끼어 넣어 김치를 담가도 다 품어 안았던 그런 독이다. 삼월이 이런 소란 통에 슬그머니 미애에게 다가가서 옆구리를 찌르면서 묻는다.

"그러고 보니 제일 큰 독이 없구나."

삼월의 말에 눈이 벌게진 미애가 고함을 친다.

"넌 이런 소란을 말리려고 하지 않고 염장을 지르는구나. 어서 휘선을 안방으로 데리고 들어가 주렴."

삼월이 큰 엉덩이를 휘두르면서 큰 손으로 휘선의 어깨와 허리를 잡아 끌어당겨 황소 같은 힘으로 끌고 안으로 들어간다. 이런 소란통에 동네사람들이 대문 밖에서 기웃거리면서 웅성댄다. 더러는 이제 폐가가 되어서 종갓집이 무너져 내리는 모양이라고 모두 머리를 흔들었다.

뒤란의 한 귀퉁이 어둠 속에 몸을 숨기고 이 모든 일들을 지켜보던 콜롬보탐정은 늘 타고 다니던 마티즈를 마을 밖에 주차하기 잘 했다고 가슴을 쓸어내린다. 살쾡이처럼 그는 어둠 속에 몸을 감추고 침을 삼키면서 이 모든 소란을 의미심장한 눈으로 훔쳐보았다.

삼월이 미애를 밖으로 끌어내서 심문하듯이 묻는다.

"너 왜 제일 큰 독을 패 내지 않았니?"

삼월의 질문에 움찔한 미애가 독이 그득한 눈으로 삼월을 흘겨본다. 대답을 피하자 집요하게 물고 늘어진다.

"내가 그 큰 독에 얼마나 눈독을 드리는지 너도 알지. 내가 이 집을 사는 이유 중의 하나도 바로 그 큰 김장독 때문이다. 거기서 얻어다 먹던 김치 맛을 잊을 수가 없어서 그래. 내 꿈은 그 독에 김장을 담가서 한겨울에 먹고 사는 일이다. 땅속에서 푹 익은 김치 맛은 우리가 가지고 있는 김치냉장고가 할 수 없는 신비한 맛이거든. 여직 살아오면서 난 그 맛을 잊어본 적이 없다. 너 어디에 그 독을 팔아버렸니? 지금 그런 큰 독은 고가를 주어도 살 수 없는 물건이야."

삼월의 꿈은 집요하고 끈질겼다. 그녀가 살아가는 이유는 이 종갓집을 자신의 명의로 바꾸는 일처럼 보였다. 완전히 과거에 묶여 살아가는 여자였다. 한이 서려서 끊을 수 없는 동아줄처럼 이 집 전체를 꽁꽁 묶어서 잡아당기고 있었다.

"내가 독들을 파내다가 괭이로 잘못 찍어서 와장창 깨져버렸다. 그래서 그냥 묻었다."

"내가 이 집을 산 뒤에는 그 독을 그대로 꺼내서 그 모양대로 다시 독 굽는 가마에 가지고 가서 만들어올 거다."

이런 모든 짓거리를 안방에 앉아서 뒤쪽 창문을 통해 다 내다보고 있던 휘철이 아무소리 않고 대문을 벗어났다. 그의 뒤를 콜롬보탐정이 멀찍이 숨어가면서 따라가고 있었다. 늦은 저녁이지만 버스는 비어있었다. 앞자리에 앉은 휘철을 피해 마티즈를 그냥 동네 입구에 버려둔 채 콜롬보는 버스에 올라 맨 뒤에 모자를 앞으로 푹 눌러쓰고 앉았다. 휘철은 좌우를 살펴보지도 않고 그대로 푸른 초장으로 들어갔다. 봄비가 추적추적 내리는 밤에 휘철이 쓰러질 듯 휘청거리면서 초점이 흐린 눈을 하고 자신이 늘 앉는 자리에 젖은 몸을 내던진다. 봄비가 내리는 주말이라 모두 가정으로 돌아갔는지 푸른 초장은 휑하니 비어 있었다.

문을 닫고 들어가려던 신혜는 혼이 나간 사람처럼 초췌한 모습으로 들이닥친 휘철을 말없이 바라보기만 한다. 누에가 고치 속에 편안히 자리를 잡고 앉듯이 그렇게 늘 앉는 자리에 털썩 몸을 던진 휘철은 탁자 위를 뚫어져라 본다. 눈 한 번 깜박거리지 않고 그런 자세로 한 시간을 앉아있었다. 눈꼬리에 날카로운 빛이 번득인다. 저런 눈빛을 예술이나 문학 같은 창작에 바치면 얼마나 아름다울까 하는 마음을 누르면서 신혜가 그를 응시한다.

"저녁은 먹었어요?"

"……."

"저 문 닫고 집에 가야해요."

"……."

"그럼 담요를 줄 터이니 여기서 의자를 잇대놓고 잘 것인가요?"

그녀의 말에 휘철이 고개를 든다. 눈물이 그렁한 눈을 들어 신혜를 보면서 애걸한다.

"저 살고 싶어요. 죽고 싶지 않아요. 그런데 자꾸 죽어야 된다는 소리가 들려요. 저 좀 살려주세요. 살고 싶어요."

신혜가 조용히 커피 한 잔을 따라다가 그의 앞에 놓아준다.

"군인까지 갔다 온 사람이 이제 사춘기를 겪는 것처럼 왜 이래요. 꼭 철부지 소년 같아요. 마치 사납게 물결치는 냇가에 내놓은 아기를 보는 기분이에요. 제 눈에는."

"저는 지금 물귀신에게 끌려서 깊은 물속으로 빠져들고 있어요. 숨이 막혀요. 죽을 것 같아요. 숨을 쉴 수가 없어요."

진짜로 물귀신에게 끌려가듯 눈을 희번덕거리면서 숨을 헐떡인다. 끈적거리는 땀이 질척하게 이마 위에서 번들거린다. 숨이 넘어갈 듯이 헐떡이는 모습이 죽기 직전에 놓인 사람처럼 불쌍해 보였다. 간절하게 구원의 손길을 기다리는 그는 모든 것을 포기하고 몸을 죽음의 신에게 내맡긴 듯 애처로워 보였다. 신혜는 조용히 다가가서 그의 손을 잡았다. 그러자 휘철은 쓰러지는 짚단처럼 그녀의 품에 피식 안긴다. 신혜는 그를 받아 안았다. 휘철이 전신을 무섭게 떨더니 기어들어가는 목소리로 중얼거렸다.

"저기 아버지가 와요. 절 죽이려고 덤벼요. 절 데리고 물속으로 끌고 들어가려고 해요. 저를 살려주세요. 전 죽고 싶지 않아요. 전 아버지에게서 멀리 달아나야 해요."

정신이 나간 상태에서 몸부림치면서 허우적거리는 휘철을 신혜는 어머니가 병든 아들을 안고 있듯이 한참 끌어안고 등을 도닥거려주었다. 얼마간의 시간이 흐른 뒤에 휘철은 간질발작을 앓고 일어나듯 부스스 눈을 뜨고 제정신이 돌아왔는지 눈동자에 힘이 실렸다. 큰 눈에 어린 서러움이 두 살배기 아이가 엄마젖을 뗄 적에 흐느적이는 모습과 흡사했다. 정신을 차리고 보니 자신이 신혜의 가슴에 안겨있음을 알고는 눈을 크게 뜨고 몸을 일으킨다. 휘철의 날카로운 눈매에 힘이 실린다. 오뚝한 콧날에 파란 기운이 서린다. 철학을 하는 학생답게 몸에서 카리스마가 흐르고 욱 다문 입언저리에도 빛이 서린다. 이런 때 신혜의 눈에 그는 상당히 매력이 넘치는 얼굴로 다가왔다.

"아아! 미안해요. 제가 어떻게 여길 왔지요. 지금 이 시간에는 제 잠자리에 있어야 하는데 어떻게 저도 모르게 여길 와있군요. 미안해요."

"지금 집에 돌아갈 수 없어요. 자정이 넘었으니 차가 끊어졌어요. 제 차로 데려다 줄게요."

"아니요. 전 집에 돌아가기 싫어요."

휘철이 어린아이처럼 머리를 살래살래 흔든다. 아주 강한 몸짓이다. 집엘 가지 않겠다고 고집을 부리는 걸 보면 아버지에 대한 두려움이 있는 가정으로 가는 것을 무의식 세계에서도 거부하는 모양이다. 어린 시절부터 깊은 대못처럼 박힌 문제가정이라고 추측해보면서 신혜는 머리를 갸웃거려 본다.

"그럼 여기서 잘래요?"

"싫어요. 혼자 있기 싫어요. 저랑 함께 있어주실래요."

간절한 눈으로 휘철이 신혜를 올려다본다.

"여기서 밤을 샐 수는 없잖아요. 이른 봄이라 밤에는 추워요. 어제 날씨가 덥다고 느끼고 난방기구를 전부 치워버렸거든요."

신혜가 일어서자 무조건 휘철이 따라나선다. 두 사람은 나란히 푸른 초장을 나와서 신혜가 발동을 거는 차 옆자리에 무조건 허락도 받지 않고 휘철이 올라탔다. 강하게 그를 거절할까 하다가 그냥 두고 갔다가는 청년이 혼자서 푸른 초장에서 만에 하나 자살이라도 한다면 하는 걱정이 앞섰다. 우선 발동을 걸고 차를 뒤로 빼서 시원하게 뚫린 북한강 길을 달리기 시작했다. 휘철은 말이 없다. 하염없이 차창 밖을 응시할 뿐이다. 자신보다 열 살이나 어린 휘철이 너무 많은 고통 속에 있어서 그런지 신혜 자신보다 더 나이 들어 늙어 보이기도 했다.

"양수리 근처에 내려주면 집에까지 갈 수 있어요?"

"전 집에 오늘 밤, 들어가지 않아요. 집에 들어가는 길에 도중에서 죽어버릴 수도 있어요."

신혜는 그를 데리고 모텔로 들어갔다. 마침 방이 하나만 비어있어서 둘이는 한 방에 들었다. 시계를 보니 벌써 새벽 3시. 두어 시간 있다가 날이 밝으면 신혜는 집으로 가리라 생각하면서 안으로 들어갔다. 자살 직전의 청년을 혼자 두고 가는 것도 마음이 놓이지 않아서였다. 열 살이나 어린 휘철은 남자라기보다 철부지 어린 동생처럼 생각되었다. 이른 봄밤의 냉기에 절었던 몸이 훈훈한 방에 들어오니 얼굴이 홧홧할 정도로 달아올랐다. 휘철은 방안에 들어서는 순간 침대 위에 널브러졌다. 그런 자세로 그는 반 시간을 가만히 누워있었다. 그렇다고 자는 것도 아니었다.

"나에게 이야기를 해봐요. 왜 그래요. 여자를 알고 싶어 그래요. 모텔주인에게 여자를 하나 넣어달라고 그럴까요? 여자를 알고 싶어서 고민하는 나이는 지났는데 도대체 왜 이래요."

그러자 휘철이 벌떡 일어나 앉았다. 눈에는 지글지글 증오의 불길이 타오르고 있었다. 돌변하는 얼굴이 갑자기 악마의 눈으로 변해 오싹한 한기가 고여 있었다. 카리스마가 서렸던 눈에서 살인할 것처럼 퍼런 기운이 서린 독기가 뿜어 나왔다.

"오늘 밤은 저와 함께 있어주세요. 전 다른 여자는 싫어요."

그러자 신혜가 몸을 도사린다. 이 남자가 나를 원하는 것일까 하는 생각을 하면서 이렇게 괴로워하는 남자에게 다가가서 위로하고 싶다는 강한 모성애를 누를 수가 없었다. 그녀는 휘철이 옆에 바짝 앉았다. 그러자 그는 뒤로 물러나 앉으면서 두 손을 맞잡고 고개를 푹 숙인다.

"여자로 인한 문제가 아니에요. 전 그런 고급스러운 감정에 빠질 행운을 지닌 남자가 아닙니다."

"그럼 왜 그래요? 가슴 속에 쌓인 아픔을 다 털어내세요. 제가 다 들어줄게요."

성숙한 관계를 방해하는 장애물은 유년기의 상처라고 한다. 이건 심리적 갈등으로 남아 일생 고생하게 마련이다. 심리적 감옥에 갇힌 마음속의 아이가 쓴 뿌리가 되어 깊이 그의 무의식 속에 박혀서 그를 괴롭히고 있는 것일까. 미애는 상을 살짝 찡그리고 이런 생각을 했다. 두 사람은 침대 위에 나란히 누웠다. 휘철이 신혜를 한 팔로 감싸 안고 차마 여자의 얼굴을 보지 못하고 천장을 향해 눈길을 돌리고 입을 열었다.

"제 가정은 아버지로 인해서 무너졌어요. 가정이 아니고 지옥이에요. 저란 사람이 그런 가정에 태어난 것이 불행이고 제 인생의 첫 단추가 잘못 끼워진 셈입니다."

여기까지 말하고 휘철이 입을 다문다. 입에서 단내가 난다. 무척 힘이 드는 모양이다. 물을 한 컵 가져다주고 싶었으나 말문 여는 순간을 방해하지 않기 위해 신혜가 가만히 그의 손을 잡고 어루만져준다.

"전 아버지를 매일 죽였어요."

그리고 긴 침묵.

신혜도 끈기 있게 그다음 말을 기다린다. 너무 침묵이 길어지자 둘 사이에 검은 장막이 가로 막은 듯했다.

"어떻게 죽였어요?"

신혜가 참지를 못하고 말을 이어준다.

"걸으면서 하루에 만보씩 그의 얼굴을 밟았습니다. 살이 짓이겨질 때까지 밟다가 뼈만 허옇게 남으면 그 뼈도 가루가 되도록 짓이겨 밟았습니다. 이렇게 해도 아버지를 미워하고 분노하는 일은 잠들지 않았습니다."

"그런 일로 그렇게 기가 죽어있고 죽고 싶다는 생각에 사로잡혀 자신을 심하게 학대하고 있군요. 지금 제 손을 잡고 회개기도하세요. 그러면 좋으신 하나님이 용서해주고 그 자리를 놀라운 평안으로 채울 것입니다."

"회개해도 마찬가지일 것입니다. 그 이유는 현행법으로 인정하지는 않지만 양심의 법은 일생 따라다니니까요."

"모든 인간은 상상으로 생각으로 나쁜 짓을 다 해봅니다. 단지 행동으로 옮기지 않을 뿐이지요. 휘철씨는 죄에 대한 감성이 아주 예민하군요. 아주 훌륭한 성품이에요."

"지난번에 신혜씨는 상상으로 사람을 죽여도 살인이라고 했잖아요."

"성경에는 그렇게 쓰여 있어요. 그러나 세상 모든 사람들은 상상으로 모든 악한 일을 다 저지르면서 그걸 죄라고 생각하지 않아요. 단지 신앙인들만이 그걸 죄라고 감지하고 괴로워하지요. 그런 점에서 휘철씨는 아주 신앙심이 깊어요. 전 그런 휘철씨가 너무 좋아요."

신앙심이란 말에 휘철이 머리를 세차게 흔든다.

"전 이 세상에 태어나지 말았어야 해요. 왜 제가 어머니의 태에서 죽어나오지 않았을까요. 왜 제가 어머니의 젖을 빨았는지 그게 원망스러워요. 그 시절 제발 혀에 덧이 나서 젖을 빨지 못하여 굶어 죽었더라면 얼마나 좋았을까요. 지금까지 살아온 제 일생에는 평안도 기쁨도 없었고 안식도 없었어요. 오직 고난과 고통만이 있었어요. 이렇게 마음이 곤고하여 번뇌하는 저에게 왜 나를 창조한 하나님은 저를 죽이지 않고 지금까지 숨을 쉬게 하는지 모르겠어요. 미치도록 죽기를 바라는데 왜 죽지를 않는지 신기해요. 무덤에 눕는다면 안식을 취할 것인데 왜 죽어지지를 않는지 이해할 수가 없어요. 전 죽어버려야 해요. 살아서는 이 지상에 남아있을 수 없는 존재입니다. 죽을 만큼 불안해요. 매일 밤 단잠을 잘 수가 없어요. 무서워서 잠을 깊이 잘 수가 없어요. 빨리 죽었으면 해요. 하루를 더 살면 그만큼 전 괴로워서 뼈 속이 곪아 문드러지는 것 같아요. 이 세상의 아름다운 것을 봐도 즐겁지가 않고 모두 이상하게 보여요. 불안한 가운데 바라보는 자연이나 사람이 괴물로 둔갑하여 나를 찔러 죽일 듯이 덤벼서 눈을 감아버려요. 죽고 싶어요. 칵 어서 죽어버리고 싶어요."

"죽고 싶다는 말이 나는 살고 싶다는 절규로 들리는군요."

순간 신혜의 뇌리에 작년 부활절에 삶은 달걀 위에 그림을 그렸던 그를 떠올리고 주일학교에서부터 신앙생활을 하는 사람임을 직감하고 가만히 속삭였다.

"우리 기도해요. 상상으로 아버지를 매일 죽였다면 그

죄를 사해달라고 기도하고 회개하면 돼요."

신혜가 일어나 앉아서 휘철의 이마 위에 손을 얹고 가만가만 기도를 해주었다. 그녀의 기도소리를 들으면서 그는 베게가 푹 젖도록 줄줄 눈물을 흘렸다. 속에 고인 모든 것이 쏟아져 나올 듯 흐느끼는 그를 위해 수건을 꺼내서 눈물을 닦아주었다.

"눈물로 씻기지 않는 괴로움과 슬픔은 마음과 몸을 울게 만들지요. 눈물을 많이 흘리세요. 눈물이 모든 것을 치유할 거예요. 하나님 앞에 회개하고 모든 괴로움과 아픔이 다 쏟아질 정도로 실컷 우세요. 자자……."

신혜가 그를 가슴에 꼭 끌어안고 아기를 재우듯 등을 또닥인다. 그 가슴에 안겨 그는 심하게 몸을 떨었다.

"강력한 환상으로 살인을 저질러도 회개하면 용서를 받을 수 있나요? 아니 진짜로 살인을 해도 용서받을 수 있나요?"

휘철이 다급하게 눈을 번쩍 뜨고 물었다. 눈물로 얼룩진 얼굴이 날카로운 질문으로 인해 더 칼날 같았다.

"살인자라도 진심으로 회개하면 하나님은 용서해주신다고 성경에서는 말하고 있어요. 아버지를 미워했던 걸 회개하고 용서를 구하세요. 자자 어서 내 대신 본인이 기도해요."

그러자 휘철은 꺼이꺼이 울어가면서 신혜의 가슴에 안겨서 알아들을 수 없는 말로 기도를 했다. 마치 방언을 하듯 그렇게 웅얼거리면서 터져 나오는 기도를 하고는 동창이 밝아올 적에 아주 지친 표정을 지으면서 다시 침대 위에 누워버렸다.

3

나란히 휘철의 옆에 누워서 신혜도 자신의 과거를 되돌아보았다. 잊으려고 그렇게도 격렬하게 몸부림쳤는데도 그녀처럼 고통의 늪을 헤매는 남자의 옆에 있으니 또렷하게 자신의 아픔이 살아났다.

솔직히 고백해서 신혜 자신이 휘철에게서 벗어나지를 못하고 있었다. 그의 얼굴과 모습이 심지어 키까지 너무나 그녀를 떠난 남자와 닮았기 때문이다. 그녀를 놓기 싫어서 죽을 듯이 고통스러워했던 모습도 어쩌면 그렇게도 똑 닮았는지 착각을 할 정도였다. 그녀를 사랑했던 남자를 신혜는 지금도 잊을 수 없다. 어디를 가도 그의 생각이 난다. 그는 그녀를 항상 따라다녔다. 맛있는 음식이나 심지어 마음에 꼭 드는 음악을 들어도 사납게 부는 바람소리까지 모두가 그를 떠올리는 것뿐이다. 고등학교 1학년 때부터 대학을 졸업할 때까지 둘이 좋아서 붙어 다녔으니 긴 세월이었다. 그는 손가락을 꼽을 정도로 부잣집은 아니었으나 그래도 부산 시내에서는 잘 산다고 소문난 집안의 딸도 없는 외동아들이었다. 손이 아주 귀한 집안의 5 대 독자라고 했다. 둘이는 일란성 쌍둥이처럼 늘 붙어 다녀서 고등학교시절부터 대학까지 동창들 사이에서는 결혼 제1호일 것이라고 소문이 자자했다.

"너 대학 졸업하고 바로 나한테 오는 것이지."

"그럼 가야지."

사랑한다는 낯간지러운 말도 그들 사이에서 오간 적이 없었다. 그렇게 표현하는 것이 전부였지만 둘 사이에서는 그게 사랑의 표현이고 청혼이라는 것을 알고 있었다. 첫눈이 내리는 새벽에도 그는 꼭 신혜에게 전화를 했다. 새벽 4시에 걸려온 전화는 기쁨에 들뜬 그의 목소리였다.

"커튼을 걷고 밖을 내다보라고. 첫눈이 내리고 있다."

졸린 눈을 비비면서 신혜는 커튼을 걷고 밖을 보았다. 눈이 외등불빛을 타고 하얀 떡가루가 쏟아지듯 펑펑 내리고 있었다.

"새벽 6시에 우리 만나자. 눈 속을 걷다가 함께 아침을 먹자. 내가 차를 너의 집 앞에 댈 터이니 조금만 더 자고 무조건 밖으로 나오너라."

둘이는 남산을 드라이브했고 도심지를 벗어나서 외각 도로를 타고 달리기도 했다.

"넌 요리를 배우지 않아도 좋아. 손을 물에 담그면 거칠어지고 손가락 마디가 굵어지니까 절대로 물일을 하지 마라."

"그럼 밥을 누가 해줘?"

"그건 요리사를 두지. 상주 요리사를 두고 우린 그저 맛나게 먹으면서 재미있게 사는 거다."

"어떻게 밥만 먹고 살아. 걸레를 빨고 집안을 치워야지. 물을 만지지 않고 어떻게 살아."

"그건 파출부를 써서 청소와 빨래를 시키면 되니까 넌 그저 예쁘게 앉아서 나하고 이야기를 나누고 음악을 듣고 나랑 운동하러 나가고 여행하고……."

그는 그런 남자였다. 그러나 실제적으로 대학을 졸업하고 결혼문제가 나왔을 적에 남자의 어머니는 신혜를 조용히 카페에 불러냈다. 그 자리에서 아주 교양 있게 시어머니짜리는 입을 열었다.

"내가 아들이 둘이라면 신혜를 며느리로 맞을 터인데……."

무슨 말인지 몰라서 멍청히 앉아있었더니 다시 말을 잇는다.

"내가 아들이 하나만 더 있어도 신혜를 며느리로 맞을 터인데 사정이 그렇지 않으니 어쩌나. 우리는 사업을 하는 집안이라 같은 계열에서 결혼을 해야 자금줄도 닿고 앞길이 펼 터이니 어쩌겠나. 결혼은 사랑만 가지고 사는 것이 아니야. 사업가의 집안은 여자를 더 큰 사업가의 집안에서 데려와야 사업이 번창하게 마련이니 어쩌겠나."

그제야 신혜의 머리에 깨달음이 왔다. 아아! 이건 결혼을 아주 교양 있게 반대하는 것이구나. 순간 욕지기가 났다. 그렇다. 신혜의 집안은 검소하고 솔직하고 정직하게 살아온 집안이다. 그리고 부지런하게 일하면서 살아온 보통 가정이다. 그런 여자가 감히 높은 곳에서 놀아나는 사업가의 집안으로 갈 수 없다는 결론에 이르렀다. 그러고 보니 사랑하는 남자가 결혼한 뒤에 파출부니, 요리사니 하는 말을 해댄 것이 이제야 그녀와는 어울리지 않다는 결론에 도달했다.

"알았습니다. 명심하겠습니다."

"그럼 우리 아들을 만나지 않겠다는 뜻으로 받아드려도 되겠어? 내 말 뜻을 이해하는지 모르겠군."

"댁의 아드님이나 잘 관리하세요. 전 절대로 만나지 않을 겁니다."

그렇게 헤어져 집에 와서 수면제를 먹고 사흘을 죽은 듯이 자고 일어났다. 모든 것을 잊고 싶어서 그렇게 했다. 그간 그녀를 사랑했던 남자는 전화를 수없이 했고 안달을 했다. 사흘을 자는 동안 꿈을 꾸었다. 셀 수없이 많은 작은 뱀들이 신혜와 그 남자의 주위를 맴돌고 물려고 달려들어서 둘이는 몸을 이리저리 피하는 꿈이었다. 그 꿈을 꾼 뒤에 일어난 신혜는 남자가 찾지 못하도록 시골로 가버렸다. 남자는 미친 사람처럼 차를 마구 몰고 난폭하게 싸다니면서 신혜를 찾아다녔다고 한다. 결혼을 반대하는 부모에게 대들어서 집안이 난가라는 소문도 들렸다. 그러다가 그는 교통사고를 당하여 3개월이나 병원에 입원하고 있다는 소식을 들었으나 신혜는 꼼짝하지 않고 은둔처에서 나오지 않았다.

벌써 그런 세월이 15년이 흘렀다. 그간 결혼할 마음을 먹고 남자들을 대하기도 했지만 첫사랑의 남자 같은 사람을 만나지 못했다. 이 세상의 모든 남자가 아무리 멋있어도 첫사랑의 잔영에서 벗어나지를 못하는 그녀의 마음에 들어올 틈이 없었다.

이런 신혜에게 휘철은 마치 신혜를 잊지 못하여 몸부림 쳤던 첫사랑의 남자를 떠올리게 했다. 그래서 더욱 그를 떠날 수가 없었다. 그건 동정도 아니고 신혜 자신도 이해 못할 묘한 감정이었다. 어떻게 떨쳐버릴 수 없는 그런 사람이 바로 신혜가 만난 휘철이었다. 나이가 훨씬 아래이니 이건 사랑이라고 말하기에는 그녀의 입장에서는 상당히 낯설었다. 단지 동정이고 연민이다. 굳이 세상말로 표현하라면 어머니가 철없는 아들을 바라보는 그런 심정이라고 할까. 너무 묘해서 설명할 수가 없었다.

4

신혜와 휘철이 차를 타고 살아지는 것을 푸른 초장 근처에 잠복하여 있다가 미행을 못한 콜롬보는 우선 집으로 가서 아침을 먹고 휘선이 있는 정신병원으로 향했다. 박 말자가 미국까지 가서 확인한 바로는 그곳에 닥터 박이 없다니 이건 완벽한 실종이고 살인사건이라는 냄새를 맡을 수 있었다.

콜롬보는 수첩에 하나하나 면밀하게 범인 프로파일링을 작성해나갔다. 범행현장을 모르니 제일 큰 단서를 놓친 셈이다. 그러나 여타 증거구성요소를 면밀히 검토하면서 추리하여 범인신상분석 자료를 모아야 한다. 주변 인물들 중에서 박말자와 휘중은 우선 제쳐놓았다. 휘중은 이런 사건에 끼어들 수 없을 정도로 나이가 어렸기 때문이다. 하나하나 좁혀 들어가면 그물망에 진짜 범인이 자연스럽게 걸려나올 조짐이 보였다.

콜롬보탐정이 희생자의 배경조사로 프로파일링을 하는 진정한 목적은 이 집의 가장인 닥터 박의 실종 내지 사망의 원인에 관련이 없는 대상을 제외하여 엄청난 수의 잠재적 용의자범위를 줄여서 현실적인 목표에 집중할 수 있도록 하는 방법이었다. 프로파일링 작업은 사실을 토대로 분석적이고 논리적인 추리과정을 거쳐야 한다. 일어난 사건에서 정보를 수집하고 왜 사건이 발생했는지를 알아내야 한다. 이런 정보를 이용해서 아주 간결하게 범인의 윤곽을 잡아내서 무엇이 어떻게 왜가 합쳐 범인을 찾아내야 한다.

정신병원이라기보다 휘선이 있는 곳은 정신질환자들을 모아놓고 가둬둔 수용소나 다름없었다. 치료를 기대하기

보다는 그냥 집에서 방치하기 어렵고 또한 병의 원인이 되는 가정을 떠나있는 것이 환자를 편하게 해주기 때문에 집을 떠나있는 사람들의 수용소였다. 거기까지 찾아간 콜롬보를 보고는 휘선이 움찔했다. 눈빛에서 그를 알아보는 기색이었으나 이내 굉장히 아픈 듯 눈을 내리깔았다. 둘이는 병원응접실에 마주 앉았다. 실내는 슈베르트의 세레나데가 잔잔하게 울려 나와서 평안한 분위기였다.

"왜 자꾸 뒤란의 오송과 호랑가시나무를 찍어내고 밑을 파라고 그래요?"

그의 질문에 휘선은 애써 그의 눈길을 피하면서 딴청을 했다.

"그 밑에 무엇이 있나요?"

"몰라요. 제가 언제 거길 파라고 했어요. 저는 전혀 모르는 일인데요. 언제 제가 그런 말을 했던가요."

완강하게 부인하면서 머리를 흔든다. 하긴 오래 된 집에는 귀신들이 있다고 하지 않던가. 그러니 폐가인 종갓집에 오면 헛것이 보여서 그러나 하는 생각에 콜롬보는 화제를 다른 데로 바꾸었다.

"여기서도 무릎이 그렇게 아파요?"

"아니요. 이상하게 집에만 가면 아파요. 그것도 아버지 생각이 나면 참을 수 없을 정도로 아파요."

"지금 아버지가 없잖아요. 아버지가 실종된 지 꽤 오래되었는데 지금도 그래요?"

그러자 다소곳이 머리를 숙인 휘선은 그렇다고 머리를 크게 주억거린다.

"예를 들면 어느 때 그런 증상이 나와요?"

"술 먹은 남자를 볼 적에나 아버지가 있음직한 분위기가 고여 있거나 아버지와 연관된 일이 떠오르면 그래요."

휘선의 모습에서 하필이면 죽은 여동생의 얼굴이 겹쳐진다. 여동생이 죽은 지 벌써 30년 세월이 흘렀건만 아직도 여동생은 살아서 그의 곁을 맴돌았다.

"아버지가 술을 많이 드셨나보지요?"

그러자 휘선은 멀뚱한 표정을 지으면서 콜롬보탐정을 흘끔 훔쳐본다. 냉소가 어린 얼굴로 변하더니 뚱하게 내뱉는다.

"우리 아버지에 대한 일은 손톱만큼도 말하고 싶지 않아요. 아버지란 말만 들어도 전 전신에 소름이 끼치고 아픔이 와요. 특히 무릎의 통증은 참을 수 없을 정도에요. 아버지가 가지고 오는 독소거든요. 그러니 제발 내 앞에서 아버지란 단어는 꺼내지도 마세요. 제 병은 아버지를 완전히 잊을 적에 고쳐질 겁니다."

정신질환을 앓고 있는 환자가 이렇게 조리 있게 말을 하다니! 콜롬보탐정은 잠시 멈칫거리면서 놀란 얼굴로 휘선을 응시했다. 발그레한 뺨에서 죽은 동생의 모습이 겹쳐진다. 특히 웃을 적에나 미소를 지을 적에 살짝 파이는 보조개는 동생의 그것과 너무나 닮았다.

"아버지는 이 세상에 없는 분인데 뭘 그렇게 무서워해요. 죽은 사람을 무서워하는 것은 바보지요. 그러나 내가 이제부터는 아버지란 분에 대하여는 절대로 말하지 않을게요."

콜롬보탐정이 이렇게 말하면서 휘선에게 새끼손가락을 내밀자 그녀도 웃으면서 새끼손가락을 내밀어 갈고리를 삼아 함께 흔들었다. 콜롬보탐정에게는 미국이민생활에서 외로움이 많았는데 실로 오랜만에 느껴보는 정겨운 감정이었다.

"아버지 이야기는 하지 않고 우리 둘이 재미있게 지내게 가끔 들려도 되지요. 휘선에게 오빠가 되고 싶어요."

그러자 휘선은 잠시 놀라는 듯 눈을 똥그랗게 떴다가 외면을 하면서 말을 아낀다. 자신도 모르게 이런 말이 불쑥 튀어나와 놀란 콜롬보탐정은 잠깐 쑥스러운 듯 얼굴을 붉힌다. 그러다가 얼른 둘러댄다.

"저도 외롭거든요. 제겐 휘선씨 같은 동생이 있었는데 죽었어요. 그래서 저도 그 동생을 늘 그리워하거든요. 제 동생이 되어줄 수 있어요."

그러자 휘선은 가만히 머리를 끄덕인다. 그리고 살짝 보조개를 지으면서 웃었다. 아주 귀여운 얼굴이라고 콜롬보탐정은 생각하면서 휘선의 등을 오빠처럼 다정하게 도닥거려주었다.

정신병원을 나오면서 콜롬보탐정은 머리를 갸웃거렸

다. 진정으로 이 사건을 해결하기 위한 열심에서 정신병자인 휘선을 동생이라고 억지를 부리면서 가깝게 다가가는 것일까. 이게 범죄프로파일링을 작성하기 위한 그의 숨겨진 엉큼함일까. 아니면 형사를 했던 그의 과거가 주는 노련함일까. 그는 머리를 긁적거리면서 멈춰서버렸다. 한 가지 확실한 것은 그는 휘선의 곁에 있고 싶다는 솔직한 마음이었다.

5

콜롬보는 사실 그간 많은 시간을 투자해서 닥터 박이 몸담고 있었던 병원들과 동료들을 추적했으나 문제삼을 만한 건더기가 없었다. 박장호의 성품이 굉장히 무뚝뚝하고 우울해서 사람들이 호감을 가지고 접근하기 어려워 눈치를 보며 피하는 경향이었다. 간간히 간호사들하고 아주 사소한 일로 큰소리를 내서 함께 일하는 사람들을 불안하게 만들었는데 이건 순전히 자존심 때문인 것으로 보였다. 닥터 박은 사람들이 자신을 무시한다는 생각이 들면 사실은 그렇지 아니한데도 그렇게 믿어버리고 참지를 못했다. 해서 아무 일도 아닌데 버럭버럭 소리를 지르면서 화를 내는 바람에 윗사람들까지 눈살을 찌푸릴 정도였다. 직장을 자꾸 옮기게 되었던 주된 원인도 아마 그런 성품 때문이었을 게다. 그가 작성하려는 범죄프로파일링에 직장 동료들이나 학교동창 심지어는 가까이 지낸 친구들 중에 의심이 가는 사람은 단 한 사람도 없었다.

더할 나위 없이 정직하게 정상적으로 살던 사람이 갑자기 사악하고 파괴적인 살인자로 돌변하는 케이스는 절대 없다. 살인의 전조가 되는 심리상태는 아주 어린 시절부터 존재하고 있었으며 오랜 시간에 걸쳐 서서히 진전되는 법이다. 살인자의 직계가족 중에 술이나 약물을 남용하는 사람이 있을 경우 살인을 저질을 확률이 높다는 건 상식적으로 알려진 사실이다. 게다가 어린 시절 심각한 정서적 학대를 당한 적이 있으면 커서도 사회에서 만나는 사람들과 성숙한 관계를 유지할 수 없는 사람으로 성장하게 된다. 통계에 따르면 10명의 살인자들 중에 4명은 어린 시절에 두들겨 맞았거나 학대를 당한 경험이 있다고 한다. 가장이 아버지로서의 위엄을 폭력으로 혼동할 경우 가족은 상당한 정신적 피해를 입게 마련이다. 살인범의 대다수가 불우한 환경에서 자랐으며 부모간의 갈등이 그 원인이 되는 경우가 허다하다는 사실을 콜롬보는 익히 잘 알고 있었다. 대부분의 살인범은 교육을 못 받은 하류층이 아니고 중산층에 많다. 그렇다면 휘철의 가정은 위에 열거한 모든 조건에 들어맞는 결손가정에 속한다. 술주정꾼인 아버지로 인해 가정이 불행해진 경우다. 아버지 역할을 해주는 사람이 아무도 없었으니 휘철이나 휘선은 반사회적 이상성격자로 자랄 수 있는 환경이다.

콜롬보는 닥터 박 실종사건의 범죄프로파일링을 그간 조사하고 추적한 사실을 근거로 수첩에 적어 내려갔다.

1. 결손가정

2. 아버지의 빈자리

아버지의 빈자리라고 쓰면서 콜롬보의 가슴에 쎄한 바람이 지나간다. 아버지가 없거나 아버지의 역할을 대신해 줄 존재가 없으며 이 사실을 부끄럽게 생각하고 아예 친구들과 어울리지 못하고 혼자 지내기를 좋아했던 자신의 과거가 떠올랐기 때문이다. 휘철의 중고등학교 생활기록부를 뒤져보니 아이들과 잘 어울리고 쾌활하다고 기록되어 있다. 그러나 외향적인 성향은 내면적인 고립을 감추기 위한 수단이고 가면일 수 있다.

세 번째 범죄프로파일링을 쓰면서 괜스레 코끝이 찡해졌다.

3. 학대를 일삼는 아버지. 의사공부로 바빠서 가족을 돌볼 수 없었던 아버지. 손 놓고 구경만 한 학교.

아버지의 학대는 폭력을 유발할 수 있는 알코올로 인한 것으로 감정을 통제하는 기능이 약해진 가장의 나쁜 행위다. 이런 아버지를 가진 자녀들은 거죽은 멀쩡하지만 비정상적인 환상에 빠질 수 있고 이렇게 되면 미운 상대가 인격을 지닌 사람이 아니고 하나의 물건으로 전락하여 여건이 허락하면 충동적으로 살인할 수 있을 지경까지 갈 수 있다.

자식이 부모를 직접 살인하는 존속살해는 신화적 표상이나 문학의 한 장르 중 비극에서 다뤄질 뿐 아니라 실생활에서도 일어날 수 있다는 건 그간 일어난 살인사건을 통해서 증명되고 있다. 콜롬보는 살인범의 마음속에 들어가 그의 입장에서 생각해보려고 애를 썼다. 그 살인범이 누군지 모르지만 이런 가정의 특수한 환경에서 저질러진 범행이니 그런 사람이 어떤 사람일까 상상해보는 것이다.

왜 의사인 닥터 박은 실종되었을까. 벌써 5년의 세월이 흘렀으면 닥터 박은 죽은 사람이 확실하다. 그렇다면 누가 살해한 것일까. 시체가 발견되었다면 범행현장을 분석해서 증거를 가장 많이 찾을 수 있는데 시신을 찾을 수 없으니 사건해결에 큰 걸림돌이 앞을 가로막는다. 시신이 없으니 사건을 해결할 실마리가 없어 막막했으나, 아무튼 범죄 프로파일링을 적어 나가보기로 했다.

정신이상이거나 계획하지 아니했는데 우발적으로 살해되었다면 시신은 벌써 가까운 집 언저리에서 발견되었을 것이다. 이런 비조직적인 살인은 범인이 지문이나 다른 증거에까지 신경을 쓸 여유가 없기 때문에 쉽게 시체를 발견할 수 있고 단서를 포착할 수 있다. 그의 경험으로는 비조직적인 살인범은 혼란스러운 정신상태를 보여주며 살인범이 품고 있는 망상에 부합하는 무의식적이고 상징적인 특성을 띠게 마련이다. 그런 시신은 끔찍한 상처가

나있는 경우가 대부분이다. 범인은 희생자의 인격을 말살하려는 목적에서 얼굴을 짓이기거나 사후에 시체를 훼손하기도 하는데 이들은 시체를 옮기거나 감출만큼 이성적이거나 정신이 멀쩡하지 않기 때문에 희생자를 죽인 장소와 시체를 버린 장소가 동일한 경우가 많다.

닥터 박의 경우는 아무래도 조직적인 살인일 것이다. 그의 시신을 서울의 아파트 주변이나 두물머리 근처나 집에서 발견할 수 없기 때문이다. 이런 살인범들은 시신을 범행현장에서 멀리 떨어진 곳으로 옮겨서 교모하게 숨기기 때문에 시체를 찾아내기가 쉽지 않다.

콜롬보는 범인 프로파일링에 연이어 써놓았다.

4. 조직적인 살인

지니고 다니는 수첩에 상세하게 이렇게 기록하면서도 콜롬보는 누가 살인자인지 아직 감이 잡히지 않았다. 존속살인은 주로 비조직적이기 때문이다. 살인의 모든 해답은 4가지 과정 속에 숨어있게 마련이다. 범행 전 단계, 범죄 실행 단계, 시체 처리 단계 그리고 범행 후 행동 단계로 추적할 수 있다. 이런 단계들을 꼼꼼히 챙겨야만 한다.

6

이상하게도 휘철의 가정은 콜롬보의 가정과 비슷하다.

꼭 한 가지 다른 점이 있다면 처음부터 자신의 아버지는 술주정꾼이 아니었다는 사실이다. 그의 아버지는 아주 착실하고 평범한 회사원이었고 아주 정직한 분이었다. 가정도 단란하여 부족함이 없었다. 돈이 많아서 흥청거리는 그런 가정이 아니라 박봉을 아껴 쓰면서 가족들 간에 서로 사랑하며 사는 그런 전형적인 평범하고 단란한 가정이었다. 어머니는 계절을 따라 싼 야채나 과일을 사서 가족들의 건강을 돌봤고 음식을 만드는 기쁨을 만끽하는 지극히 가정적인 주부였다.

이런 가정에 폭풍이 분 것은 12살 난 여동생이 실종되는 사건이 터지고 나서였다. 여동생이 실종될 당시는 봄이었다. 그가 여동생을 떠올릴 적에는 언제나 그 당시의 정경이 머리에 또렷하게 살아난다. 여동생에 관한 모든 것들은 그 날을 중심으로 고장난 시계처럼 멈춰서버렸기 때문이다. 진달래색 바탕에 노란 개나리꽃이 듬성듬성 박힌 블라우스에 검은색 코르덴바지를 입고 머리는 숱이 적어서 제비꼬리처럼 한 가닥으로 묶어 뒤통수 중간에 매달려있던 앙증맞은 모습이다. 아직 처녀티가 박히기 전이라 병아리에서 닭으로 옮겨가는 중간에 털 빠진 닭처럼 꺼벙하게 키가 크지만 그래도 귀여운 병아리 티가 아직 가시지 않은 그런 동생이었다. 양쪽 볼에 보조개가 웃을 적마다 깊게 파이는 얼굴이 동생을 생각나게 하는 맛깔스러운 음식이나 함께 심었던 정원수나 꽃을 봐도 문득문득 눈앞을 스치고 지나간다. 콜롬보 자신은 이제 사십을 바라보는 나이에 접어들었지만 여동생은 12살의 나이로 정지되어 자라지도 못한 채 그 모습으로 언제나 어디에나 그를 따라다녔다.

이런 여동생의 얼굴이 휘철의 누나인 휘선을 볼 적마다 동생의 얼굴과 겹쳐진다. 여동생은 눈이 유난히 호수처럼 맑아서 그 안으로 빨려 들어갈 듯 신비하게 깊은 정적이 고인 눈이었다. 나이에 비해 키가 꺼벙하게 컸던 여동생의 모습에선 때로는 처녀의 기품이 서리기도 했었다. 얇은 블라우스를 입었을 적에 살짝 튀어나온 젖꼭지 때문이었을까. 여동생에게서 풍기던 기운이 휘선을 만날 적마다 느껴져서 휘선이 남이라는 생각보다는 죽은 여동생이 환생하여 그의 앞에 서 있다는 착각을 하곤 했다.

오늘도 갑자기 휘선이 보고 싶었으나 그건 동생에 대한 그리움이 작용해서 그런 모양이라고 밀어놓고 국수집에 들어가 점심으로 열무김치국수를 먹고 하염없이 밖을 내다보고 있었다. 도시는 살아서 숨을 쉬고 있었다. 모두가 무엇이 그리 바쁜지 목적지를 향해 부리나케 걷고 있고 웃어가면서 지껄이는 사람도 있다. 부루퉁하게 화난 얼굴로 홀로 걷는 사람도 있고 얼굴에 평안이 전혀 없는 무덤덤한 표정도 눈에 들어온다.

여동생의 시신을 발견한 것은 아버지가 술주정꾼으로 몰락하고 어머니는 가출하고 난 10년 세월이 흘러간 다음이었다. 산삼을 캐는 사람이 골짜기에서 나뭇잎을 긁어내다가 뼈만 앙상하게 남은 시신을 찾아냈다. 이미 10년이란 세월이 흘렀으니 백골만 남은 상태였는데 손가락에 끼고 있는 은가락지로 인해 시신을 확인할 수 있었다. 그 반지는 어머니가 시집올 적에 아버지가 예물로 해준 것으로 속에 어머니와 아버지의 이름이 각인되어 있었다. 그 이름을 찾는 신문보도로 아버지가 바로 달려가서 무늬도 없이 밍밍한 은반지 안쪽에 새겨진 이름들을 읽어보고 아버지 자신이 어머니에게 해준 반지임을 확인했다. 살은 썩었어도 은반지는 흙 속에서 그대로 남아있어 앙상한 검지 뼈에서 빛을 발했다. 결혼하지 않았다는 증거로 그 당시 여자들은 검지에 반지를 끼었다. 친구들끼리 우정을 약속하거나 부모의 추억이 어린 그런 반지들을 검지에 끼고 다녔던 것이 여동생이 억울하게 죽었다는 사실을 밝히는 증거물이 된 셈이다.

그러나 문제는 지금까지 여동생을 죽인 범인을 찾지 못하고 있다는 점이다. 영원한 미제사건으로 역사 속으로 사려져버렸다. 아버지는 딸의 시신을 앞에 놓고 뒹굴면서 울다가 실신하기도 했다. 딸의 뼈를 수습하여 화장한 뒤에 뒷산에 뿌리고 나서 아버지는 더 많은 술을 마시기 시작했다. 결국 가정은 술주정꾼의 피폐함으로 깨어지고 콜롬보 자신은 여동생 실종 뒤부터 버려진 상태에서 광야를 헤맨 셈이다. 이런 조국이 싫어 그는 태평양을 넘어 이민을 가서 남의 나라로 멀리 가버리는 원인이 되었다. 그러나 결혼을 할 수가 없었다. 가정이란 언제나 고통이 서린 장소라는 인식이 어느 여자도 사랑할 수 없었기 때문이다.

언제나 여동생은 눈빛을 반짝이면서 귀여운 12살의 소녀로 다가온다. 늙지도 않고 깜찍하게 예쁘고 귀여운 소녀의 모습으로 그의 앞에서 아른거린다. 그 눈과 함께 아버지의 눈도 나타난다. 아버지는 언제나 술에 절어서 술기운이 서린 흐릿한 눈이다. 그 눈에는 사람들을 증오하는 누런 빛이 고여 있다. 우주를 몽땅 뭉개어 털어버릴 것 같은 섬뜩한 이글거림이 서려 있었다. 딸의 시신을 찾았으니 이제 고만 가정으로 돌아와 망가진 집이지만 하나 남은 아들이라도 껴안고 사태를 수습해야 된다고 그는 늘 생각해왔다. 그런데도 아버지는 알코올중독에서 빠져나오지 못하고 허우적거렸다. 이제 나이 들어 깨달은 것이지만 알코올중독은 치유할 수 없는 무서운 병이었기 때문이다. 신체, 지능, 감정, 의지 중에 하나라도 남아 있어야 술을 끊을 수 있다고 한다. 그러나 아버지는 중증의 알코올중독자라 술을 마시지 않아도 건주정을 부렸고 충고도 들을 수 없는 귀머거리였다. 4개의 타이어가 모두 바람이 빠져있는 상태였다. 이런 자동차에게 시동이 걸렸는데 어째서 가지 못하느냐고 차를 보고 닦달하면 차가 굴러가겠는가. 이 나이에 이르러 이랬던 아버지를 이해하고 보듬어 안아보려 했지만 마음은 강하게 아버지를 밖으로 밀어냈다.

어린 시절 아버지로 인해 겪어야 했던 고통스러운 기억들이 또렷이 살아날 적마다 그는 밀려오는 우울함으로 인해 몸을 공처럼 도사린다. 여동생이 집에서 살아진 뒤부터 그런 아버지가 차라리 죽어버렸으면 좋겠다고 콜롬보는 얼마나 잡다한 살인판타지를 그려왔는지 모른다. 비가 추적추적 내리는 날이나 구정이나 추석이 오면 단란한 가정이 너무 그리워 그런 날에는 강력한 살인판타지에 빠져들어서 실제로 아버지를 죽이는 상상을 수없이 했었다. 그런 그의 과거사가 지금도 이따금 그의 꿈속에서 재현되기도 하는 판이니 아직도 살인판타지는 그의 무의식세계에 깊숙이 침잠하여 모양을 드러내지 않은 빙하의 밑둥처럼 잠재되어 있는 셈이다. 아버지는 이제 이 땅 위에 없다. 벌써 그의 곁을 떠나 죽어버렸지만 항상 그를 따라다니면서 불안하고 우울하게 만들고 있다. 아버지와 콜롬보 자신이 도저히 공존할 수 없었던 것처럼 휘철도 그런 심리일 것이다.

콜롬보는 휘철과 이런 공통되는 환경을 지닌 탓인지 휘철의 환경이나 심리를 추적할 적에 같은 아픔을 느끼게 되어 연민의 정을 금할 수가 없었다. 동류의식이라고 표현할까.

휘철의 학교로 향했다. 강의실 뒤쪽으로 가서 뒷문의

쪽유리를 통해 그의 등을 확인했다. 오늘도 여전히 강의에는 참석했구나 하면서 제 자리에 앉아있는 그를 확인하고 안도의 숨을 내쉬었다. 그러나 강의 도중 다른 사람들은 열심히 메모를 하고 고개를 갸웃거리고 질문을 하지만 휘철의 등은 막대기처럼 꼿꼿하게 서 있다. 조금의 미동도 없이 감정이 없는 바위처럼 느껴진다. 얼굴이 아닌 등만 봐서는 사람의 마음을 읽을 수가 없는 법이지만 자신도 고학을 해서 대학을 다니면서 그렇게 멍청하니 강의를 들은 적이 많았기 때문에 잡다한 생각 속에 빠져있는 그를 등만 봐도 짐작할 수 있었다.

강의가 끝나고 점심을 먹어야 하는 시간에 휘철은 교정을 빠져나갔다. 푸른 초장으로 가나해서 얼마간의 거리를 두고 그의 뒤를 멀찍이 바라보며 추적했다. 그러나 이번에는 푸른 초장을 그냥 지나친다. 시외버스 터미널로 가는 것을 보니 분명히 두물머리 집으로 가는 것이 확실했다. 그는 교정의 한 구석에 세워놓은 작은 차 마티즈를 타고 그의 뒤를 미행했다. 동네 어귀에 차를 주차해놓고 숨어서 휘철의 집을 감시하기로 했다.

자신의 경험에 비춰서 휘철이나 그의 어머니가 아버지를 살인했을 거라는 생각이 자꾸 든다. 존속살해란 능력이 없는 주체가 취할 수 있는 최후의 행위로 무의식의 정전상태에서 일어나는 것이다. 적어도 콜롬보 자신처럼 살인판타지를 헤맸을 터이니 그런 가능성도 지워버릴 수 없었다. 자신도 실종된 동생으로 인해 가정이 무너져 내리고 술독에 빠진 아버지로 인해 너무나 많이 방황했기 때문이다. 그는 끝까지 살인판타지를 현실로 연결하지 않고 그대로 마음속에 찍어눌러두었지만 여건이 허락했다면 어쩌면 아버지를 죽일 수도 있었을 거라는 생각을 늘 지니고 있었다. 자신도 아버지를 죽이고픈 살인판타지에 빠져 무척 방황했고 그 심정을 억제하느라고 엄청난 혼란 속에서 고생했기 때문에 휘철을 자신의 자리에 놓을 수밖에 없었다.

7

어제 밤 신혜와 사라졌던 휘철은 다음날 강의를 듣다 말고 뛰어나와 종갓집에 돌아와 뒤란에 있었다. 박말자는 어디에 갔는지 집에 없었다. 콜롬보는 뒤란으로 다가가서 처마의 귀퉁이에 몸을 숨겼다. 휘철과 미애는 한창 꽃을 피운 노란 빛이 황홀한 천인국 옆 돌담 위에 나란히 등을 콜롬보 쪽으로 돌리고 앉아있었다. 가을 찬바람을 먹으면서 저녁노을을 받은 꽃들이 더욱 요염한 빛을 뿜어냈다.

"제발 이 집을 팔고 이사를 가요. 차라리 사람들 속에 묻혀 사는 편이 나을 것 같아요. 이대로 가다가는 전 죽을지도 몰라요. 숨을 쉴 수가 없어요. 이 집에 들어오기 싫단 말이에요."

휘철이 어머니에게 간절하게 매달려 애절한 음성으로 말한다.

"절대로 이 집을 팔수가 없다. 앞으로 판다면 10년이 지난 뒤에나 가능하다. 그러나 그때도 내 눈에 흙이 들어가기 전에는 절대로 이 집을 떠나지 않겠다."

미애의 단호한 음성에는 칼날 같은 서릿발이 서려있다.

"어머니는 처음에는 15년을 주장하더니 세월이 흘러가는 바람에 점점 줄어드는 군요. 이제 10년이 남았군요. 전 그 안에 죽을지도 몰라요. 이 집에 들어오면 몸이 굳어가요. 이 집을 찍어 누르는 귀신이 갑자기 확 뛰어나올 것 같은 분위기를 어머니는 느끼지 못하고 있나요. 이 집안에 날뛰는 귀신을 진짜로 감지하지 못하느냐고요."

휘철이 어머니의 두 손을 잡고 마구 애걸한다.

"절대로 이 집을 떠날 수 없다. 넌 그 이유를……."

끝말을 맺지를 못한다. 뒤에서 인기척을 느꼈던 모양이다. 귀를 기우리니 문막산을 타고 흘러내려오는 산바람일 뿐이었다.

"이렇게 지내다가는 휘선이도 죽어요. 집에만 오면 뒤란에 귀신이 있다는 등 아버지가 나온다는 등 야단인데 그러고도 이 집을 지킬 마음이 있으세요. 우리 홀쩍 떠나버려요. 제발 이 집을 사겠다고 매달리는 삼월이 아줌마에게 팔아버려요."

그러자 미애가 버럭 화를 내면서 일어나 발을 구른다.

"내가 이 집을 팔면 절대로 삼월에게는 팔지 않는다. 그 애는 나에게 복수하고 우리 조상에게 복수하려고 이 집을 사려고 한다. 절대로 그 년에게는 이 집을 넘기지 않을 거다. 더구나 내가 태어나고 조상대대로 살아온 집이 음식을 파는 한식집으로 변하는 꼴을 어떻게 보니. 난 이 집을 식당으로 만들 사람에게 절대로 인계할 수 없어."

두 사람은 해가 꼴깍 넘어가고 땅거미가 몰고 온 어두움 속으로 빨려들어갔다. 마침 그믐께라 손톱달이 떠서 앞이 잘 보이지 않을 정도로 흐렸다. 그때 언제 들어왔는지 삼월이 그들 뒤에 서 있다가 미애가 하는 말을 듣고는 따발총처럼 쏴댄다. 아마도 별장 쪽문으로 들어온 모양이다. 속마음이 폭발할 정도로 분이 가득 어린 음성이었다.

"난 너를 원수로 생각한 적이 없다. 복수라니 그게 무슨 말이냐. 난 너에게 복수할 일이 전혀 없어. 귀신이 출몰하는 집이니 음식점이 되어서 많은 사람들이 드나들어야 조용해질 것이 아니냐. 이 집을 살림할 주거지로 살 사람은 무서워서 들어오지 못한다. 잠깐씩 음식을 맛있게 먹고 갈 사람들이 수없이 드나들어야 귀신도 잠잠해질 그런 집이다."

"이 밤에 내 등 뒤에서 말을 엿듣는 것부터가 비위를 상하게 하는 짓이 아니냐. 너는 어려서부터 그렇게 늘 무례하게 나를 짓밟았다. 네가 덩치가 크다고 날 무시한 적이 얼마나 많았니. 난 너를 싫어하니 어서 내 앞에서 꺼져버려. 무슨 일이 있어도 너에게는 이 집을 절대로 팔지 않는다. 네 속셈을 내가 알기 때문에 더욱 이 집을 너에게 팔수가 없다. 이 집은 고전적인 것을 좋아하고 옛것을 존중하여 풍류를 즐기는 학문이 깊은 학자타입의 사람이 이사와서 가꾸며 살아야 한다. 이 종갓집은 옛 것을 귀히 여기는 사람의 몫이다. 넌 이 집을 사서 골동품인 걸 내세워 음식장사를 하려고 돈에만 눈독이 들어있지 않냐. 난 네 마음속을 거울을 보듯 환하게 보고 있다."

"너 정말 이렇게 나가기냐. 초등학교만 나온 내가 무식하다고 대학을 나온 네가 날 무시하는 것이지? 이렇게 나가면 나도 너에게 할 일이 있다. 네 앞길을 완전히 망쳐버릴 그런 무기를 내가 가지고 있다. 그걸 내밀어도 좋으냐?"

미애의 얼굴이 하얗게 질린다. 숨이 막히는 듯 삼월을 노려보는 눈에 파란 기운이 서린다.

되돌아보면 삼월은 늘 그렇게 미애의 목을 졸라왔다. 어려서 앞뒷집에서 함께 살면서 어쩔 수 없이 함께 하는 시간이 많았다. 한 사람은 종갓집의 외손녀로 한 사람은 그 집에서 드난살이를 하는 종의 딸로 만난 만남이지만 드센 삼월은 항상 미애를 가지고 놀았다.

초등학교가 집에서 도보로 40분이 걸렸다. 그 당시는 버스도 다니지 않아서 걸어가야하는 거리였다. 어쩔 수없이 동갑네기인 두 사람은 항상 학교를 가고 오고 붙어 다녀야 했다. 공부를 잘하는 미애에 비해 머리가 둔했는지 공부하고는 담을 쌓은 삼월이 두 사람은 매일 오가는 길에서 별로 나눌 대화거리가 없었다. 더구나 키가 작아 늘 앞에 앉은 미애에 비해 머리 하나는 더 큰 삼월은 늘 뒤에 앉았다. 등하굣길에서도 항상 삼월이 앞장을 서고 그 뒤를 미애가 따라 걸었다. 삼월의 발걸음 폭이 커서 미애는 언제나 종종걸음을 쳤다. 그까짓 것 그냥 둘이 헤어져서 걸어도 되지만 군인부대가 가까이 있는 것이 문제였다. 종갓집의 귀한 외손녀가 드난살이 집 딸과 어울리는 것이 싫었지만 군부대 때문에 마음을 놓지 못하는 미애의 어머니가 간절하게 삼월에게 부탁한 터라 둘이는 늘 함께 다녔다. 좁은 시골길을 달리는 트럭에 탄 군인들이 저들 옆을 늘 아슬아슬하게 지나다녔고 듣기에도 민망한 성적으로 유치한 야유를 퍼부었기 때문이다. 먼지를 풀썩이며 달리는 트럭 뒤를 눈과 입을 손으로 틀어막으면서 걸을 적의 그 불안함과 먼지로 인해 더러워진 신발을 내려다보고 느꼈던 막막함이 그들의 유년의 숲에 고여 있었다.

그날은 비가 추적추적 내리고 있었다. 빗줄기는 강하지 않았지만 태풍이 북상한 탓에 몰아치는 바람이 거세서 우산을 쓰고 갈 수가 없었다. 둘이는 우산을 펴지 못하고 비를 맞으면서 빗길을 잰 걸음으로 걷고 있었다. 삼월의 보폭이 얼마나 큰지 자꾸 두 사람의 사이가 멀어졌다. 나이에 비해 덩치가 컸던 삼월은 처녀티가 완연했다. 빗길을 뚫고 군용트럭을 타고 달리던 군인들이 휘파람을 불면서 멀찍이 앞서 가고 있는 삼월에게 야유를 퍼부었다. 그 중에 한 군인이 던진 작은 돌이 하필이면 미애의 복사뼈를 정통으로 맞히는 바람에 그 자리에 쓰러졌다. 삼월을 향해 던진 돌팔매가 엉뚱하게 빗나가서 뒤따르는 미애를 아프게 한 꼴이다. 길가에 쓰러진 미애는 도저히 일어설 수가 없었다. 뒤를 돌아다본 삼월이 한참동안 어웅한 눈을 부라리고 짜려보다가 그냥 돌아서서 걷는 것이 아닌가.

"내가 걸을 수가 없어. 일어설 수도 없어. 나를 도와줘. 날 이렇게 혼자 두고 가버리면 나 죽는다."

아무리 미애가 삼월을 향해 외쳐도 등을 보이고 걷는 삼월은 걸음을 멈출 기미가 보이지 않았다. 머리끝부터 발끝까지 나중엔 팬츠까지 흠뻑 젖은 미애는 일어서지를 못하고 길가에 버려져서 끙끙거리고 있었다. 빗줄기가 점점 거세져서 앞을 분간할 수조차 없었다. 날이 완전히 어두워져서야 집안 식구들이 손전등을 들고 달려와서 길가에 널브러져있는 그녀를 집으로 옮길 수 있었다. 그날 삼월은 종아리에서 피가 나도록 싸리나무회초리를 맞았지만 눈물만 흘릴 뿐 입을 열지 않았다. 그 시절 어린 마음에도 삼월이 미애를 얼마나 미워하는지를 어렴프시 짐작할 수 있는 사건이었다. 그 뒤부터 무의식적으로도 될 수 있으면 미애는 둘만이 호젓한 곳에 가는 걸 삼가고 있었다.

삼월은 초등학교만 나오고 시골에 있다가 이웃 동네 총각을 만나 결혼한 뒤에 도시로 나가 악착같이 돈을 벌기 시작했다. 파출부나 막노동을 하는 여자가 아니라 남편과 함께 시장에 뛰어들어 장사를 했다. 건강한 몸이니 장사에는 지름길이 없이 부지런히 뛰는 길밖에 없었다. 남편과 함께 노량진 수산시장에 뛰어들었다가 비린내를 참지 못해 집어치우고 음식을 해서 상인들에게 날라주며 팔았다. 어느 정도 돈이 모이자 건어물가게를 차렸다. 거기서 돈이 모이자 그걸 몽땅 그 당시 한창 뜨고 있는 전파상에 투입했다. 남편은 공부한 것에 비해 머리가 총명했는지 주식에 맛을 들이고 그 돈이 눈덩이처럼 불어났다. 그걸 부동산에 투자하여 빌딩을 사는 지경까지 이르렀다. 속에 든 것이 없이 거죽만 화려한 돈방석에 앉은 삼월은 이제 두물머리 집으로 돌아와서 어린 시절 품었던 옛 꿈을 꾸기 시작했다. 바로 미애의 집인 종갓집을 사서 옛날 미애가 누렸던 종갓집의 화려함을 자신의 것으로 삼겠다는 알찬 꿈이었다.

만약에 미애가 끝까지 종갓집을 지킨다고 고집을 부릴 경우를 대비하여 사실은 내심 간직한 무서운 카드가 있었다. 그건 남편에게도 말한 적이 없는 삼월의 비장카드로 여차하면 미애에게 들이밀 무서운 칼이나 마찬가지였다.

콜롬보는 처마 귀퉁이에 몸을 숨기고 있다가 저들이 주고받는 이야기를 전부 녹음했다. 아무래도 삼월에게 접근

하여 무엇인가 숨겨진 구린내가 나는 것을 찾아야겠다는
마음이 들었다.

다음날 콜롬보는 삼월의 집에 들어갔다. 이런 시골에
어울리지 않게 문간부터 집안은 온통 비싼 티가 줄줄 흐
르는 물건들로 가득했다. 거실은 파리가 미끄러질 정도로
윤기가 도는 노리끼리한 대리석 바닥이다. 시골풍경에는
어울리지 않는 호화판 별장으로 돈을 마구 처바른 듯 천
박해보였다. 거실에서 내다본 앞마당에도 좋다고 소문난
나무들을 전부 심어놔서 비싼 나무들이 즐비했다. 정원사
가 늘 오는지 나무들은 아주 정갈하게 손질을 해놓은 상
태라 정원수에서도 돈 냄새가 물씬 풍겨왔다.

"실종된 닥터 박의 문제로 왔습니다."

삼월은 불쑥 나타난 콜롬보를 경계하는 눈으로 노려보
다가 냉커피를 한 잔 앞에 놓고 서로 마주 보고 앉았다.

"오랜 친구 사이로 옆집 종갓집 아주머니와 지냈으며
지금도 돈독한 사이로 알고 있습니다. 닥터 박이 실종된
날을 혹시 기억하고 있습니까?"

삼월이 그저 머리를 살래살래 흔들 뿐이다. 잔뜩 경계
하는 눈빛이 겁에 질려보였다.

"혹시 그 밤에 그 집에 간 적이 있습니까?"

그래도 삼월은 머리를 흔들 뿐이다.

"그 밤에 닥터 박의 자가용이 그 집 대문 앞에 정차하고
있던 걸 본 적이 있지요? 그런 정황이 제 정보에 접수되

었습니다."

콜롬보는 확실한 것처럼 마구 몰고 갔다. 그러자 화들짝 놀란 삼월이 머리를 번쩍 들고 입을 열었다.

"그걸 어떻게 알았어요?"

걸린 것이다. 낚시 바늘에 꿰인 것이다. 그녀의 눈빛이 많이 흔들렸다. 어쩌면 미애를 협박하고 있는 감춰진 비장의 카드라는 비밀 무기가 이 점을 두고 한 말일 수도 있다는 생각에 미쳤다.

"다 알고 왔으니 어서 말해 봐요. 그 차가 언제까지 종갓집의 대문 앞에 있었습니까?"

그러자 갑자기 얼굴이 벌게진 삼월이 말을 바꾸기 시작했다. 그건 아주 결사적이라 그게 오히려 이상해 보였다.

"확실한 날짜는 몰라요. 주말에 닥터 박의 자가용이 늘 와서 있으니까 그럴 거라고 짐작하는 것이지 닥터 박이 실종된 날도 자가용이 있었는지는 제가 알 리가 없지요."

아주 확 잡아뗀다. 그녀의 태도가 수단방법을 다 동원해서 물고 늘어져도 입을 열 태세가 아니었다. 어쩔 수 없이 이런 저런 것을 물어서 수첩에 기록하고는 그 집을 빠져나왔다.

휘선의 정신병원으로 향했다. 자꾸 찾아가니 이제는 휘선도 콜롬보가 오는 걸 기다리고 있는 듯 보였다. 마침 주말이라 휘중이도 누나를 방문하고 있었다.

휘중이 콜롬보를 보자 반기면서 말한다.

"누나가 수녀가 되겠다고 그래요. 아버지를 위해 일생 기도하고 싶대요. 수녀가 되어서 아버지의 영혼을 위해 기도하면 천국으로 갈 거라나요. 이 병원이 가톨릭재단이라 수녀의 영향을 많이 받고 있는 것 같아요."

동생 휘중의 말에 아무 반응도 없이 휘선이 빙긋 웃기만 한다. 그러나 속으로 이런 병을 앓으면서 수녀가 될 수 있을까 하는 의구심을 품었으나 콜롬보는 더 이상 말을 잇지 않았다. 세 사람이 잠깐 침묵하는 사이에 휘중이 먼저 말문을 열었다.

"저는 대학입학한 뒤에 휴학을 하고 아버지를 찾으러 다닐 계획입니다. 콜롬보탐정님도 저와 동행하자고요. 아버지 사진이 든 전단지를 만들어 전국에 뿌리면서 찾아보고 싶어요."

이런 말을 하는 휘중의 눈에서 빛이 난다. 마치 아버지를 금방 찾을 것 같은 마음이 들어 벌써 기쁨에 들떠있는 것처럼 보였다.

"5년이 지났으니 아버지를 기억할 사람이 있을까?"

콜롬보탐정의 말에 휘중은 금세 기가 푹 죽는다.

"그래도 전단지를 뿌리면서 전국의 도시를 다 돌고 나면 제 마음이 풀릴 것 같아요. 그냥 앉아서 아버지가 돌아오기만를 기다릴 수는 없잖아요. 아버지는 분명히 어디엔가 살아있습니다."

확신에 찬 휘중의 얼굴을 물끄러미 휘선이 잠시 응시하다가 시선을 돌린다. 콜롬보는 이런 어색한 분위기를 바꾸기 위해 두 사람을 데리고 외출을 시도했다. 맛있는 냉면집으로 저들을 데리고 가서 대접할 참이었다.

이 집의 가장을 누가 죽였을까? 아니다. 누가 죽였느냐보다도 누가 범인에게 살인이라는 환상을 제공하여 이런일이 일어났는가가 중요하다. 이 가정은 결함이 겉으로 보기에도 너무 많다. 상식적으로 판단해도 이런 가정에서 사는 자녀나 사람들은 범죄적인 행동과 환상을 키우는 온실 같은 환경이고 결국에는 무시무시한 비극을 불러올 수 있다. 콜롬보탐정의 생각은 자꾸 이 가족들 중에서 살인을 저지른 것이란 심증이 굳어졌다.

8

한편 휘철은 푸른 초장에서 큰 길로 나왔다. 죽고 싶다는 마음을 누를 수가 없어서 죽음에 대하여 생각하고 있었다. 신혜와 대화를 나누면서 이런 죽고 싶은 음울한 기분을 누르려고 찾아왔었다. 솔직히 고백하자면 혼자서 너무 참을 수가 없어 위로를 받고 싶어 푸른 초장에 들어왔는데 많은 손님들 탓에 신혜는 그에게 시선을 던질 여유조차 없어 보였다. 자살로 인생을 끝맺음하고 싶다는 마음이 너무 강렬해서 느긋하게 신혜를 기다릴 수도 없이 너무나 초조했다. 이 순간 그가 바라보는 모든 사물들이 심지어 상점 안에 진열된 화려한 옷들이나 액세서리까지도 불안하게 그를 잡아 흔들었다. 그의 유일한 탈출구는 신혜인데 그녀는 너무 바쁘고 그의 마음을 이해하기에는 멀리 있는 사람처럼 느껴졌다. 그래도 물에 빠져 죽는 사람이 지푸라기라도 잡는 심정으로 푸른 초장에 앉아서 간절하게 그녀를 기다렸으나 그녀는 너무 자신의 일에 빠져 있었다.

그간 휘철은 죽음에 대하여 많은 연구를 해놔서 죽는 일은 아주 간단하게 정리되었다. 삶과 죽음이란 종이 한 장 차이가 아닌가. 동전의 양면성과 같다. 그러니 달리는 차 앞으로 뛰어들면 순간으로 죽을 수 있다. 전철이 들어오는 철로 위로 뛰어들어도 죽음을 순간으로 맞을 수 있다. 마치 인간의 몸이란 달걀과도 같아서 죽는 것은 어렵게 보이지 않았다. 깨어진 달걀 껍데기와 뭉그러진 노른자를 원상태로 복귀할 수 없듯이 그렇게 인간의 몸을 아스러져서 죽어버리는 것일 터였다. 육교 위에 올라가 밑을 내려다보았을 때 죽는 일이 아주 쉽다고 결론을 내려놓았기 때문에 더욱 죽고 싶은 욕망이 강하게 그를 사로잡았다. 그러니 육교 밑으로 질주하는 차들 위로 뛰어내려도 된다. 죽음은 바로 코앞에 있었다. 사실 생과 사는 집안으로 들어가는 현관문과 같은 것이다. 그렇게 쉬운 삶을 왜 사람들이 죽지를 않고 끈질기게 생명줄을 붙들고 늘어지는지 이해할 수가 없었다. 큰길로 나오니 초록색 신호등을 받은 차들이 앞을 다투어 질주한다. 그 차 앞으로 뛰어들면 인생을 마감할 수 있다. 이렇게 괴로운 자리에서 계속 마음을 끓이면서 곯아서 골마지가 끼는 몸으로 살아갈 필요가 없지 아니한가. 이 지경까지 와서 사람흉내를 내야한다는 것이 역겨웠다. 인간의 일상을 지속하려고 아옹다옹해야 한다는 것에 너무나 그는 지쳐버렸다. 조촘조촘 죽을 각오를 하고 큰길가의 가장자리에 서서 어떤 차로 뛰어들까 생각하고 있었다. 참으로 인생이란 쉬 사라지는 아침이슬처럼 생각되었다. 인생이란 타작마당에서 광풍에 날리는 쭉정이나 검불처럼 하잘 것 없는 것이고 굴뚝에서 나는 연기 같은 것이 아니겠는가. 그런 인생을 끝마친다고 이 세상에서 아무도 그를 기억할 사람이 없을 터였다. 무가치하고 쓸데없는 인생이 아닌가. 인생이란 스쳐지나가는 바람과 같은 것이라는 생각에 이르자 그는 눈을 질끈 감았다.

　한편 신혜는 푸른 초장에서 손님을 맞고 있지만 이상하게 마음이 불안해서 앉아있을 수 없을 정도였다. 휘철이 푸른 초장에 들어왔을 적에 보통 때와는 아주 달라보였고 설명할 수 없는 이상한 기운이 서린 얼굴이었기 때문이다. 언뜻 눈꺼풀에 죽음의 그늘이 고인 것처럼 보였다. 손님들이 어느 정도 빠져나가면 그를 만날 생각이었는데 그가 갑자기 일어서더니 확 나가버렸다. 마음이 놓이지 않았다. 아주 불안했다. 그가 나가는 것을 본 그녀는 바로 그의 뒤를 따라 뛰어나갔다. 차들이 질주하는 큰길가에 그는 이상한 자세로 서 있는 것이 아닌가. 순간 획 무서운 생각이 머릿속을 번쩍 스친다. 저 사람 저렇게 죽을 수도 있다. 어서 붙잡아야지 하는 생각에 무서운 속도로 그를 향해 돌진했다. 그 순간이었다. 휘철이 달리는 새까만 승용차 앞으로 뛰어드는 것이 아닌가. 그의 몸이 공중으로 부웅 떠서 치솟는다. 슬로우 비디오를 틀어놓은 듯 그의 몸은 위로 높이 치솟더니 서서히 인도 위로 떨어져 내렸다. 사람들이 놀라서 고함치는 가운데 인도 위에 대자를 그리며 누워있는 휘철은 강한 전류에라도 감전된 듯 전신을 발발 떨기 시작했다. 순간 신혜의 몸에 식은땀이 쭉 흘렀다. 차도가 아니라 인도 위에 떨어진 것이 천만다행이란 생각을 누르면서 그에게 달려갔고 금세 구급차가 오고 앰뷸런스가 엥엥 달려왔다. 행인들이 걸음을 멈추고 인도 위에 반듯하게 누워 전신을 꿈틀거리는 휘철을 근심어린 얼굴로 모두 응시했다.

실려가는 차에 따라붙은 신혜는 피를 흘리고 있는 휘철의 정신을 수습하느라고 계속 이름을 부르면서 울부짖었다. 얼굴은 멀쩡한데 다리와 배에서 피가 흥건하게 흘러나왔다. 응급실로 실려간 휘철은 엑스레이를 찍고 의사들이 모여들어 웅성거렸다. 이 모든 일이 순식간에 일어난

일이라 신혜는 마치 꿈을 꾸고 있다는 착각이 들 지경이
었다.

함께 따라온 승용차기사가 죽을상을 하고 쩔쩔 맨다.

"제 잘못이 아닙니다. 이 사람이 제 차 앞으로 뛰어들었
습니다. 아마도 자살을 기도한 사람처럼 보입니다. 제 상
식으로는 달리는 차 앞으로 달려드는 사람은 이 세상에
없거든요."

사장의 차라도 운전하는 사람인지 연신 울먹인다. 이런
기사를 뒤로 하고 신혜는 정신을 놓고 있는 휘철의 이름
을 애가 타게 불렀으나 휘철은 눈을 뜨지 않았다. 꼭 죽은
사람처럼 맥을 놓고 누워있는 휘철의 얼굴에 오랜만에 평
안이 고이는 것이 너무 놀라웠다.

"당신이 보호자입니까?"

"네. 제가 보호자입니다."

"환자와의 관계는 ?"

잠시 신혜는 쭈뼛거리다가 담대하게 말했다.

"사촌누나입니다."

모든 서류에 사인을 하고 위기를 넘긴 휘철은 병실로
옮겨졌다. 정신이 드는지 간신히 가는 눈을 뜨는 휘철의
눈에 신혜가 다가왔다. 그는 반가운 듯 아주 잠깐 눈빛을
반짝인다.

"어머니에게 연락할까요?"

그러자 휘철이 강하게 도리질을 한다.

"왜 죽으려고 했어요?"

"나는 죽고 싶어요. 왜 죽지를 않고 전 살아났을까요. 너무 속상해요. 전 죽어야 하는데."

"나는 살고 싶다는 절규로 들려요."

"난 죽어야 하는 사람입니다. 죽는 것은 아주 쉬워요. 순간이니까요. 죽음만이 저를 구할 수 있어요."

"자신의 손으로 죽어야 할 사람은 이 세상에 단 한 사람도 없어요. 때가 차면 자연히 모두가 죽으니까요."

"제 명대로 살고 죽는 것은 싫어요. 지금 죽고 싶어요."

휘철의 눈꼬리를 타고 눈물이 줄줄 흘러내린다. 이런 휘철의 눈가를 신혜가 손수건을 꺼내 닦아준다. 배를 꽁꽁 붕대로 감고 있는 휘철이 두 손으로 신혜를 잡아당겨 가슴에 안았다. 쿵쿵 뛰는 심장소리를 들으면서 신혜는 가만히 그의 가슴에 안겨있었다. 불쌍한 사람, 정말로 가여운 남자라는 생각을 지울 수가 없었다. 이런 자세로 오랫동안 서로 껴안고 있다가 그는 신혜를 향해 중얼거렸다.

"옆에 있어줘서 고마워요."

"휘철씨는 혼자가 아니에요. 누구에게나 이 지상에는 사랑하는 사람들이 있어요. 하늘의 별처럼 바닷가의 모래처럼 많은 사람들이 이 땅 위에 살고 있지요. 이런 사람들 중에 자신을 사랑해주고 사랑할 사람을 찾는 것이 인생이 아닐까요. 이기심에 사로잡히거나 자신을 우물 속에 가두어놓고 혼자 외톨로 돌고 있는 사람이 불쌍한 겁니다. 왜 기대지를 않아요. 마음을 편히 먹고 기대세요. 기대기만 하세요. 휘철씨는 저에게 푹 기대세요."

갑자기 휘철이 오열하기 시작했다. 얼마나 깊은 곳에서 뿜어 올라오는 울음인지 빈 통이 울리는 것처럼 배속 깊은 데서부터 꿈틀거리면서 울려나오는 통곡이 전신을 잡아 흔들었다. 깊고 칙칙한 음울함과 괴로움의 몸부림이 곪아터진 농액처럼 줄줄 소리를 내며 터져 나온다. 신혜는 이런 휘철의 가슴에 안겨 전신으로 그의 아픔을 전달받았다. 그의 가슴에 귀를 대고 몸이 내뱉는 소리를 다 알아들으려고 온 신경을 그의 가슴에 기울였다. 얼마쯤 시간이 흐른 뒤에 신혜는 가만히 그의 어깨를 두드려주었다.

지칠 줄 모르고 그렇게 울다가 휘철은 간호사가 놔준 진정제를 맞고 축 늘어졌다. 그녀의 얼굴에 첫사랑의 남자얼굴이 겹쳐진다. 신혜를 찾아서 헤매고 다녔던 그가 교통사고로 이렇게 누워있었을 것이고 그때 그의 마음이 이랬을까. 3개월이나 입원했었다니 휘철보다 더 심한 부상을 입은 것이 틀림없다. 아마도 그 사람도 신혜를 잊지 못하고 괴로워하다가 자살을 시도한 것이 아니었을까. 그런 사람을 모른 체하고 숨어 피하기만 했던 자신이 못되게 나쁜 여자였다는 자책감이 가슴을 아프게 했다.

두물머리의 가족에게 연락하고 싶었으나 진정제를 놓은 탓에 깊은 잠에 빠져서도 어머니에게 연락하지 말라고 중얼대는 휘철의 말을 지켜주려고 신혜는 꼬박 그의 침대 곁을 지켰다. 이따금 휘철은 무엇이 그리 괴로운지 얼굴을 찌푸리고 몸을 뒤척이면서 신음을 토해낸다. 다친 곳이 아파서 내는 괴로움의 표현이 아니고 영혼이 아파서 신음하는 것이라고 신혜는 감지할 수 있었다. 그의 손을 꼭 잡은 채 초침이 똑딱거리는 소리를 세면서 신혜는 그의 전신을 그윽이 훑어보았다.

동녘이 희뿌옇게 밝아올 즈음 신혜는 휘철이 누워있는 침대모서리에 얼굴을 묻고 잠이 들었다. 신경안정제에서 깨어난 휘철이 그의 침대허리에 앉은 자세로 머리를 묻고 자고 있는 신혜의 옆얼굴을 물끄러미 바라보았다. 이 여자를 기쁘게 하려면 죽어서는 안 된다. 이 여자를 위해 살아야 한다. 병실 창문으로 스며든 가녀린 아침햇살이 손등에 머무는 걸 멍청히 바라보면서 참으로 오랜만에 그의 머리가 서서히 맑아졌다.

9

저녁노을이 내려앉은 병원 앞뜰은 한가롭고 평화롭다. 가족의 병을 근심하는 보호자들의 시무룩한 표정 말고는 흰 가운을 입은 간호사나 의사들의 생동감 넘치는 움직임이 이 건물이 살아있다는 표징이 되었다. 신혜는 푸른 초장을 아예 닫아버리고 휘철의 병상을 지켰다. 만에 하나 다시 자살을 시도할 것을 두려워해서이다. 한 번 자살을 시도한 사람은 반드시 또 죽음을 결행하기 때문이다. 둘이는 마주 보고 앉아있으면서도 아무 말도 하지 않았다. 가슴 속에 할 말이 그득 고였으나 그걸 감추려고 안간힘을 쓰는 그의 모습이 애처롭기도 했다. 오랜 침묵을 깨고 신혜가 먼저 입을 열었다.

"이제 어머님께 연락해야 될 것 같아요."

그러자 휘철이 신경질적으로 반응한다.

"왜 병원비가 걱정이 되나요."

너무 의외의 반응에 신혜가 움찔하자 휘철이 옹알이하듯 푸념을 늘어놓는다.

"나란 사람이 죽기를 어머니도 내심 은근히 기다리고 있을지도 몰라요. 저란 아들은 어머니가 일생 지고 다녀야 할 지독하게 버거운 십자가이고 애물단지이니까요."

"그래도 어머니는 어머니입니다. 억지까탈을 부리지 말고 어서 집 전화번호를 내놔요."

"제발 그러지 마요. 정 그렇게 우리 어머니 걱정이 되면 며칠간 여행을 다녀오겠다고 제가 전화를 걸지요."

핸드폰을 꺼내 집에 전화를 넣으면서 열흘 이상 학교에서 가는 여행을 떠난다고 간단하게 말하고 끊어버린다. 두 사람은 다시 입을 다물고 밖을 응시한다. 이제 땅거미가 내려앉을 조짐이 보이면서 도심의 특징인 불들이 사방에서 켜지기 시작한다. 여섯 명이 함께 있는 병실이라 저녁을 먹으려고 환자와 보호자들이 부산해지기 시작했다. 갑자기 휘철이 호기롭게 말했다.

"우리 옥상으로 나가든지 아니면 병원의 가장자리에 조경해놓은 정원으로 가요. 감옥처럼 갇혀서 이렇게 있으니 숨이 막혀 죽을 것 같네."

휘철이 나무를 대서 묶어놓은 다리를 두 손으로 들어 침대 밑으로 내려놓고 침대난간을 더위잡고 일어서려고 안간힘을 쓴다. 휠체어를 끌어다가 옆에 놓은 신혜는 그의 버둥거림을 묵묵히 지켜보았다.

"병원 음식이 너무 밍밍해서 토할 것 같아. 우리 같이 구내식당으로 내려가서 저녁을 먹고 산책을 해요."

지금까지 찌뿌듯 불어터졌던 얼굴이 다 나아서 곧 퇴원할 사람처럼 아주 기운차 보였다. 신혜가 휠체어를 밀고 아래층의 구내식당으로 내려가서 휘철은 육개장을, 신혜는 갈비탕을 시켰다. 둘이는 말없이 그저 먹기만 했다. 휘철은 이상할 정도로 식욕이 동하는지 자신의 그릇을 다 비우고 입맛이 없어 홀짝이는 신혜가 남긴 갈비탕까지 다 먹어치운다. 심지어 반찬까지 접시가 모두 비도록 게걸스럽게 먹어치우는 걸 보니 며칠을 굶은 사람 같았다. 신혜가 휠체어를 밀고 밖으로 나왔다. 등나무 밑의 긴 의자들이 사람들로 붐비자 휘철이 병원건물의 옥상을 올려다본다.

"이 시간대에 병원의 옥상은 아주 멋있데요. 이 병원은 옥상에 예쁜 정원을 조성하고 만에 하나 뛰어내려 자살할 환자나 보호자들을 지켜주기 위해 높은 철망도 쳐놓아서 아주 묘하고 환상적인 분위기라고 해요."

신혜은 휠체어를 밀고 옥상으로 올라갔다. 휘철은 기분이 좋은지 활짝 핀 얼굴이었다. 철망 위에 나란히 줄이어 선 막대에 긴 아이스케이크처럼 앙증맞게 생긴 외등들이 불을 밝히는 시간대에는 이곳을 아는 환자들만 자주 올라오는 곳이다. 이상할 만큼 옥상정원은 휑뎅그렁하니 비어 있었다. 두 사람은 휠체어를 세워놓고 나란히 긴 의자에 앉았다. 잠자리를 찾아든 새들이 옥상정원의 우듬지에 앉아서 애처롭게 쩍쩍거린다. 아마도 함께 잘 짝을 찾는 모양이다. 외등불빛을 찾아온 날벌레들이 소리 없이 날갯짓을 하면서 불빛의 가장자리를 맴돌았다. 아주 조용하고 평화로운 정경이었다. 두 사람은 멍청히 앞만 보고 말이 없었다.

휘철이 신혜의 손을 꼭 잡았다.

"고마워요. 저를 이렇게 돌봐줘서. 제가 전신을 던져 기대도 되지요. 그렇지요?"

언뜻 본 그의 얼굴에는 진지함과 애절함이 어려 있었다.

"제게 편안하게 기대세요. 모래알처럼 많은 사람들 중에 휘철씨의 처지를 알고 있는 제가 그냥 모른 척 할 수는

없잖아요. 자살이란 극복될 수 있는 병이에요. 앞으론 절
대로 그러지 마요."

　신혜의 온유한 얼굴이 휘철의 가슴으로 파고든다. 천국
처럼 푸근함이 고인 얼굴이다. 조용한 미소로 그를 바라
보는 눈길이 따사롭다. 그녀의 몸에서 풍기는 평안함과
거센 바람에도 끄떡하지 않을 안정감이 휘철의 가슴으로
전해진다. 어느 누구에게서도 찾을 수 없는 그녀의 특유
한 온화함이 휘철을 감싸 안았다. 그는 이런 신혜의 얼굴
을 뚫어지게 보았다. 부드럽게 자리 잡은 뺨의 너부데데
함이 부처상을 연상케 했다. 그녀의 잔잔한 목소리가 그
를 안정시켰고 귓가에서 소곤거리는 입김이 그를 평안하
게 했다. 길쭉한 저녁볕 그늘을 밀어내고 땅거미가 밀려
드는 옥상 뒤쪽 숲에 제법 어둠이 내려누른다. 흐릿한 외
등 밑에서 박꽃처럼 청조한 하얀 피부를 가진 그녀의 이
목구비가 또렷하게 그의 눈앞에 부상했다.

　이 여자 앞에 그의 어깨에 메고 있는 무거운 짐을 내려
놓고 매달리고 싶었다. 그의 속에 고인 온갖 것을 남김없
이 다 까발리면서 낱낱이 몽땅 밝은 햇살 앞에 꺼내 진열
하고 싶었다. 이런 휘철의 내심을 읽었는지 신혜가 소곤
거린다.

　"내가 늘 말했지요. 청춘이란 순수한 시기인 동시에 무
지의 시기이기도 하다고요. 아름다운 청춘이면서도 동시
에 고통스러운 자의식의 시기이기도 해요. 모험의 시기면

서 어리석음의 시기란 뜻이지요. 이건 휘철씨 나이에 겪은 제 체험에서 하는 말이에요. 그 나이에 저돌적으로 뛰어들어 앞뒤 생각 없이 죽음을 택해 자살하는 사람들이 많지요."

"저란 사람이 처한 상황은 그렇게 신혜씨가 말하듯 청춘을 놓고 고민하는 그런 고급스러운 생각에 빠져있는 게 아니에요."

휘철이 강하게 머리를 도리질하면서 전신을 웅숭그린다. 시골에서 자란 신혜는 하필이면 짐을 실으려고 강제로 등에 얹어준 길마 멘 어린 소를 그의 모습에서 떠올렸다.

"길마 무겁다고 쓰러지는 소는 없어요. 모든 부정적인 감정이 문제지요. 이런 감정은 두려움에서 나와요. 두려움에서 분노. 미움, 걱정, 죄의식이 나오는 법이지요. 그 반대로 긍정적이고 사랑하는 마음에서 우러나오는 것들은 행복, 만족, 평화, 기쁨 게다가 산이나 바위도 가루로 만들 엄청난 힘이 나오지요. 이걸 알면서도 우리 인간은 그 두려움을 표현하기보다는 분노하는 일에 더 익숙해있어요. 우리는 태어날 때와 죽을 때 우리보다 더 큰 힘에 순종해야 된다는 것을 잊어버리고 있어요. 그래서 삶과 죽음 사이에서 길을 잃고 헤매게 되지요. 죽음이란 모든 것을 내려놓는 행위에요. 그 죽음의 마음, 다시 말하면 죽을 각오로 해결 못할 일이 없어요. 죽음의 자리는 신神의

근처까지 간 거니까요. 산천초목이나 금수와 벌레까지도 그 명을 따라야 한다고 봐요. 그게 창조주의 뜻일 겁니다. 자신의 힘으로 바꿀 수 없는 상황을 인정하는 법을 배워야 인생이 아름답고 평안한 법입니다."

자살을 시도했던 휘철을 그녀는 준열하게 나무라고 있었다. 이런 말을 하는 신혜를 바라보는 휘철의 눈에 신혜는 천사로 다가왔다. 사람이 아니고 하나님이 보낸 천사 말이다. 찬찬히 그녀의 얼굴을 뜯어보았다. 균형 잡힌 얼굴의 중간마당 위에서 아래를 꽉 채운 너그러운 귀불과 반듯한 이마, 눈보다 길고 힘이 있는 눈썹이 아주 짙었다. 콧방울이 두툼하고 사각에 꽉 찬 듯 두툼하게 입 꼬리가 올라간 주홍빛 입은 동그랗고 넉넉했다. 짙으면서도 깊고 맑은 그녀의 눈이 그를 사로잡아서 그의 속뜻까지 심지어 무의식의 세계까지 몽땅 꿰뚫어 보고 있는 듯했다.

"저 고백할 것이 있어요. 왜 죽으려고 했는지 말하고 싶어요. 영원히 비밀로 가슴에 묻고 혼자서 꽁꽁 앓으면서 일생 살아가기에는 너무나 끔찍해서 누군가가 내 마음 속을 알아야 해요. 그래야 내가 왜 죽으려고 했으며 죽은 다음에도 증거로 내놓을 수가 있으니까요."

갑자기 기어들어가는 목소리로 사방을 둘러보면서 말하고 있는 휘철의 얼굴은 겁에 잔뜩 질려서 곧 숨이 멎을 것처럼 보였다.

"그래요. 내게 모든 걸 말하세요. 우리의 육체는 그릇과 같아서 속에 담긴 것을 말해야 살 수 있는 존재라고 들었어요. 몽땅 토해 내버리고 순수하고 깨끗한 평안과 기쁨과 사랑과 이 세상 것이 아닌 아주 새것으로 마음그릇을 채워요. 철학을 하는 분이니 그 분야에 문외한인 내가 이해할 수 있을지 모르겠으나 휘철씨가 하는 말을 다 들어줄 수는 있어요. 철학하는 사람들은 개똥철학으로 가끔 죽음을 시도하기도 한다고 들었어요."

신혜가 아주 가볍게 받아넘긴다. 저녁 안개가 외등의 빛살을 타고 조용히 내려앉고 있었다. 이런 저녁안개 속에서는 자신들도 모르는 사이에 서서히 옷이 눅눅하니 젖게 마련이다. 옥상 위도 차츰 여린 어스름이 어둠으로 짙어갔다. 그 시간대에 이상할 만큼 옥상정원은 텅 비어있어서 두 사람만이 고즈넉하게 정원의 벤치에 앉아있었다.

휘철은 체증에 걸린 사람처럼 질려서 눈언저리에 어두운 기운이 서린다. 그는 차마 입을 열지 못하고 마른 침을 꿀꺽 삼키면서 두 손을 맞잡고 비벼댄다. 죽을 만큼 힘이 드는지 눈가에 가는 경련이 스치더니 몸을 떨었다.

갑자기 후드득 빗방울이 떨어지기 시작한다.

"어머! 비가 오네. 안으로 들어가요. 서둘러야겠어요."

"그냥 이대로 비를 맞고 있고 싶어요."

"환자가 비를 맞으면 큰일 나요. 더구나 다친 상처에 빗물이 들어가면 곪을 수도 있어요."

그래도 휘철이 일그러진 얼굴을 하고 세차게 신혜의 손

을 잡고 늘어진다.

"그럼 제 핸드백 속에 접어 넣어가지고 다니는 우산이 있어요. 그걸 병실에서 가져올게요."

신혜가 잽싸게 병실로 내려간다. 차츰 거세진 장대비로 내리꽂히는 빗발을 전신에 맞으며 휘철은 머리를 외로 꼬았다. 스며드는 빗물로 인해 상처부위가 간헐적으로 욱신거렸다.

10

콜롬보는 다시 삼월을 찾아갔다. 그녀는 정원에 심을 장미꽃을 고르느라고 농원이 발간한 다양한 정원화보에 빠져있었다. 요즘 시골집에서 너도 나도 울타리에 식상할 정도로 범속하게 기르는 진홍색 자잘한 덩굴장미가 아니라 유럽이나 미국의 부잣집 정원에나 있음직한 그런 탐스러운 장미를 찾느라고 삼월은 혈안이 되어있었다. 황금빛을 발하는 아기머리통만한 장미와 흑장미를 군침을 흘려가면서 노려보았다. 아무튼 무조건 제일 큰 놈들로 사리라 마음을 먹고 구입목록을 작성하고 있었다.

그녀의 앞을 가리는 긴 그늘로 인해 눈을 들어보니 언제 들어왔는지 콜롬보탐정이 앞에 탁 버티고 능글맞은 웃음을 흘리면서 서 있다. 삼월의 전신에 소름이 좍 깔렸다.

"지난 번 대화를 엿들었는데 무슨 무기를 가지고 있다고 옆집아주머니에게 말했지요? 그게 무엇인지 제가 찾아왔는데……."

수첩을 딱 꺼내더니 만년필까지 뽑아들고 신문기자처럼 삼월을 노려본다. 도심지에서 사업을 할 적에나 큰 부동산을 살 때 늘 이런 식으로 따라붙는 사람들이 많았다. 모두 돈을 요구하는 얌체족이고 진디물들이다. 이 사람이 또 돈을 요구하는구나 하는 마음이 들어 삼월이 아니꼽다는 눈으로 짜려보았다.

"무기라니요? 제가 무슨 권총이라도 집안에 숨기고 있단 말이세요. 전 무식한 여자라 무기 같은 걸 다룰 줄도 모릅니다."

"아하하……. 그런 뜻이 아니고 옆집주인 닥터 박이 실종된 날 밤에 분명히 그 차가 종갓집 대문 앞에 주차되었던 걸 확실하게 보았지요? 그리고 새벽에 누가 차를 몰고 나갔는지도 알고 있고요. 맞지요?"

다그치는 콜롬보탐정의 말에 삼월은 섬쩍지근한 무서움을 느꼈다. 삼월의 얼굴을 노려보는 그의 시선에서 예리한 빛이 가슴을 저미고 들어와 그녀의 속을 꿰뚫어보는 날카로움에 몸을 떨었다.

"모든 것을 알고 왔습니다. 자꾸 숨기는 것이 능사가 아닙니다. 그 밤에 닥터 박의 자가용이 분명이 자정이 넘은 시각에 종갓집 대문 앞에 주차한 것을 보았지요? 예스 노우만 하세요. 하나만 골라서 답하세요."

"……."

"무서워하지 마세요. 이미 제가 그 시간대에 닥터 박이 살았던 아파트 주차장의 CCTV에 촬영된 것을 입수하여 다 알고 있으니 거짓 증언을 하면 당신도 공범자요, 범죄 은익 죄로 잡혀 들어간다는 사실을 꼭 명심하시오. 어서 대답해요. 예스요 노우요."

삼월은 콜롬보탐정을 겁먹은 눈으로 쳐다보다가 눈길을 마루 위에 펼쳐놓은 농원의 화보에 던지자 그가 으름장을 놓는다.

"어쩔 수 없네요. 경찰에 살인공범으로 연락을 해야겠네요."

그러자 화들짝 놀랜 삼월이 주저하는 목소리로 말한다.

"제가 자정에 제 집에 장식한 성탄전구들의 껌뻑거림을 확인해보려고 나간 길에 그 차가 종갓집 대문 앞에 주차한 걸 보았어요. 흔히 보는 검은 색이나 희색 차가 아니고 짙은 녹색 자가용이라 틀림없어요. 그런데 미애가 그 말을 하면 화를 내면서 그런 일이 없었다고 마구 야단을 치는 바람에 말을 못했어요."

콜롬보탐정은 묘한 미소를 삼키면서 목소리를 낮추고 물었다.

"그 차가 없어진 시각을 알아요?"

그의 질문에 삼월은 질리는 듯 얼굴이 파래진다.

"그 밤에 함박눈이 내려서 새벽에 대문 앞을 치우려고 나가보니 차는 없었어요. 눈이 내리기 전에 나갔는지 자동차 바퀴자국도 없었고요. 아마 꼭두새벽에 나간 모양이에요."

"누가 차를 몰고 나간 것도 보았겠네요?"

그러자 삼월은 눈을 내리깔고 머리만 세차게 흔들었다. 콜롬보탐정이 깊은 숨을 삼킨다. 그는 한참동안 묵묵히 땅을 내려다보고 서 있다가 얄미울 정도로 요상한 웃음을 날리면서 돌아선다. 한 번 더 흘끔 뒤를 돌아보고는 삼월에게 아가처럼 빠이빠이 손을 흔들어 보이고는 대문을 나섰다

여직 그가 수집한 정보로는 휘철 부모의 사이는 물과 불처럼 심각했다. 부모 사이가 좋아야 자식과의 사이도 원만한 법이다. 부모자식간의 애착愛着은 그 사이에서 태어난 자녀들이 건전한 인간으로 성장하는데 필요한 심리적 자양분이 되는 법이다. 딸인 휘선, 장남인 휘철, 그리고 막내 휘중은 심각한 정서적 충격을 받을 환경에서 자라나게 되었다는 점을 부인할 수 없다. 그런 가정에서 자란 자녀들이 억압된 감정을 겉으로 드러내서 표현할 탈출구가 있어야 한다. 억압된 분노의 감정이 씻기지 않으면 예상치 못한 시기에 공격적 행위를 할 수 있다는 심리적 상태를 콜롬보형사는 휘철의 가정에서 감지할 수 있었다. 가족들 모두에게 아버지이자 남편인 닥터 박을 살해할 만

큼 강한 공격성이 잠재하고 있었다.

그렇다면 세 자녀 중의 하나가 아버지인 닥터 박을 살인한 것일까. 아니면 아내인 미애가 죽인 것일까. 시체는 어디에 두었을까. 점점 그의 범죄프로파일링은 가족 쪽으로 좁혀지고 있었다.

이제 남은 일은 닥터 박이 살았던 아파트에 가서 5년 전에 찍혔을 CCTV 촬영회로를 확보하는 일이었다. 삼월의 증언을 먼저 듣고 그 일을 하려고 작심하고 왔는데 삼월이 쉽게 넘어가는 걸 보니 한 건을 건져 올린 셈이다. 짙은 녹색 차는 이미 팔아서 없어진 뒤라 차 속에 만에 하나 남아있을 흔적이나 증거물을 하나도 찾아낼 수가 없었다. 5년이 지났으니 아파트 관리실이 그 밤에 촬영한 것을 지금까지 보관하고 있을지 걱정이 되었다.

다행히 아파트 관리실의 책임자가 친구의 친구로 연결이 닿았다. 게다가 1995년도 크리스마스이브의 촬영이 고스란히 남아있어 그걸 면밀히 검토했다. 분명이 밤 10시 반에 나간 차를 운전한 사람과 새벽 4시에 차가 들어와서 운전석에서 나온 사람과는 달랐다. 밤에 차에 오른 사람은 몸집이 컸으니 닥터 박이 분명하고 설핏 보기에도 4시에 차에서 내리는 사람은 분명히 휘철이었다. 새벽에 들어온 차를 운전한 사람의 옆얼굴과 몸집 그리고 키가 뚱뚱한 닥터 박의 모습과 완연히 구별되었다. 전신에 소름이 깔렸다. 그렇다면 이건 존속살인이다. 아들 휘철이

나 아내인 미애가 닥터 박을 죽였단 말인가. 콜롬보는 아려오는 가슴을 쓸어내리면서 관리실을 빠져나왔다.

가늠할 수 없는 아픔이 가슴을 저몄다. 자신도 술에 절어 사는 아버지를 살해할 기회가 여러 번 있었으나 운 좋게 피해갔다고 고백을 할 수 있기 때문이다. 휘철의 마음을 다분히 이해하면서도 사건을 어떻게 풀어갈지 앞이 안개가 낀 것처럼 뿌옇다. 이 가정이 마치 자신의 가정처럼 다가와서 감히 칼을 들이대고 낱낱이 난폭하게 접근할 수 없는 아픔이 그의 마음을 무겁게 했다.

11

장대비가 잠시 멈추었다. 우산 밑에서 몹시 망설이면서 몸을 뒤트는 휘철의 이마에 진땀이 흥건하게 고여 왔다. 자꾸 마른 침을 삼키면서 주위를 불안하게 둘러보고 신혜의 눈길을 피해 머리를 숙여버린다. 등이 뒤집혀서 혼자 힘으론 절대 바로 설 수 없는 딱정벌레처럼 휘철은 버둥거렸다. 옥상 위에는 이 시간대에 오는 사람이 아무도 없었다. 멈추었던 빗발이 점점 거세졌지만 신혜가 받쳐 든 작은 우산이 유일한 피난처였다. 신혜는 우산을 휘철의 다쳐서 붕대를 감은 발과 배 위에 두고 자신의 등은 빗발 속에 드러내놓고 있었다. 저녁 먹을 시간대이고 비가 세차게 내리고 있어 환자들에게는 좋은 외기外氣가 아니었기 때문에 옥상에는 두 사람뿐이었다.

따지고 보면 아버지는 휘철에게 고통의 근원이었다. 아버지는 더할 나위 없이 높은 벽이었다. 아버지만 없어지면 살 것 같았다. 아버지에게서 해방될 수 있는 방법은 살인이었다. 부자간의 의사소통이 완전히 단절된 상태에서 갈등을 완화시켜줄 접촉점도 없었고 아버지로부터 바람막이가 되어줄 사람이 아무도 없었다. 아버지는 죽어야만 할 존재였다. 가족을 살리기 위해서라도 자신이 죽여야만 없어질 상대였다. 죽어 마땅한 짐승이었다. 생각이 이에 이르자 갑자기 목에 힘을 주고 이상한 음성을 휘철이 뱉어냈다. 평상시의 음성이 아니고 그의 속에 거한 거칠고 강한 또 다른 인격체인 괴물 같은 사내의 음성이었다. 언젠가 본 엑소시즘(exorcism)이란 영화 속에 등장하는 마귀 들린 자의 목소리 같았다.

"제가 바로 이 두 손으로 아버지를 죽였어요. 제가 죽였단 말이에요. 범행의 동인動因은 오랜 세월 내 속에서 내면화된 것이지 결코 충동은 아니었습니다."

순간 신혜는 숨이 멎는 듯 멍청한 눈으로 휘철의 눈을 응시했다. 두 사람 사이에 게달의 장막 같은 암흑이 드리웠다. 옥상 시멘트바닥으로 세차게 쏟아지는 빗소리도 들리지 않았고 마치 우주선을 타고 달 위에 착륙한 사람들처럼 두 사람은 한참동안 무중력상태에서 부유했다.

"제가 죽였단 말이에요. 제가 아버지를 죽여버렸어요. 내 두 손으로 죽였단 말이에요."

순간 겁에 질린 휘철의 눈을 보고는 신혜가 움찔하여 뒤를 돌아본다. 만에 하나 다른 사람이 이 말을 들을까 보아 걱정이 되었고 순간적으로 후다닥 콜롬보의 얼굴이 떠올랐기 때문이다. 그러나 옥상정원에는 두 사람만 앉아있었다. 사위는 아주 고요했다. 다만 멀리 도심지의 불빛이 어른거리는 별빛처럼 빗속을 뚫고 희미하게 다가왔다. 지옥의 문턱에라도 다다른 듯 음산한 옥상에 두 사람은 생명이 없는 목각인형들처럼 앉아있었다. 깊은 수렁에라도 빠져든 듯 꼼짝할 수가 없었다.

순간 이 남자가 가엾다는 연민의 정이 신혜의 가슴을 휩싸면서 참을 수 없을 정도로 콧마루가 찡해졌다. 너무 불쌍해서 꼭 안아주고 싶은 충동을 누를 수가 없었다. 신혜는 우산도 내던지고 휘철을 가슴에 꼭 끌어안고 등을 쓰다듬기 시작했다. 두 사람의 쿵쿵거리는 심장의 박동이 옥상을 그득 채우는 것 같았다.

아주 또렷한 음성으로 차분하게 휘철은 아버지를 살해할 당시의 정황과 마음을 찬찬히 신혜 앞에 풀어놓기 시작했다.

성탄절 전야란 도시나 산골을 가리지 않고 예수를 믿든 안 믿든 모두 들떠있게 하는 밤이었다. 휘중은 아직 대안학교에서 올라오지 않았고 휘선은 정신병원에 입원 중이었다. 눈은 오지 않았지만 겨울의 한 가운데라 싸늘한 바람이 휘몰아쳤고 문막산에 부딪힌 구름이 싸락눈을 뒤란과 마당에 살살 뿌리고 있었다. 하늘이 낮게 내려앉은 걸 보니 곧 눈이 펑펑 쏟아질 조짐이 보였다. 도심지에서는 징글벨이 울려 퍼질 터이고 교회마다 성탄전야에 모여 촛불예배를 드리고 있을 시간이다. 성탄절은 어린이잔치라 아이들은 예수탄생을 기리는 연극에 몰두해 있고 젊은이들은 괜히 들떠서 도심지를 휩쓸고 다니고 성당에서는 조용한 미사가 행해질 시간이었다. 사랑하는 사람들끼리 선물을 주고받느라고 상점마다 요란한 빛을 뿜어내는 전구들로 화려하게 장식을 하고 나무도 등불을 달고 찬란한 빛을 뿜어낼 그런 시각이었다.

휘철과 미애는 둘이 자그마한 케이크를 하나 사다놓고 두 개의 촛불을 꽂고 조용한 성탄전야를 보내고 있었다. 아직도 이삿짐을 다 풀지 못해 크리스마스트리도 장식하지 않았고 썰렁한 집안 여기저기에 종이상자들이 널려있었다.

그 시각에 대문을 밀치고 들어서는 사람이 있었다. 이 집안의 가장, 닥터 박이었다. 예상하지 못한 방문이었다. 그는 만취상태였다. 어떻게 북한강 길을 물에 빠지지도 않고 그렇게 취한 상태에서 차를 몰고 여기까지 왔는지 의아했다. 서울의 아파트라면 병원에서 가까운 거리이고 늘 익숙한 길이라 만취상태에서도 운전이 가능하지만 서울에서 이곳 양수리까지는 북한강을 끼고 달리는 길이 녹록치 않게 위험한 코스라 어떻게 여기까지 저 상태에서 운전을 하고 왔는지 의아해서 모자는 그저 입이 다물어지질 않았다. 사실 양수리까지 이사 온 것도 그가 술 취한 상태에서 운전을 못할 것이란 점을 감안한 터였기 때문이다.

미애가 눈짓으로 휘철에게 건넌방으로 가라는 신호를 보냈다. 만에 하나 주사를 부려 다칠 것을 우려해서이다. 그러나 휘철은 머뭇거렸다. 또 어머니를 때리고 가구를 부수면 이제 대학에 합격하여 입학을 앞두고 있는 나이이니 대들 수도 있다. 이젠 나약한 어린 나이가 아니라 어머니를 충분히 보호할 수 있는 몸집으로 성장했고 나이도 들어서 아버지를 대항하여 싸울 수 있었다.

미애가 간절한 눈으로 어서 건넌방으로 가라는 신호를 보내서 못 이기는 척 방을 나섰다. 그 순간부터 두 사람은 악을 쓰면서 싸우기 시작했다. 어머니와 아버지는 마치 사람과 짐승이 부부가 되어 함께 살고 있는 형국이었다. 부부간의 이런 갈등은 두 사람으로 끝이 나는 것이 아니다. 함께 사는 자식들에게도 큰 영향을 끼쳐서 불안하고 남이 이해 못할 문제를 안고 살아가게 마련이다. 이런 상황에서는 자식들도 이유 없이 죄의식에 빠져 우왕좌왕하게 되고 거친 손찌검을 하는 남편과 오래 살아온 아내들

중에는 은연중에 혹시 아내가 맞을 짓을 해서 맞는 건지도 모른다는 생각에 사로잡혀서 그냥 맞고 사는 경우도 허다하다. 지금 미애의 상태가 그 지경이었다. 미애는 한 인간으로서 존엄성이 사라지고 영혼까지 황폐한 상태에 이르러있었다.

건넌방으로 간 휘철은 두 손 깍지를 베개 삼아 벌렁 온돌방에 누웠다. 미지근한 방바닥이 그래도 마음을 안정시켰다. 그에게 아버지란 존재는 어디에나 따라다니면서 괴롭히고 그리고 아무데도 없었다. 그러자고 무시하기 때문이다. 참으로 이상한 것은 아버지가 사라지면 어머니도 사라질 것 같은 두려움이 그를 찍어 눌렀다.

어머니의 단말마비명이 터져 나왔다. 휘철은 귀를 두 손으로 틀어막고 그냥 지나치려고 몸을 옆으로 활처럼 휘었다. 그러나 어머니의 처절한 비명은 계속되었다. 그 전처럼 또 어머니를 발가벗겨 겨울밤 마당으로 몰아내고 물을 틀어 통 안에 넣으려는 것인가 하는 생각에 이르자 발딱 일어나서 방문을 열어젖혔다. 어머니는 머리채를 아버지의 손아귀에 사로잡혀 개처럼 방바닥에서 질질 끌려가면서 몸부림쳤다. 휘철의 눈에 아버지는 큰 황소만한 늑대였고 어머니는 가녀린 양으로 둔갑해 보였다.

그는 부엌으로 달려갔다. 마침 성탄절에 식구들이 모이면 먹을 갈비를 다듬던 칼이 도마 위에 놓여있었다. 내일이면 휘선이 누나도 오고 휘중이도 새해와 크리스마스를 집에서 보내려고 올 터였다. 그는 그 칼을 집어 들고 안방으로 단숨에 뛰어 들어갔다. 이제 아버지의 키만큼 자란 휘철이 어머니의 머리를 휘어잡은 아버지의 손을 세차게 잡아챘다. 손에 시퍼런 칼을 들고 덤비는 아들에게 눈길을 던진 아버지는 피식 웃으면서 미애의 머리채를 잡았던 손을 놓았다.

"으응! 네가 나에게 반항하는구나. 이제 대학생이 되었다고 나를 놀려. 나를 얕잡아보고 덤비면 너 죽을 줄 알아."

"가까이 오면 이 칼로 찌를 것입니다."

휘철은 칼끝을 아버지의 심장에 겨누고 팽팽한 결기에 차서 무서운 얼굴로 으름장을 놓았다.

"아주! 이거 강아지 범 무서운 줄 모르고 날뛰는군."

아버지는 술에 취해 비틀거리는 몸으로 휘철에게 다가왔다. 휘철은 칼끝을 아버지의 가슴에 겨누고 그 자리에 꼼짝을 않고 우뚝 서서 안광이 번뜩이는 눈으로 만취한 아버지를 쩌려보았다. 아버지의 손에서 벗어난 어머니는 두 사람의 이런 모습에 바위처럼 굳어져서 꼼짝 못하고 벙어리가 되어 벌벌 떨었다.

"너 이 아비를 찌르려고 그 칼을 손에 들었니? 칼날에서 빛이 번쩍일 정도로 잘 준비해 놓았군. 그럼 어서 찔러봐라. 어서 찔러봐. 날 찔러보라고. 넌 나를 찌를 수 없어. 난 힘이 세다고. 내 팔뚝을 볼래."

아버지는 취중이라 혀 꼬부라진 소리로 웅얼대고 비틀

거리면서 팔소매를 걷어 올리고 칼끝을 향해 걸어왔다. 아버지의 기세에 눌려 휘철은 두어 걸음 뒤로 물러섰으나 벽에 등이 닿았다.

"가까이 오지 말아요. 오면 그냥 찔러버릴 거야."

"너 웃긴다. 네가 감히 나를 찔러. 어디 찔러봐라. 내가 찔릴 줄 아니. 너도 네 어미처럼 바보 멍청이 죽일 놈이다. 어디 찔러봐라. 이 쓰레기 같은 놈아. 넌 개만도 못한 새끼야. 미친 새끼가 아직도 정신을 차리지 못하고 아버지 가슴에 칼을 겨루어. 으흐흐……. 이거 아주 재미있는데."

아버지는 자꾸 칼끝을 향하여 좁혀 들어왔다. 그런 아버지를 피해서 휘철은 옆으로 몸을 돌렸으나 아버지는 집요하게 덤벼들었다. 쓰레기 같은 놈이란 욕설에 가슴이 떨리기 시작했다. 지독한 미움이 자신을 가눌 수 없을 정도로 치밀어 올랐다.

"으응! 나를 찌를 수 없다 이 말이지. 그럼 내가 너를 찌르마. 그 칼 이리 내놓아라."

저돌적으로 칼을 앗으려고 덤벼드는 아버지의 가슴에 휘철의 손에 든 칼날이 깊이 파고 들어갔다. 갈비를 다듬느라고 숫돌에 날을 세워 벼린 칼이라 아주 날카로운 칼끝이 몸을 내던지는 아버지의 가슴에 꽂힌 셈이다. 그건 순간에 일어난 일이었다. 아버지는 칼을 가슴에 꽂은 채 몇 발자국 뒤척이면서 얼굴이 노랗게 질렸다. 얼마동안 그런 자세로 칼자루를 잡고 서 있던 아버지는 점점 희미해지는 눈으로 휘철을 보았다. 몸서리칠 만큼 안개 낀 느끼한 눈이었다. 그리고는 서서히 앉더니 옆으로 푹 꼬꾸라졌다. 피가 뿜어 나와서 방바닥을 적셨다. 그래도 가장의 권위를 세우려는 듯 일어서려고 농의 모서리를 더위잡았다. 이빨이 딱딱 부딪힐 정도로 떨면서 휘철은 그런 아버지 곁에 무릎을 꿇었다. 눈물도 나오지 않았다. 다만 공포감이 엄습해서 숨도 제대로 쉴 수 없었다. 꿈을 꾸는 것 같았다. 머릿속이 백지처럼 하얘지고 방안이 빙그르 돌았다.

"어서 앰블런스를 불러요. 119를 돌리세요. 어머니! 어서요. 의사를 불러야 해요. 병원으로 옮겨야 해요."

그러나 옆에서 벌벌 떨고 있던 어머니는 피를 흘리며 쓰러진 남편을 그저 멍청히 내려다보고 있을 뿐이었다.

"이 사람 독한 사람이라 절대로 죽지 않는다. 자존심이 강한 사람이라 이렇게 맥없이 죽지 않고 곧 살아날 것이다."

"그럼 어떡해요."

"이 모든 것이 내 잘못이다. 내가 이혼을 해주었어야 끝날 일을 지금까지 미루다가 이 지경에 이르렀구나. 이건 순전히 내 잘못이고 너희들은 아무 죄도 없다. 만약 이 사람이 죽는다면 휘철이 네가 아버지를 죽인 것이 아니고 내가 죽였다."

아버지를 방바닥에 반듯하게 눕혔다. 자정이 넘어서 시

계는 한 시를 치고 있었다. 거실에 걸린 시계가 한 시를 치는 소리가 적막 속에 잠긴 종갓집의 정적을 날카롭게 깨트려서 시계소리는 마치 폭탄이 터지는 것처럼 신경을 자극했다.

아버지는 칼을 가슴에 꽂은 자세로 반듯하게 누어서 힘 없는 눈으로 아내와 장남을 쳐다보았다. 점점 눈이 희미해지더니 눈물이 눈가를 타고 주르륵 흘러내렸다. 술기운으로 흐려진 눈은 토할 것처럼 느끼해 보였다. 어머니와 아들은 망연자실해서 멍청하게 앉아있었다. 거실의 시계가 두 시를 알렸다. 그때까지 아버지는 가늘게 숨을 쉬고 있었다.

"이 모두를 내가 처리할 터이니 너는 아버지가 타고 온 차를 몰고 가서 아파트 주차장에 넣고 돌아오너라. 어서 빨리 서둘러라. 이 사람이 다시 살아나면 다시는 집에 돌아오지 않을 것이다. 목숨 끊어지는 일이 그렇게 쉽지 않다. 네가 나간 사이 우황청심환을 먹이면 회생할 터이니 걱정하지 마라. 그러면 자기 발로 뺑소니를 칠 사람이다. 이런 충격을 받았으니 자존심이 상한 탓에 다시는 우리 앞에 나타나지 않을 것이다. 너도 아버지 성격을 잘 알지 않니. 자존심이 하늘을 찌를 만큼 강한 사람이란 점을. 절대로 우리 앞에 돌아오지 않고 멀리 도망가버릴 것이 뻔하다. 그러니 너는 마음 놓고 차나 아파트 주차장 제 자리에 가져다 놓고 오너라."

남편의 주머니에서 자동차열쇠를 꺼내 휘철에게 넘기는 미애는 아주 담담했다. 이런 상황에 이르러보니 어머니는 나약한 여자가 아니었다. 맞닥뜨린 위기의 순간에 독한 고추로 돌변한 미애는 강제로 휘철을 대문 밖으로 몰아냈다. 어쩔 수 없이 휘철은 떨리는 몸을 간신히 가누면서 차를 몰고 서울의 아파트로 향했다. 함박눈으로 변한 눈발이 점점 거세지기 시작했다. 성탄절 전야라 길은 차들로 붐볐다. 이렇게 큰 사건이 일어났건만 세상은 정상적으로 평상시처럼 돌아가고 있었다.

아들이 남편의 자가용을 몰고 서울로 가서 차를 주차장에 세워놓고 일반 교통수단으로 양수리에 돌아오자면 적어도 4시간의 여유가 있다. 그녀는 침착하게 쓰러진 남편을 만져보았다. 몸이 아직도 따뜻했다. 살아있는 것이 분명했다.

휘철은 동이 훤히 튼 뒤에 종갓집에 돌아왔으나 어머니에게 아버지가 죽었다면 시신을 어디에 치웠느냐고 감히 물어볼 용기가 나질 않았다. 아버지가 어느 병원에 입원했느냐고 아니면 어머니의 생각처럼 일어나서 어디론가 떠나버렸느냐고 입을 열 수도 없었다. 순간 아버지는 의사이니 어느 정도 상처를 수습하고는 그렇게 잊지 못할 여인을 찾아 미국행 비행기를 탈 것이란 마음도 들었다. 어떻든 사건이 일어났던 방안에는 피 한 방울도 없이 깨끗했다. 어머니가 즐겨 쓰는 라일락 향수를 짙게 뿌려나서 더욱 그런 무서운 분위기는 없었다.

"아버지는?"

휘철이 기어들어가는 목소리로 물었다.

"네가 떠난 뒤에 비실비실 일어나더니 나가버렸다."

그날 이후 모자간에 아버지에 대한 대화는 없었다. 아버지에 관한 이야기를 꺼내면 누구든 죽을 것이란 터부 (taboo)가 이 가족을 특히 어머니와 아들 사이를 찍어 눌렀다. 아버지는 그날 밤 죽었을 것이란 생각도 들었으나 그 무거운 아버지의 시신을 어떻게 어머니 혼자 처리했을까? 그건 불가능한 일이라는 마음을 휘철은 누를 수 없었다. 그렇다고 감히 입을 열어 어머니에게 물을 용기도 없었다. 아버지는 어머니와 아들 사이에도 거대한 계곡을 만들어 놓고 떠난 셈이다. 어머니는 확신을 가지고 아버지가 살아나서 나가버렸다고 우기니 아마도 멀리 가버렸을 것이란 바람을 가질 수밖에 없었다. 그런 가느다란 소망의 줄이 휘철을 지금까지 지탱해주었다면 억지일까.

그래도 아버지가 죽었다면 어머니는 어디에 아버지의 시신을 치웠을까 하는 의구심이 이따금 그의 의식의 수면으로 고개를 내밀어 비밀스럽게 사방을 둘러봐도 아버지의 흔적은 가뭇없이 사라져버렸다. 이따금 어머니가 휘철에게 아주 다정하게 다가와도 단 한 번도 어머니는 아버지 문제를 말한 적이 없었다. 휘철 자신도 어머니가 가깝게 다가올 적에 겁이 나서 가슴이 조였다. 정확한 사실을 안다는 것이 두려웠다. 너무나 마음이 켕기고 떨려서 입을 다무는 것이 수였다. 아버지가 어디에 있는지 그건 영원한 어머니의 비밀이었다.

12

휘철이 아버지를 칼로 찌른 뒤부터 그의 몸과 영혼은 대장장이가 메로 치고 강한 팔로 괄리하는 것처럼 견딜 수 없는 한조각 쇳덩이가 되었다. 때로는 자신이 간장 물빛으로 변한 거름 물속에 잠긴 초개처럼 초라해 보였다. 그런 무서움과 괴로움을 피하기 위해 별별 수단을 다 썼다. 밤마다 혼자 방안에 갇혀서 많은 비디오와 시디를 수집하여 보기 시작했다. 스크린과 모니터란 가상공간에 자신을 가두고 빠져들기 시작했다. 어머니는 뒤뜰에서 정원을 가꾸고 휘철은 자신의 방안에서 시간을 보냈다. 각자가 자신의 굴을 파고 들어가 달팽이나 거북처럼 은둔한 상태였다.

매일 밤늦게까지 하릴없이 보는 비디오는 주로 폭력물이나 섹스 물이었다. 자신의 정신을 홀떡 사로잡을 것에 매달리는 수단이었으나 그래도 정신이 혼란스럽고 괴로울 적에는 음악을 들었다. 잔잔한 클래식은 조금도 그에게 도움이 되질 않았다. 머리가 빠개질 정도로 시끄러운 헤비메탈을 들어야 정신이 멍해져서 조금 마음이 가라앉았다. 이따금 들려오는 징그러운 아버지의 음성을 지우는 방법은 귀에 이어폰을 꽂고 귀청이 찢어질 정도로 볼륨을 높이는 방법밖에 없었다. 그래야 그 사이를 비집고 들어오는 아버지의 음성을 죽일 수 있었기 때문이다. 가끔 헤비메탈로 머리가 빠개지듯 울리는 리시버를 귀에 꽂은 채 내처 잠속으로 떨어지기도 했다.

날이 갈수록 잠을 자지 못해서 핏기어린 눈알은 불뚝 튀어나오고 얼굴은 누리끼리하게 들뜨고 피골이 상접한 휘철은 병자의 몰골이 되어갔다. 단지 눈만 살아서 번뜩였다. 광기어린 눈이었다. 참지를 못하고 어느 날 술을 잔뜩 먹고 어머니에게 따졌다.

"아버지를 어디에 묻었나요?"

"몇 번을 말해야 알아듣겠니. 네가 나간 뒤에 비실비실 일어나더니 정신 나간 사람처럼 비틀대다가 나가버렸다. 아마도 가족들에게 미안했던 모양이다. 너의 그런 행동에 제 정신이 돌아오고 몹시 부끄러웠던 모양이다. 그런 사람 다시는 이 집에 돌아오지 않기를 바랄 뿐이다."

"정말이에요?"

"맞다. 내가 혼자 어떻게 아버지의 시신을 이 엄동설한에 땅을 파고 묻겠니. 꽁꽁 얼어붙은 땅을 어떻게 나 혼자 힘으로 그 큰 몸을 묻을 만큼 파낼 수가 있느냐고. 그건 불가능한 일이다. 네가 나간 뒤에 눈을 뜨더니 사방을 둘러보고 비실비실 나가더라. 충격을 받은 모양이다. 과거를 몽땅 잊어버리는 망각증에라도 걸려서 어디론가 가버린 것이 틀림없으니 잊어버려라. 가족을 찾아올 때는 제정신을 차리고 오겠지. 술주정뱅이가 없어졌으니 얼마나 좋으냐. 늦기는 했지만 이제부터라도 우리끼리 알콩달콩 재미있게 살자구나."

미애는 휘철에게 아주 자신 있게 확신에 차서 말했다. 가만히 생각해보니 그 말이 맞는 듯도 했다. 어머니 혼자 힘으로 도저히 아버지를 옮겨서 그 추운 겨울에 꽁꽁 언 땅을 파고 묻을 상황이 아니었기 때문이다.

어느 날 갑자기 아버지가 집으로 들어온다면 어떤 기분일까 하는 생각도 했다. 그렇다고 무단히 들춰내서 꼬치꼬치 따져 물어볼 용기도 없었다. 무서웠다. 아버지란 사람은 어디 있으나 그에게 공포감을 안겨주는 사람이었다.

휘철은 아무리 곰곰이 생각해봐도 만에 하나 아버지의 시신을 어떻게 했다고 어머니가 고백하는 날엔 대중의 엽기취미와 속물근성을 모두 만족해주는 그런 사건이 될 것이니 이 세상에서 숨 쉬고 살 수는 없을 터였다. 세상이 악머구리 끓듯 요란할 터이니 그런 사실에 직면할 자신이 없었다. 생각만 해도 몸이 오그라들었다. 휘철의 나이에 이르면 한창 젊음이 꽃피우는 때이니 늠연한 얼굴로 헌칠한 청년이 되었으련만 눈에서는 날카롭게 내뿜는 독기가 넘쳤고 누렇게 들뜬 얼굴은 소금에 절여놓은 배추처럼 후

줄근한 몰골이었다.

　휘철이 이 모든 사실을 털어놓고 난 뒤에 두 사람은 침묵했다. 마치 뜨인 돌 하나가 바벨론 왕 느부갓네살이 본 환상의 신상을 깨트린 듯 부스스 깨어난 휘철의 얼굴은 오래 묵은 체증이 확 뚫린 듯 맑아 보였다.

　"그럼 아버지는 어딘가에 살아있을 수도 있어요."

　"아니요. 아버지는 죽었어요."

　"그럼 왜 시신을 찾을 수 없을까요?"

　"그건 신비에 가까운 어머니의 비밀이에요. 아마도 어딘가에 감췄을 거예요. 그런데 전 비겁하게도 아버지가 죽었다는 말을 듣기가 너무 두려워서 지금까지 무의식적으로 피하고 있어요."

　그러자 신혜는 시신을 그 넓은 종갓집의 어느 방에 감추었을 것이란 상상도 해보았다.

　"집안을 샅샅이 찾아보았어요?"

　"그럼요. 어머니 몰래 집안을 돌아다니면서 다 살폈지만 흔적도 없어요."

　"그럼 어머니 말이 맞아요. 어딘가에 숨어서 살아가고 있을 수 있어요. 아버지란 분은 좀 특이한 사람인가 봐요."

　신혜는 입을 다물고 그의 일그러진 얼굴을 막막한 심정으로 바라보았다. 그러자 머리를 흔들면서 휘철이 기어들어가는 목소리로 토해냈다.

"아버지는 죽었어요. 절대로 살아날 수 없어요. 칼날이 심장을 정통으로 찔렀으니까요. 더구나 살아났다 해도 병원으로 갔어야 할 상처였으니 죽은 것이 확실해요. 그런데 그걸 인정하는 것이 너무 무서워요."

어떻게 해야 할지 몰라서 신혜는 비가 쏟아지는 어둔 하늘을 올려다보았다. 두 사람의 마음처럼 하늘은 무겁게 내려앉아 있었고 희뿌연 빗줄기가 옥상의 외등불빛을 타고 세차게 내리꽂혔다. ✽

4부

넘치는 잔

1

옥상 위로 쏟아져 내리는 비가 가는 비로 변해서 사위가 외등 밑에서 흐릿하게 몸을 드러내고 있다. 아버지를 죽인 살인범임을 고백한 뒤에 가늠할 수 없을 정도로 강도 높은 지진이 지나간 것처럼 휘철은 무너져내렸다. 경련에 휩싸여 몹시 몸을 떨고 있는 그를 신혜가 가슴에 끌어안고 두 사람은 옴짝달싹 않고 한 덩이의 석상처럼 앉아있었다. 그는 은은한 지분냄새가 고인 신혜의 어깨에 머리를 박고 격렬하게 흐느꼈다. 이런 그를 신혜는 아기를 달래듯 가만가만 등을 도닥거리면서 쓰다듬어주었다. 서로 말이 없어도 마음의 줄이 팽팽하게 당겨졌다. 희미한 외등 불빛만 졸음이 오듯 저들을 비춰주고 있었다. 옥상 밑으로는 어둠을 안고 서두르는 인파와 차들, 그리고 잡다한 도시 특유의 소리로 시끌벅적했다.

"가여운 사람, 그래서 그렇게 괴로워했군요. 얼마나 가슴이 아프고 괴로웠어요."

그는 신혜의 가슴에 머리를 박고 흐느끼면서 까뭇까뭇한 기억 속에 어렴풋이 떠오르는 정황들이 눈앞을 스쳤다. 자신의 눈앞에서 죽어가던 아버지의 희미한 눈이 집요하게 그의 얼굴에 달라붙었다. 처음으로 그 얼굴이 불쌍하다는 생각이 마음 한가운데로 한 줄기 희뿌연 빛으로 스치고 지나갔다.

신혜의 부드러운 손길이 그의 등을 쓰다듬는다. 그는 흐느끼면서 아가처럼 말했다.

"전, 저란 남자는 폭우에 내다버린 갓난아기처럼 의지가지가 없었어요. 진짜로 죽을 만큼 무서웠어요. 죽은 아버지가 꿈에 나타나서 매일 야단쳐요. 그의 목소리에 늘 소름이 끼치고 잠잘 수가 없었어요. 그간 지독한 악몽으로 발을 뻗고 잘 수 없었고요. 숨통을 조여 오는 죄책감에 그동안 단 하루도 인간답게 살지 못했어요. 죄책감과 우울증에 시달려서 매일 죽고 싶었다니까요. 흑흑……."

나약한 소년처럼 말하면서 격렬하게 울어대는 휘철을 허리까지 부둥켜안은 신혜는 다정하게 그의 등을 쓰다듬을 수밖에 없었다. 그래서 휘철은 그렇게도 괴로워하고 방황했구나 하는 생각에 이르자 가엾다는 생각으로 신혜의 마음이 마구 저려왔다. 그러고 보니 그의 뇌리에는 그날의 기억만 자릴 잡고 있어서 심신은 이미 만신창이가 되었고 원혼이 복수할지도 모른다는 공포감에 그렇게도 방황했던 모양이다.

이런 끔찍한 존속살인사건은 아무리 은폐한다고 해도 결국 범행당사자들은 자살을 하거나 폐인이 되어버리는 등 한 집안이 비극으로 막을 내리게 되어있다.

"아버지가 죽은 뒤에 제 생활은 생지옥이었어요. 어머니는 저와 운명을 함께할 각오로 아주 강하게 저를 지키고 있어요. 저란 놈은 생인손마냥 순간도 떠나지 않고 아프게만 하는 어머니의 아픔근원이었지요. 그래서 저란 놈은 살지도 죽지도 못하고 버둥거리는 어머니 몸의 일부에요. 여러 번 자살을 진짜로 시도했지만 실패했어요. 솔직히 고백하자면 어머니 앞에서 죽을 수도 없어 꺼림칙하게 엉거주춤 이러고 살아온 세월이 벌써 5년이 넘었어요."

모든 일을 털어놓고는 이제 진정이 되는지 휘철은 신혜의 가슴에서 벗어나 똑바로 앉았다.

"어째서 하나님은 저를 당신의 과녁으로 삼으셔서 내게 이런 무거운 짐을 어깨에 메어주는지 모르겠어요. 이 사실이 알려지면 사람들이 나를 치소거리로 삼아 놀려댈 것이고 더러운 새끼라고 미워해서 멀리 하고 서슴지 않고 제 얼굴에 침을 뱉을 겁니다."

"세상은 개울물이 흘러가는 것처럼 변덕스러워요. 우리

주위의 모든 사람들이란 흘러가는 개울 물살처럼 옆을 스치고 지나가버려요. 속물근성을 만족케 하는 잡스러운 소문을 듣고는 무섭게 지껄이다가 집에 들어가면 자기 일이 아니니까 다 잊어버려요. 남의 일에 오랫동안 관심을 가질 만큼 사랑을 지닌 사람은 이 세상에 별로 없어요. 주위 사람들이 어떻게 보든 관심을 갖지 마세요. 단지 휘철씨의 영혼이 어떻게 편안을 얻을지가 문제예요. 깊은 수렁 속으로 밀어 넣은 과거에 발목이 잡혀 길을 잃은 채 헤매고 다녔어요. 이제 모든 것을 던져버려요. 과거에 갇혀 살지 말란 말입니다. 휘철씨의 행동은 아버지에게 살해되지 않기 위해 진화된 심리적 방어기제로 일어난 일이라고 생각해요."

"감이 익기 전에 떨어진 것처럼 전 이미 감나무에서 떨어져서 땅바닥 위에 버려져 속이 푹 곪았어요. 하나님이 저를 진구렁에 던져버렸어요. 저란 놈은 이제 죽어야 해요. 제 발을 하나님이 차꼬에 채우고 꼼짝 못하게 하고 있어요. 아무리 생각해도 하나님이 저란 놈을 쓰레기더미 속에 던져 넣고 티끌과 먼지처럼 잊어버렸어요."

진짜로 휘철은 달창난 구두처럼 쓰레기통에 버려진 신세라고 늘 믿어왔다.

"한 가지 확실한 것은 밤을 통과하지 않고는 새벽에 이를 수 없어요. 밤은 흘러가게 마련이니 곧 휘철씨에게도 새벽이 올 겁니다. 그나저나 이제 어떻게 할 작정이세요.

이대로는 살 수 없잖아요. 어머니는 어떤 계획을 세우고 있나요."

"어머니는 앞으로 10년만 참자고 하세요. 이대로 10년을 지내자는 것이지요."

"어째서 그러지요? 왜 10년을 들고 나오지요?"

"공소시효기간이 저같이 살인을 저지른 사람에게는 15년이거든요. 아버지를 죽였으니 존속살인이고 사형에 해당하지만 15년만 지나면 공소시효가 끝나서 잡혀가지 않는다는 뜻으로 전 이해하고 있어요. 어머니의 그런 주장으로 인해 아버지는 확실히 죽었다는 사실을 전 감지하고 있었어요."

휘철은 범죄의 공소시효기간을 말하고 있었다. 공소시효란 범죄를 저지른 후 일정한 기간이 지나면 검사의 공소권이 없어져 그 범죄에 대해서는 공소를 제기할 수 없는 제도를 말한다. 다시 말해서 범죄행위가 종료한 후에 공소 제기됨이 없이 일정기간이 경과하면 공소권이 소멸하는 제도이다. 이런 법은 공소시효기간 동안 마음 편히 살지 못한 것을 일종의 처벌로 보기 때문이다.

두 사람 위로 어둠이 자꾸 깊이 내려앉는다. 몸이 오싹해질 정도로 속살까지 비에 흠뻑 젖어서 두 사람은 어깨를 앙당그렸다.

"한 가지 확실한 것은 실정법은 유한하지만 양심의 법은 한계가 없어요. 양심의 시효는 일생 이어지는 것이니까요. 이 상태로 숨어 있으면 휘철씨는 일생 괴로움 속에서 살아야 해요. 이 세상 사람들의 눈을 속일 수 있어도 자신의 양심까지 속일 수는 없으니까요. 망가진 평판이나 손상된 이름에 신경 쓰지 말아요. 단지 영혼의 평안을 어떻게 해야 얻을 수 있는지 생각해야 돼요."

그녀의 말에 휘철이 탐탁지 않은 얼굴로 머리를 깊이 끄덕였다. 공감이 가지만 막상 자기에게 닥칠 엄청난 일을 처리할 방도를 찾을 수 없기 때문이다.

현대사회의 특징은 가족관계가 위험수위에 이르렀다는 점이다. 가족관계란 좋든 싫든 평생 묶여서 살아야만 하는 지긋지긋한 굴레이기 때문이다. 겉으로는 효도라는 당위적 윤리에 얽매어 감히 부모를 미워하지 못하지만 속으로는 부모에 대한 뿌리 깊은 적개심과 부모로부터의 탈출욕구를 가지고 있는 젊은이들이 늘어나고 있는 현실이다. 많은 젊은이들이 아버지의 이미지를 사랑과 증오가 뒤엉킨 이미지로 받아드리고 있다.

"현재의 법을 제가 찾아보았어요."

휘철이 무지근한 얼굴로 입을 열었다.

"어떻게 되어있어요?"

"형법 제 250조 2항에 존속살해죄에 따르면 존속살해범은 사형, 무기 또는 7년 이상의 징역에 처한다고 되어 있어요."

"우선 어머니를 만나서 해결을 해야 돼요. 어머니를 달래서 어떻게 처리할지 말이지요. 아버지의 시신을 어디 두었는지도 알아야 하고 세상에 공포해서 법의 심판을 받고 마음의 편안을 얻어야 합니다. 휘철씨가 걱정하는 양심의 괴로움은 제일 위대한 분인 하나님만이 치유할 수 있다고 전 믿어요."

신혜가 단호하게 말했다. 그러자 휘철은 머리를 강하게 흔들었다. 절대로 불가능하다는 표정이었다.

"어머니는 내 일생에 그런 빨간 딱지를 붙여주고 싶지 않다는 주장을 할 것입니다. 어머니가 마땅히 지고 갈 짐이라고 그렇게 우길 것이 뻔합니다. 부모의 문제로 자식을 절대로 희생시킬 수 없다는 확고한 신념을 지니고 있어요. 그래서 전 더 괴로워요. 목숨을 걸고 사수하고 있는 어머니의 제단을 제가 망가트릴 수는 없잖아요."

"한 가지 이상한 점은 아무리 그런 죄를 지었다 해도 명문대학에 입학했으니 불안이나 열등감, 위축, 피해망상증은 대학에 다님으로 해소되었을 것이라고 생각되는데요."

휘철이 강하게 머리를 흔들었다. 인간이란 본래 주먹이 아니라 머리로 투쟁하는 존재가 아니던가.

"저는 대학에 다니면서도 머릿속이 골 아픈 잡동사니로 꽉 차서 항상 정신이 흐리멍덩하고 매사에 애매모호하고 우유부단해서 아무 것도 할 수 없었어요."

신혜가 보기에도 심리적 문제가 너무 커서 휘철에게는 이미 자폐적인 자기만의 망상의 세계로 많이 후퇴하고 있었다. 이런 증상은 점점 더 심해질 조짐이 보였다. 심지어 자기 자신을 학대하는 마조히즘적인 성향도 보이고 있었다. 이런 상태로 나가다가는 앞으로 자살은 여러 번 되풀이 될 것이고 결국 죽고 말 것이다.

시계는 11시를 알리고 있었다. 침대에 들 시간이었다. 간호사가 약을 가지고 벌써 여러 번 왔다갔을 것이다. 신혜는 휘철을 끌고 일어나 휠체어에 앉히고 급히 병실로 향했다. 바위처럼 단단하게 닫혔던 마음에 틈새가 벌어져 많은 것이 새어나온 탓인지 한결 부드러운 기운이 그의 옆얼굴에 고여 있었다.

콜롬보탐정은 푸른 초장으로 향했다. 휘철이 늘 앉아있던 자리가 비어있다. 여전히 신혜는 카운터에 앉아있다. 신문으로 얼굴을 가리고 휘철이 늘 앉는 자리와 대각선을 이루는 곳에 자릴 잡고 앉아 수첩에 꼼꼼하게 써놓은 범인 프로파일링의 리스트를 펴들고 죽 읽어 내려갔다.

1. 결손가정
2. 아버지의 빈자리. 학대를 일삼는 아버지. 의사공부로 정신없이 바빴던 아버지
3. 손 놓고 구경만 한 학교
4. 조직적 살인이라고 단정. 시신을 찾을 수 없을 정도로 완벽하게 처리한 점으로 미뤄 계획된 살인
5. 실종된 밤에 아버지인 닥터 박이 차를 몰고 아파트

를 떠났고 새벽 4시 아들 휘철이 그 차를 아파트 주
차장에 세움

6. 옆집에 사는 삼월의 증언이 사실을 뒷받침
   연이어 휘철에 대하여 꼼꼼하게 적었다.

7. 친구와 잘 사귀지 못하고 환상의 세계에 빠져 외톨
   이인 휘철은 정상이 아닌 생활과 겉으로 보기에도
   대인기피증과 쫓기는 듯 공포증에 시달리고 있음

신혜가 콜롬보를 알아보고 찬 물 잔을 탁자 위에 놓으
며 그의 앞에 앉았다. 그의 얼굴에서 무슨 낌새를 감지했
는지 그녀는 말없이 그를 그저 굳은 얼굴로 바라볼 뿐이
다.

"오늘 휘철 군은 오지 않았군요."

"아마 당분간은 오지 않을 것입니다."

"왜요?"

"……."

"혹시 연락이 되면 내가 긴히 보자고 한다고 전해주세
요. 여기 연락 주소와 핸드폰 번호가 있습니다."

신혜는 아무소리 않고 콜롬보탐정이 건네주는 명함을
받아서 소중하게 블라우스의 호주머니에 넣고 잘 넣었는
지 다시 확인해본다. 차를 주문하지도 않고 일어서는 콜
롬보를 신혜가 다급하게 불러 앉힌다.

"혹시 시간이 되면 저랑 만날 수 없을까요?"

"우리 둘이 만요?"

"아니 휘철씨랑 함께 만나고 싶어요."

"그럼 푸른 초장에서 만나자는 것입니까?"

"아니요. 여기가 아니고 내일 늦은 오후에 도심지에서 멀리 떨어진 한적하고 아주 조용한 곳에서 만나고 싶어요."

"휘철의 뜻입니까? 아니면 신혜씨의 의견입니까?"

"제 뜻입니다. 휘철씨를 달래서 데리고 나갈게요."

콜롬보는 입을 꾹 다물고 일어선다. 그의 몸 전체에서 어두운 기운이 흐른다. 그의 표정도 아주 시무룩하고 음울해 보인다.

다음날 콜롬보탐정의 차에 세 사람이 함께 타고 북한강을 끼고 달리다가 인적이 드문 찻집에 내렸다. 도시의 화려함에 지친 사람들이 쉴 수 있도록 초가지붕을 얹고 흙벽에는 냇가에서 주어온 주먹크기의 돌들이 듬성듬성 백설기의 검은 콩처럼 박혀있었다. 옛날 벽촌의 농가처럼 물씬 시골향취가 고인 집이었다. 항아리와 돌확으로 정원을 장식한 앞뜰에는 계절의 절정에서 선 분꽃과 봉숭아가 강렬한 빛을 뿜어 올린다. 이른 저녁이라 찻집 안은 텅 비어있었다. 산기슭을 타고 흐르는 엷은 구름이 주변으로 계속 밀려들어왔다. 안개의 신비스러운 유희가 찻집을 휘감았다. 세 사람은 둥근 탁자에 둘러앉았다. 휘철은 앞에 훤하게 뚫린 유리를 통해 아득하게 멀리 청록 빛을 띤 멧

부리를 바라본다. 산줄기를 타고 뱀처럼 길게 누운 연봉과 능선에 시선을 돌린다. 저녁시간이라 하늘은 황혼을 알리는 밝은 빛으로 가득하더니 차츰 푹 달인 홍차색의 고운 노을을 뿜어낸다. 순간 휘철에게 이런 생각이 밀려왔다. 자신은 길 잃은 새끼짐승처럼 거친 자연 속에 무방비로 내던져진 존재나 다름없다는 마음이다. 자신이 가야 할 길을 어떻게 해서든지 찾아야 하는데 그는 그런 본능조차도 없었다. 감각이 마비되고 혼자 무리에게서 버림받은 어린 짐승새끼 말이다. 갑자기 그의 몸이 분리되어 밖으로 튀어나갔고 누군지 모를 어떤 대상이 긴 그림자로 덤벼드는 느낌이 들었다. 그 순간 자살하려는 순간에 가졌던 그런 감정, 아주 얼음처럼 차가운 냉담함이 그를 덮쳤다.

신혜가 먼저 입을 열었다.

"저……. 저……."

휘철의 얼굴이 파랗게 질린다. 숨이 가빠오는 걸 숨기려고 이를 앙 다문다. 눈가에 파르르 경련이 일어난다. 콜롬보형사가 앞에 놓인 물 잔을 입에 대고 입술을 적시면서 휘철의 앙다문 입을 응시했다. 세 사람 사이로 긴 침묵이 흐른다. 파리 한 마리가 탁자 위에 앉아 출렁대는 몸짓으로 물 잔의 물을 앞발로 건드린다. 무연하게 그걸 바라보던 휘철이 어렵게 주저하면서 무거운 입을 열었다. 기어들어가는 목소리지만 의연한 결심이 깃든 음성이다.

"5년 전 크리스마스이브에 제가 아버지를 죽였습니다."

쩡하는 소리가 들릴 정도로 휘철의 머릿속으로 큰 굉음이 지나간다. 머리가 빠개져서 엄청난 크기의 종양이 빠져나간 듯 휑하니 빈 머리를 가누지 못해 고개를 푹 숙였다.

"시신은?"

"어머니가 처리했습니다. 제가 아버지의 차를 몰고 서울의 아파트로 가는 동안 어머니 혼자 처리했습니다."

"어디에?"

"그건 어머니만이 아는 비밀입니다. 제가 새벽에 집에 갔을 적에는 모든 것이 정리된 다음이었습니다."

"어디쯤이라고 짐작하는가?"

"아마도 종갓집의 뒤뜰 어디쯤일 것이라고 이따금 생각했습니다. 어머니는 뒤뜰을 정성스럽게 매일 꽃으로 가꾸고 있으니까 그런 짐작을 할 뿐이지 자세히는 모릅니다. 그건 어머니의 영원한 비밀입니다."

콜롬보는 입을 꾹 다물고 한참 그런 자세로 앉아있었다. 이 일을 어떻게 처리한단 말인가. 이 가정의 비극을 어떻게 핸들해야 한단 말인가. 휘철의 가정이 마치 자신의 가정 일처럼 가슴이 쓰리다. 그건 아마도 휘선을 대하면서 생긴 연민의 정인 듯했다.

"우선 나에게 시간을 좀 주시오. 내가 생각할 것이 좀 있어서 그럽니다."

얼굴이 백지장이 되어 힘없이 앉아있는 휘철을 향해 콜롬보가 한 마디 한다.

"이 사건이 세상에 알려져도 순수하게 자신을 지키며 자신의 길을 걸어갈 만한 힘이 자네에게 정말 있소?"

"……."

휘철은 순간 가혹한 당황함의 함정으로 빨려 들어갔다. 그의 말을 듣는 순간 그의 체력과 의지력과 자제력이 모두 힘을 쓰지 못하기 때문이다. 그는 머리를 돌려 창문 밑에 수북이 자라 오른 풀덤불을 초연하게 내다보았다.

"자네의 고통과 아픔은 자네 마음속에서 생겨난 것이지 외부로부터 오는 것이 아니란 점을 명심하게."

콜롬보탐정이 침착하게 말하고는 일어선다. 두 사람은 따라 나오지 않았다. 그들을 시골의 찻집에 남겨두고 콜롬보는 두물머리의 종갓집으로 차를 몰았다. 하나하나 증거를 잡아야 하는 일이 그에게 남았다. 이미 경찰에서는 가물거리게 잊힌 실종사건이다. 세인의 관심에서도 사라진 사건이다.

2

대문은 삐꼼 열려있었다. 안으로 들어가니 화계에 심은 야생초들이 한참 머리를 내밀고 있다. 제일 무성한 것은

우물가에 청청한 잎을 자랑하는 머위가 넙죽한 잎을 너울
거리며 땅을 뒤덮어 풍성하게 보인다. 앞뜰은 인기척이
없다. 우물가를 돌아서 장독대를 지나 뒤뜰을 보니 미애
가 머리에 수건을 푹 내려쓰고 멍청하니 담 위에 앉아있
다. 아주 예쁜 정원이다. 정성이 들어가서 돌 하나도 허투
루 놓인 것이 없어 보일 정도로 정갈한 정원이 뒤란 처마
밑에 매달아놓은 희미한 불빛을 받고 신비한 몸체를 은은
하게 드러낸다.

콜롬보는 발자국을 죽이고 처마 귀퉁이에 몸을 숨기고
미애의 동작을 숨어서 보았다. 정성들여 쌓은 돌담 언저
리로 작년에 무성했던 담쟁이덩굴이 말라붙어있다. 누런
잎들을 뜯어내면서 흘끔 미애가 문막산을 올려다본다. 산
들바람이 산기슭을 타고 기분 좋게 뒤뜰에 내려앉는다.
이런 어두워진 시간에도 뒤뜰에 나와 있는 그녀의 모습에
는 으스스한 귀기가 서려있었다.

"으음."

두어 번 헛기침을 하고 미애 앞에 그는 몸을 드러냈다.
예상치 않은 시간대에 콜롬보를 맞는 그녀는 아주 침착했
다. 조금 놀라는 기색이었으나 길들인 암소처럼 순한 눈
으로 그를 맞는다.

"조용히 이야기를 나누고 싶습니다."

"실종된 남편에 관한 이야기라면 할 말이 없습니다. 상
처가 아직 아물지 않았는데 거기에 소금을 뿌리지 말아주

세요. 저는 그 사람을 잊으려고 무척 노력하고 있습니다. 그러니 어서 내 집에서 나가주세요. 가장으로서 자식들 셋과 아내를 책임감도 없이 버리고 사라진 사람입니다."

"닥터 박의 시신을 뒤란에 묻었지요?"

갑작스러운 콜롬보의 직선적인 말에 기급을 한 미애가 눈을 동그랗게 뜨고 입을 딱 벌린다. 숨이 막힌 듯 잠시 숨을 고르고는 따발총으로 쏴댄다.

"내가 남편을 잃은 슬픔을 잊으려고 뒤뜰을 가꾸니까 여기에 남편의 시신이 있는 줄로 착각하는 모양이군요. 그런 억지가 어디 있어요. 자꾸 저를 괴롭히지 말고 우리 가정을 위해서 멀리 가주세요. 이제 겨우 안정을 찾아가는 자식들을 생각해서라도 제발 이렇게 빕니다."

미애가 두 손을 모아서 비는 시늉을 한다.

너무 심하게 나대서 콜롬보형사는 일단 후퇴하고 다음 날 다시 찾아왔다. 문막산의 소나무에 앉았던 산새 한 마리가 오송 위에 내려앉는다. 머리가 노란 산새는 짝꿍을 찾고 있는지 울음소리가 애절했다. 곧 연이어 다른 새 한 마리가 날아와 둘이 마주 보고 조잘댄다.

콜롬보는 허리께에 이르는 담 위에 몸을 날려 턱 걸터 앉았다. 그리고 아주 근엄한 얼굴로 잡초를 뽑느라고 쪼그리고 앉은 미애를 내려다보았다. 그녀는 아무 일도 없다는 듯 우툴두툴한 화초들 사이를 호미로 긁어낸다. 연이어 나무들 쪽으로 옮겨 앉더니 잽싸게 나무들 사이사이에 자잘하게 자란 잡초를 뽑아내고 있다.

"모든 증거물을 다 수집했습니다."

그러자 미애가 호미 끝을 보면서 소리친다.

"어디 한 번 그동안 수집했다는 증거물을 봅시다. 그럼 실종된 제 남편이 살아 돌아올 그런 정보라도 캤단 말입니까. 어디 봅시다. 경찰이나 형사보다 당신이 낫단 말처럼 들리네요. 5년간 실종된 사람이 어디에 첩이라도 두고 잘 살고 있단 말이요. 그 사람 그러고도 남을 인간이요. 가정을 돌볼 마음이 전혀 없었던 사람이니까요."

콜롬보는 예의 그 요상한 미소를 머금고 미애를 찬찬히 쳐다보다가 불쑥 과감하게 돌직구로 내뱉는다.

"크리스마스이브에 남편을 죽여서 여기 이 뒤란에 묻었지요? 다 알고 왔으니 속이려 들지 말아요."

그러자 미애가 발딱 일어나서 호미를 힘차게 화단바닥에 내팽개친다. 아주 의연한 몸짓으로 이마와 목까지 푹 내려덮었던 수건을 확 잡아챘다. 가리마 언저리에 몽땅 빠진 머리칼 탓에 성근 숲처럼 정수리의 멀건 살이 다 드러났다. 미애는 아주 기분이 나쁜 얼굴로 콜롬보를 째려본다.

"탐정이라고 하더니 어설프게 소설을 쓰고 있군요. 하긴 우리나라 탐정이란 그 정도밖에 더 되겠어요. 미국이나 유럽의 탐정이라면 스릴도 있고 정보수집도 과학적으로 하지만 이렇게 저돌적으로 무식하게 나가면 우습지요.

상상으로 사람을 살인범으로 모는 행위는 고발의 대상이
요."

서릿발 같은 음성이다. 아주 조리 있는 말이다. 그러자
콜롬보가 의미 있는 웃음을 흘리면서 조용하게 말한다.

"장남인 휘철의 고백을 받아내고 이리로 오는 길입니다."

순간 미애는 움찔했다. 놀라는 모습을 보이지 않으려고
애를 쓰면서 그래도 당당하게 소리친다.

"그런 연극을 하지 말아요. 아들이 그런 말을 했을 리가
없어요. 나를 들볶아서 무슨 낌새를 알려고 이러는 줄 내
가 잘 알고 있으니 어서 썩 내 앞에서 꺼져요. 저란 여자
는 이래봬도 그런 얄팍한 속임수에 넘어가지 않아요."

콜롬보가 바바리 호주머니에서 작은 녹음기를 꺼내 틀
어놓았다. 산바람을 타고 휘철의 떨리는 음성이 들린다.

'5년 전 크리스마스이브에 아버지를 죽였습니다.'

아들의 목소리를 듣고 있던 미애가 어지러운 듯 이마에
손을 대고 화단바닥에 털썩 주저앉는다. 눈물이 줄줄 뺨
을 타고 흘러내린다. 한동안 정신을 차리지 못하고 있던
미애가 콜롬보 앞으로 오더니 두 손을 모았다.

"아들이 어미를 위해 거짓증언을 했군요. 제가 남편을
죽였습니다. 그 애는 아무 것도 모릅니다. 제가 죽여 묻어
버렸습니다. 그 애는 잘못이 없다고요. 이 어미를 걱정해
서 그런 거짓증언을 했군요. 그 앤 어려서부터 굉장한 효
자였다고요."

"그걸 어떻게 증명하지요?"

"그 앤 시신이 어디에 묻혔는지도 모릅니다. 제가 죽여서 저 혼자 그 시신을 처리했으니까요."

미애는 순순히 따라나설 차비를 한다.

"경찰서에 가지요. 그러나 한 가지 확실한 것은 이 문제는 저 혼자만의 문제입니다. 제 아이들하고는 아무 관계가 없습니다. 제 결혼생활이 불행해서 저질러진 일이니 저만 잡아가면 됩니다. 제 자식들은 저에게 생명과 같은 귀중한 보석들입니다. 제가 지금 이 순간까지 살아있는 이유는 오직 이 자식들 때문입니다. 그러니 제 자식들은 건들지 말아주세요. 이렇게 빕니다."

그녀가 살아온 결혼생활이 눈앞을 스친다. 결혼하여 살아온 세월들은 불가능에서 가능을 찾으려고 몸부림친 세월이었다. 꿈속을 헤매며 현실에서 그 꿈을 찾으려고 얼마나 애를 썼던가. 뒤란에서 정원을 가꾸며 늘 몸의 일부처럼 쓰고 다녔던 널따란 챙 달린 모자가 대청마루 위에 뒹군다. 그녀는 그 모자를 한 번 쳐다보고 신을 신는다.

거무스름한 땅거미가 귀신처럼 앞마당으로 밀려들어온다. 북한강 건너 멀리 산줄기에서 따로 떨어져 나온 산의 덩어리인 산괴山塊가 눈 속으로 파고들었다. 마치 자신의 처지인 것처럼 그 산괴가 외로워 보여서 미애는 가늘게 몸을 떨었다. 멀리 반달이 희미한 빛을 발하며 덩그렁 걸려있다. 이제 혼자라는 생각 때문일까. 태어나서부터 늘

바라보았던 산괴가 가슴이 빠개질 정도로 아프게 파고든
다. 그간 혼신을 다해 지켜 가꿔온 가정을 떠나는 순간이
다. 실낱같이 가냘픈 목숨이지만 그 목숨을 바쳐 지켜온
두 아들과 딸을 떠나고 있는 셈이다.

　바로 경찰서로 가려고 하는 미애를 콜롬보가 막아섰다.

　"저만 알고 있는 사실이니 잠시 저에게 시간을 주세요.
저도 지금 머리가 띵할 정도로 갈피를 잡을 수 없을 지경
입니다. 얼마간 시간 여유를 주십시오. 그동안 입을 다물
고 있을 터이니 어머님도 가만히 계세요."

　그의 말에 당혹한 빛을 감추지 못하고 머무적거리든 미
애도 넋 나간 여자처럼 대청마루 끝에 걸터앉아 망망한
얼굴로 이제는 흑암으로 뒤덮인 앞마당을 응시한다.

3

　신혜는 택시로 휘철을 데리고 이 근처에서는 잘 알려진
식당으로 갔다. 쏘가리 매운탕을 시켜놓고 엄마가 아가를
다루는 듯 다정하고 부드럽게 말한다.

　"많이 먹어요. 앞으로 어려운 일이 많을 거에요."

　"……."

　"오랜 세월 갇혀 지낼 수도 있으니 미리 마음 준비를 하
세요. 그러나 지금까지 괴로웠던 수렁에서 벗어난 마음은

창공을 나는 새처럼 자유로울 거구요."

"제가 이제부터는 철롱 안에 갇힌 새의 신세가 되는데 무슨 창공을 난다고 그래요."

"새롭게 시작해요. 과거는 흘러가는 물이에요. 하나님은 자기를 경외하고 의롭게 사는 사람에게 인애와 사랑을 듬뿍 안겨줘요. 하나님의 사랑은 하늘만큼 땅만큼 크니까요."

머리를 푹 숙인 휘철이 눈물을 무릎 위에 뚝뚝 떨어뜨린다.

"매운탕이 휘철씨 마음을 뻥 뚫어줄 거예요. 자, 파이팅! 힘내요. 우리 승리합시다. 꼭 이 고난의 수렁을 건너야 해요."

입맛이 없는지 묵묵히 매운탕을 수저로 깨지락거리며 헤적인다. 옆에서 신혜가 자꾸 지껄인다. 분위기를 바꿔주려고 애를 쓰는 모습이 눈에 띄게 드러난다. 휘철이 말없이 뜨거운 매운탕을 한 수저 듬뿍 뜬다. 신혜가 그의 수저 위에 구운 김도 올려놔주고 졸인 두부도 먹기 좋은 크기로 잘라서 놔준다. 체한다고 물을 입에 대주기도 한다.

"실정법을 살고 나오면 마음이 편할까?"

"그럼요. 자유를 느낄 거예요. 창공을 높이 날아올라가는 독수리처럼 자유로울 거라고요."

"실정법은 유효하지만 양심의 법은 무한할 거란 생각을 지울 수가 없어. 나는 아마도 죽을 때까지 심적으로 자유를 느끼지 못할 수도 있어."

휘철이 자신을 향해 말하듯 중얼댄다. 신혜를 더 가까운 사이로 느끼려는 듯 말을 낮춘다.

"그건 하나님만이 해결할 수 있는 영역이에요. 제 생각에는 용기 있고 과감하게 사람들 앞에서 살인한 사실을 실토하면 휘철씨의 마음이 완전히 가벼워질 것입니다."

그는 신혜의 머루처럼 까만 눈동자에 시선을 모은다.

"하나님은 회개하고 돌아오는 사람을 가장 기뻐하세요. 돌아온 탕자란 이야기 알지요? 거기도 보면 하나님은 회개하고 돌아오는 아들을 사랑으로 감싸 안아주었어요."

"내가 말하는 것은 징역살이로 내 양심의 괴로움이 과연 끝이 나느냐 하는 문제야."

깊은 시름이 휘철의 이마에 괸다. 불빛에 드러난 눈초리에 눈물이 살짝 반짝인다. 그의 고뇌하는 모습이 신혜의 가슴을 아리게 한다.

순간 휘철의 눈앞에 아버지가 스친다. 어머니와 아버지는 너무 자주 싸웠다. 부부싸움은 칼로 물 베기라고 하던데 그의 부모는 달랐다. 아버지는 어머니와 싸우고 나면 몇 달이고 어머니와 대화를 나누지 않았다. 심지어 자식들 하고도 눈을 맞추지도 않았다. 아침밥도 자신의 방으로 가지고 들어가 혼자 식사를 할 정도로 가족들과 섞이려 들지 않았다. 어떻게 보면 아버지란 사람은 이기적이고 사회생활을 할 수 없는 성격이었을 것이다. 자기만을 사랑하고 어떻게 해서든지 자기만을 지키려는 사람이라 자식이 눈에 들어올 리가 없었을 터이다. 그러니 의사로서 자기의 자리를 지키지 못하고 밀려나서 이리저리 직장을 옮긴 것이 아닐까. 그러니 아버지는 분명히 의사사회에서도 따돌림을 당하고 있었던 모양이다. 아무튼 아버지란 존재는 그의 가정에서는 밭이랑에 돋아난 쓸모없는 독초 같은 존재였다. 이런 생각에 이르자 죽은 아버지에 대한 진한 연민의 정이 치밀어 올랐다. 아버지를 죽인 범인이라고 고백한 뒤에 마음의 폭이 굉장히 넓어지는 듯했다.

"휘철씨가 하나님 앞에 진심으로 회개하면 그것으로 모든 것이 끝이 나요."

"무엇이 끝이 난다는 말이요?"

"회개하는 사람에게는 하나님이 손수 직접 그 죄를 바다 속에 던져 넣어서 다시는 떠오르지 못하게 한데요. 휘철씨처럼 큰 바위만한 죄를 지으면 그 무게가 너무 무거워서 바다 밑에 아주 가라앉아서 떠오르지 못한다고 들었어요."

"그럼 가벼운 죄를 지으면?"

"그건 너무 작은 돌이고 자잘한 모래알 같아서 바다에 던져 넣어도 큰 풍랑이 일어나거나 작은 물결에도 위로 떠올라 밀려다니면서 물결을 따라 사방으로 흩어지니까 쉽게 잊어버리고 연이어 비슷한 죄를 다시 짓는다는군요."

　신혜는 자신이 바로 그런 사람이라고 생각했다. 아주 작은 죄는 너무 가볍게 생각해서 마치 죄를 짓지 않은 것처럼 잊어버리고 자신은 의인이라고 생각하면서 살기 때문이다.

　마침 식당의 벽 한쪽에 세계지도가 걸려있다. 태평양에 위치한 마리아나 해구는 깊이가 11,034미터나 된다고 한다. 하나님은 우리가 죄를 회개하면 그런 깊은 바다 속에 그 죄가 떠오르지도 못하게 던져버린다니 얼마나 큰 은혜인가! 깊은 바다 속은 깜깜할 것이다. 그런 깊은 곳에 던져버린 휘철의 엄청난 큰 바윗덩이 죄는 다시 떠오르지 못하고 거기에 갇혀 영원히 자취까지 감춰버릴 터였다.

　열심히 그런 상황을 설명하는 신혜의 얼굴이 발그레하게 상기된다. 그런 얼굴을 수저를 든 채 멍청하게 쳐다보던 휘철이 조용히 수저를 상 위에 내려놓고는 뚫어지게 신혜의 얼굴을 응시한다. 매서운 눈가에 부드러움이 서린다. 날카로운 콧날에 스치던 찬바람도 훈훈하게 다가온다. 그의 눈가에 살짝 고이는 카리스마가 서린 날카로움이 상당히 매력적이라고 신혜는 느낀다.

　"아무리 하나님이 내 곁에 있어도 난 참지 못할 거야. 절대고독은 하나님이 해결해주지만 상대적 고독을 어떻게 참아."

　"식구들이 있잖아요. 아들을 제단처럼 받들고 있는 어

머니도 있고 착한 동생도 있고 아직도 돌봐야할 누나도
있고……."

"인간이란 가족들하고만 사는 것이 아니야. 난 그게 참
을 수 없을 것 같아서 그래."

"그럼 어떡하면 참을 수 있어요? 제가 도와드릴게요."

"난, 난, 난 말이야……."

휘철이 말을 잇지 못한다. 제법 밤이 깊어지자 날벌레
들이 번잡하게 날개짓을 하면서 환하게 켜놓은 전등가로
모여든다.

긴 침묵을 깨고 휘철이 입을 열었다.

"당신이라는 여자는 말이야 나를 앞에 놓고 재미있는
사건을 구경하듯 이런 힘들고 무서운 사건의 과정에 끼어
들어 수탐하면서 기웃거리고 있는 거지?"

엉뚱한 질문에 무슨 뜻인가 해서 신혜가 눈을 크게 뜬다.

"나란 남자는 모든 면에서 젬병인 걸 나도 잘 알아. 그러
나 나도 남자야. 사랑이란 걸 할 수 있는 남자가 될 수 있
을까? 실정법을 살고 나와서 그런 사랑을 할 수 있을까?"

사실 신혜가 그간 휘철을 만나면서 느낀 것은 곧 폭발
할 때만을 기다리는 시한폭탄처럼 아슬아슬했다. 어느 때
는 꼭 끌어안고 쓰다듬어야할 병들어 슬피 우는 비둘기처
럼 그녀의 앞에 다가오기도 했다. 기름 한 방울이 물 위에
떠돌 듯 혼자 빙글빙글 도는 그가 애처롭기도 했었다. 아
마도 이 남자는 자기 자신을 인격체로 바라보고 존중하며

사랑하는 법을 처음부터 배워야하는 것이 아닐까 라고 생각한 적이 많았다. 분노와 증오에 불타며 공격적인 휘철을 인간사회에 잘 적응할 수 있을 만큼 잘 다듬은 사람으로 바꾸는 일은 거의 불가능할 수도 있다는 생각을 그를 앞에 놓고 한 적이 많았다.

"갇혀있는 시간은 사회에서 괴로워하던 때보다 훨씬 수월할 걸로 알아요. 거기서 책을 많이 읽으세요. 유명한 사람들은 전부 감옥에 있을 적에 전환점을 맞았다고 해요. 『천로역정』이란 대작도 존 번연이란 사람이 감옥에 갇혀서 쓴 작품이래요. 방랑의 고통과 괴로움 등 삶의 고난이 깊었던 탓에 쓰인 단테의 『신곡』도 질곡의 체험에서 나왔다고 해요. 그러니 휘철씨도 그렇게 하나님이 쓰실 거라고요. 갇혀있는 기간 많은 것을 배우고 깨달아서 새롭게 거듭나는 시간이 될 거예요."

그래도 얼굴의 굳은 근육을 풀지 않고 음울하게 앉아있던 휘철은 몹시 거북한 얼굴로 어쩔 줄을 모르면서 쩔쩔매다가 간신히 입을 열었다.

"내가 감옥에 있을 동안에도 날 찾아줄 것이지?"

그러자 신혜가 안타까움이 가득한 눈으로 그를 응시한다. 대답을 않고 정이 담뿍 어린 눈으로 휘철의 얼굴을 주시한다.

"어서 답해. 날 늘 찾아줄 것이지?"

그러자 신혜가 고개를 끄덕인다.

그러자 휘철이 안도하는 숨을 내쉬면서 식은 매운탕 그릇을 앞으로 당기고 게걸스럽게 먹기 시작했다. 한참 입이 미어지게 밥과 매운탕을 먹다가 부드러워진 눈으로 다시 말을 건넨다.

"내가 얼마나 형을 받을지 모르지만 10년이 된다고 해도 기다릴 것인가?"

신혜가 머리를 끄덕인다.

"만약에 종신형이 된다면 그때도 내 곁에 있을 것인가?"

그래도 신혜가 머리를 끄덕인다. 그제야 마음이 놓였는지 휘철이 활짝 웃는다.

"매주 한 번씩 날 찾아줄 것이지?"

그렇다고 신혜가 머리를 끄덕이자 휘철이 와락 신혜의 양손을 잡아다가 자신의 가슴에 안고 그녀의 손등에 입을 맞춘다. 그렇다면 감옥에 가도 마음이 놓인다. 휘철은 오직 한 사람 신혜를 가슴에 안고 감옥에서 견디어 내리라 다짐을 한다. 하나님도 있고 신혜도 있다면 세상에 무서울 것이 하나도 없다는 자신감이 넘쳤다.

한편 콜롬보탐정은 혼자 조용히 있기 위해 한적한 술집으로 들어갔다. 마침 이른 시간이라 손님은 단 한 사람도 없었다. 그는 매운 닭발볶음을 시키고 소주를 한 병 앞에 놓고 앉았다. 마음이 뒤숭숭했다. 이번 사건은 아들과 어머니 둘 중에 한 사람을 법정에 세워 감옥으로 보내는 일이다. 휘철이 간다고 해도 그의 마음은 아팠다. 어머니인 미애가 감옥으로 간다고 해도 가슴이 찢어지기는 마찬가지였다. 둘이 다 이 가정에서는 마치 성전의 두 기둥처럼 한 집안을 고이고 서 있는 기둥들이었기 때문이다. 어떻게 할까? 두 사람을 다 고발하여 잡혀가게 할 것인가? 눈가에 자신도 모르게 눈물이 고이더니 주르륵 뺨을 타고 흘러내린다. 휘선의 슬퍼하는 모습도 보이고 매스컴이 벌떼처럼 윙윙거리는 소리도 들리는 듯했다. 어쩔 것인가? 이 두 사람을 모두 경찰에 고발하여 세상에 흥밋거리가 되게 할 것인가. 도저히 그렇게 할 용기가 나지 않았다. 미애의 주장처럼 10년만 더 기다려 공소시효가 지나도록 숨기는 것이 상책일까? 갈피를 잡을 수가 없었다. 이미 모두에게 잊힌 사건이니 그냥 슬쩍 지나갈까 하는 유혹이 그의 마음을 사로잡았다.

우선은 어머니인 미애를 달래보기로 했다. 그래야 뒤엉킨 실마리가 풀릴 듯했다. 두 사람이 모든 것을 끌어안고 숨어서 산다고 해서 끝날 일이 아니었다. 준엄한 법의 심판을 받고 나서야 이 집안은 정상을 되찾을 것이 뻔했다. 그냥 넘길 사건이 아니었다.

술이 거나하게 머리끝까지 올라왔을 때 그는 천천히 일어나서 술집을 나왔다. 내키지 않는 걸음걸이로 그는 그전부터 친히 알고 지내는 친구인 형사를 만나기 위해 경찰서로 향했다. 밤거리는 사람들의 북적이는 소리로 여전히 가득 차있었으나 그의 발목에 마치 아령이라도 매달린 듯 무겁기만 했다. 그래도 이 일은 끝을 봐야 한다. 이 가정을 구하는 길은 이 방법 밖에 없다는 확신이 오자 그는 힘 있게 경찰서 문을 열고 들어섰다.

4

그 시간 어서 가자고 휘철이 일어선다. 아무래도 아버지가 실종되었던 아파트의 경찰서로 가는 것이 제일 쉬울 것이다. 두 사람은 서로 말은 하지 않았지만 그 경찰서로 간다는 묵약으로 큰길가로 나갔다. 택시를 잡기 위해서다.

반달을 머리 위에 이고 두 사람은 음식점 밖으로 나왔다. 풀벌레가 부드럽게 울어댄다. 희미하게 켜진 음식점의 외등 밑에서 시름없이 졸고 있는 희미한 불빛에 질척거리며 흐르는 도랑이 몸을 드러낸다. 그 가장자리로 수북이 자라 오른 달개비 꽃이 입을 오므리고 있다. 내일 아침이면 새벽빛을 담뿍 안고 짙은 하늘처럼 파란 꽃을 피울 것이다. 내일은 반드시 오기 때문이다.

택시기사에게 신혜가 뭐라고 귓속말을 하자 차는 서울 도심지를 등지고 북쪽으로 방향을 잡더니 북한강을 끼고 달렸다. 뒷자리에 휘철은 신혜와 나란히 앉아서 몸을 뒤로 젖히고 차창 밖 들판에 서리는 아버지의 얼굴을 노려

봤다. 비사교적이고 이기적인 아버지의 타협할 줄 모르는 성격 탓에 이 모든 일이 일어난 것일까. 매사에 무덤덤하고 관심이나 사랑을 베풀지 않았던 아버지는 그냥 그렇게 된 것이 아니고 아마도 그가 자란 가정환경 탓일 것이다. 할아버지도 아버지처럼 그 엇비슷한 가정환경 탓에 그런 성격이 되었을까. 그렇다면 할아버지, 아버지 이제는 휘철 자신 3대째 대물림을 하면서 정상이 아닌 이상한 성격을 지니고 있다는 생각에 이르렀다. 어쨌거나 그간 숨겨왔던 사실을 고백하고 나니 자신이 처한 상황이 높은 산 꼭대기에 앉아 아래를 내려다보듯 확연하게 한눈에 들어왔다. 모든 것을 제 삼자의 입장에서 객관적으로 바라볼 수 있었다.

순간 아버지의 분노에 가득 찬 음성이 그의 뇌리를 스쳤다.

'이 가족이 내 인생의 족쇄라고. 난 어쩌다가 이런 무서운 함정에 빠져들었는지 모르겠어. 죽을 만큼 몸서리가 쳐져.'

정말로 아버지는 아내와 자식들을 인생의 족쇄로 생각했단 말인가. 휘철을 만나면 항상 술에 취한 시뻘건 눈으로 흘겨보면서 수학공식처럼 익숙하게 외워서 지껄이던 말이 귓가를 스쳤다.

'넌 싹수가 노란 놈이다. 넌 썩탱이야. 푹 곯아버린 놈이야. 그렇게 어리바리 해서 인생을 어떻게 살아갈 것이

냐. 세상 사람들이 얼마나 무섭고 까다로운지 아느냐. 너
처럼 굼벵이가 되어서는 인생의 낙오자가 된다고. 너 같
은 놈은 한눈에 봐도 앞길이 뻔하다. 길가에서 잠을 자는
무숙자가 너에게는 딱 맞는다.'

　아버지는 자신의 분신인 아들, 휘철을 강제로 기를 꺾
고 자기주장을 하지 못하는 나약한 사람으로 만들어버렸
다. 모든 분노를 안으로 끌어안고 멍에를 메고 끌려가는
소처럼 말이다. 이런 아버지가 집안에서 사라지면 평안이
올 줄 알았는데 그 반대였다. 지독한 불안이 그림자처럼
늘 그를 따라다녔다. 설명할 수 없는 무지근한 근심걱정
과 앉아있을 수 없이 다그치는 무엇인가에 쫓겨 잠시도
쉴 수가 없었다. 무엇을 봐도 날카롭게 신경이 곤두서서
눈에 거슬렸고 도전적이 되었다. 어떤 일이 다가와도 거
기에 집중할 수가 없었다. 책을 읽어도 눈만 읽고 있지 내
용이 머리에 조금도 들어오지 않았다. 심지어 즐거운 자
리에 있어도 불안해서 조금도 감흥을 느낄 수가 없었다.
날마다 귓가에서는 날벌레들이 날아다니는 소리가 윙윙
거렸다. 그래도 학업을 따라갈 수 있었던 것은 타고난 총
명함 때문이었을까.

　모든 교육을 어머니 몫으로 밀어놓은 아버지는 자신만
을 위해서 살았다. 어머니는 꿈 많은 문학소녀였지만 자
식들 셋을 앞에 놓고 너무 고통을 많이 받아 할머니처럼
쪼그라들어버렸다. 내성적이고 소극적인 어머니는 속으

로만 앓고 있지 조금도 타개책을 내놓을 줄 몰랐다. 걸걸한 성품이고 활달한 성품으로 자유분방했다면 벌써 어머니는 이혼을 하고 다른 길을 택해 갔을 터이고 자식들의 길도 달라졌을 것이다. 어머니는 셋이나 되는 자식들을 끌어안고 깊고 어두운 우물에 빠져서 함께 허우적거리고 있었다.

휘철이 환상 속에서 아버지 머리를 매일 밟아가면서 죽이는 제의를 치룬 것 자체가 살인이었다. 아버지를 죽이고 싶었던 충동과 환상이 아버지를 살인하도록 무의식의 세계에서까지 항상 유혹한 것을 부인할 수 없었다.

말을 하지 않고 깊은 생각 속으로 빠져드는 휘철을 신혜가 흘끔 훔쳐보고는 그의 손을 잡아서 그녀의 무릎 위에 놓고 힘을 주어 아주 세차게 잡는다.

"오늘 밤은 저랑 지내고 내일 아침을 먹고 경찰서로 가요."

택시는 두 사람을 인적이 드문 산골짜기 깊숙한 곳에 자리 잡은 모텔에 내려놓고 갔다. 두 사람은 모텔의 이층 가장자리 방에 들어갔다. 창문에 두꺼운 커튼이 내려있어 밖을 전혀 볼 수 없었다. 두 사람만의 공간에 비밀스럽게 들어와 있었다. 신혜가 천천히 휘철의 양어깨에 두 손을 얹더니 목을 다정하게 껴안았다. 휘철도 신혜의 몸을 받아서 전신을 안았다. 어깨 밑에 드는 작은 여자인 신혜가 발뒤꿈치를 들어서 그의 입에 키스를 했다.

두 사람이 침대 위에 나란히 서로 마주 하고 누었다. 누가 먼저라고 말할 수 없을 정도로 서로를 탐닉하며 격렬한 시간을 거친 뒤라 둘이는 알몸이었다.

"이렇게 하면 위로가 되지요? 감옥에서 긴 형을 살적에도 우리가 나누었던 이 시간을 기억하면서 승리하셔야 해요. 저에게 약속해주세요. 꼭 승리하고 나오겠다고."

두 사람은 새끼손가락을 걸어 맹세를 하고 엄지손가락을 마주 부닥치면서 손도장을 찍었다. 신혜가 흐린 불빛에 오뚝한 코를 자랑스럽게 치켜들고 그의 가슴에 푹 안기면서 이런저런 말들을 정감어린 목소리로 조잘거린다. 휘철이 이런 신혜를 가슴에 꼭 안고는 몸을 조여 온다. 창조 당시의 아담과 하와처럼 둘은 걸친 것이 하나도 없는 나체로 서로를 만지면서 꼭 붙어있었다.

휘철은 그간 어머니에게조차 숨겨왔던 과거의 일들을 전부 주절주절 술술 털어놓았다. 가정에서 부대끼는 감정을 숨기기 위해 학교에 가면 친구들에게 잘난 척하고 친구의 의견에 쉽게 동조하지 않았다. 해서 학교에서는 늘 따돌림을 당했다.

"우리 집, 내 방안에는 비디오랑 영화 CD가 오백 개가 넘어. 그간 고통을 잊으려고 영화를 많이 봤어. 학교에 가면 수업이 끝나는 대로 비디오방에 갔지. 어떤 때는 밤늦게까지 영화를 세네 편씩 보았어. 주로 끔찍한 살인을 저지르거나 무자비하게 죽여 대는 소름끼치는 전쟁영화였어. 난잡한 섹스 비디오도 탐닉했지. 이렇게 살던 내가 푸른 초장에 가면서 영상세계에 빠져들던 짓을 고만 두었어. 당신을 바라보면 아늑한 평안이 임하면서 마음이 푹 놓이고 느긋한 조름이 밀려왔으니까. 당신에게서 나온 평안의 줄이 내 가슴을 꽁꽁 묶어서 당신 앞으로 잡아끌어 주었어. 나는 그 줄에 묶여가면서 난생 처음으로 내 몸에 임하는 평안과 기쁨을 누렸거든. 그걸 아주 달콤한 안식이라고 표현하면 좋을 거야. 당신을 바라볼 적마다 무엇이나 몽땅 당신에게 고백하고 싶어 안달이 난 적이 많았어."

휘철이 토막말을 늘어놓으면서 신혜를 억세게 껴안는다.

항상 긴장해서 세상과 사람들로부터 멀리 떠나 외톨이로 혼자만의 세계 속에서 그는 살아왔다. 학교에서의 부적응은 대인관계 미숙뿐만 아니라 그의 삶을 송두리째 허공에 내팽개쳤다. 이건 원초적 불안에서 비롯된 것이 분명했다. 따지고 보면 숨이 막힐 정도로 어머니와 아버지의 갈등과 미움이 서린 가정은 그를 사회에서도 왕따를 당하게 해서 심한 피해망상과 불안에 떨고 있었다. 현재 대학생활도 말이 아니었다. 클래스메이트들도 군인을 다녀온 나이 많은 휘철을 대하기 어려워했고 대화의 상대로 다가오질 않았다. 마치 물방개가 혼자 물 위를 빙빙 돌 듯 어디를 가나 그는 혼자였다. 인간사회의 모든 현상은 관계의 고리였는데 휘철은 그 고리가 잘못 끼워져서 모두 어그러져있다고 할까.

신혜가 그의 입언저리를 작은 손으로 어루만지면서 다정하게 말한다.

"지나간 세월을 깡그리 잊어버리세요. 과거는 어쩔 수 없지만 미래는 바꿀 수 있어요. 오는 세월을 우리 둘이 아주 소중하게 껴안고 아름답고 유용하게 가꿀 수 있어요. 이런 삶의 지혜를 터득하는 것이 중요해요. 누구든지 마음만 먹으면 내면에 소망이 살아 숨 쉬게 만들 수 있어요."

그는 신혜의 말에 머리를 크게 주억거렸다. 그러나 앞으로 다가올 사태가 무서웠다. 목젖에 까끄라기가 걸린 듯 껄끄럽고 개운치가 않았다. 덤벼드는 벌떼 같은 기자들과 왕왕거리면서 시끄럽게 떠들어댈 매스컴이 무서웠다. 그걸 어떻게 견딘단 말인가. 아버지를 죽인 존속살인자라고 모든 사람들이 그를 앞에 놓고 짐승처럼 대할 것이 뻔했다. 이들을 피해 어디로 간단 말인가. 순간 이런 어려운 일이 벌어지는 걸 통제할 수 없지만 거기에 자신이 반응하는 방식은 얼마든지 조절할 수 있지 않을까 하는 생각이 번개처럼 그의 뇌리를 스쳤다. 하지만 양심은 선악의 질서를 끈질기게 붙들고 늘어질 터이니 양심의 응답을 얻어야한다. 흐르는 물이 언제나 위계질서와 수평질서를 고집하는 것처럼 양심도 흐르는 물을 닮았을 것이다. 아무리 생각해도 실정법의 효력은 유한하지만 자연법의 효력은 영원할 터이니 일생 그가 겪어야할 아픔은 당연한 것이 아니겠는가.

"사람들을 두려워하지 마세요. 위만 보세요. 밑에 우글거리는 지렁이나 벌레 같은 사람들이 뭐라고 하든 그저 저 높은 곳만 바라보세요. 세상은 떠들다가 곧 잊어버려요. 사람들이란 원래 자기만을 생각하기 때문이에요. 조금만 귀를 막고 참아요. 당신이 마음을 비우면 비워진 자리로 기막힌 평안과 기쁨이 밀려들어올 터이니까요."

"사실은 그간 너무 불안하고 초조해서 아무 것도 손에 잡히질 않았어. 특히 책을 못 읽었어. 아무리 애를 써도 집중이 되질 않았으니까. 감옥에 들어가서 형을 살면 이런 증상은 없어질까? 난 책을 좋아하거든. 머리가 좋다는 소리를 들었고 공부도 잘하는 괜찮은 놈이었는데 나를 이렇게 만든 가정을 저주해."

"저도 밖에서 휘철씨를 위해 기도할게요. 영혼에 평안함을 달라고요. 앞으로 당할 고난의 강이 무척 깊을 거예요. 그러나 위대하게 된 사람들은 모두 이런 강을 건넌 사람들이에요. 이런 고난이 성장의 발판이 되고 창조의 초석이 된다고 했어요. 우리 신앙인들에게는 인격과 신앙이 성장하는 계기가 되고요."

신혜가 자신이 알고 있는 모든 지식을 쏟아내면서 그를 위로하려고 안간힘을 쓴다.

"잠을 깊이 잔 적이 없었어. 감옥에 가면 달게 잠을 잘 수 있을까. 내겐 잠이 필요해. 잠이 들더라도 늘 아버지의 망령에 시달렸거든. 나를 잡아서 머리부터 으드득으드득 먹어대는 아버지 때문에 숙면을 취할 수 없었어."

"안에 고인 모든 더러운 물을 다 토해내세요. 그리고 빈 그릇 속에 새물을 채워요. 평안과 기쁨을 주는 물을 채우자고요."

"나도 그러고 싶어. 더러운 물이 고인 속을 다 쏟아버리고 새물을 넣고 싶어. 그럴 수가 있을까. 난 살고 싶어. 살고 싶단 말이야. 내가 사랑하고 의지하는 당신을 두고 절대로 죽고 싶지 않아. 나는 살고 싶어. 살아야 한다고. 당신 때문에라도 난 살아야 한다고."

이런 휘철의 머리를 신혜는 가슴에 품어 안았다. 젖무덤에 얼굴을 묻고 그는 얼마간 흐느꼈다. 그 뒤에 밀려오는 평안으로 인해 휘철의 얼굴에 환한 빛이 서리기 시작했다.

신혜는 그를 힘껏 가슴에 품어 안고 계속 속으로 웅얼거렸다.

'휘철의 심령이 물댄 동산 같이 되게 해주세요. 다시는 아버지를 죽인 끔찍한 일로 인해 평안을 잃은 삶이 되풀이 되지 않게 해주세요. 공포심이나 무섬증이 사라지고 그 자리에 깊은 평안과 소망이 넘치는 기쁨으로 충만하게 채워주세요.'

휘철은 신혜의 젖무덤에 얼굴을 박은 채 감옥에 혼자 갇혀있을 외로운 시간을 생각했다. 사회와 단절된 상태이고 죄수들이 우글거리는 험악한 감옥에서 어떻게 살아야 하단 말인가. 그렇게 갇힌 공간에서는 홀로 서서 자기 자신만을 믿고 그의 능력밖에 믿을 것이 없다는 사실이 강하게 그의 마음을 붙들어줄 수도 있다. 어떤 일이든 앞으로는 혼자 힘으로 해내야 한다. 마지막까지 혼자서 해야 한다. 자신을 위해 최선을 다 하고 싶다는 갈망이 강하게 솟구쳤다. 신혜를 위해서 살아 돌아와야 한다. 그녀와 한 몸이 되었으니 이제 자신은 존귀한 존재가 되었다는 사실에 힘이 솟았다. 스스로 완전히 홀로 서고자 하는 강한 열망이 일었다. 자신 안에서 안식을 찾고 그 안에 거하고 싶었다. 신혜와 몸을 섞은 뒤에야 수수께끼로 가득한 세상의 모든 신비가 그의 안에 있다는 깨달음이 왔다. 그의 안에 삶과 죽음, 시작과 끝이 함께 있다는 것을 느꼈다. 사랑과 미움도 완연하게 구분되었다. 그의 앞에 펼쳐질 모든 일들이 그의 마음 안에서 조화를 이루기 시작했다. 삶과 마음이 조화를 이루는 순간이었다. 신혜의 젖가슴에 안겨있으니 끝없는 평온함과 만족감이 그의 전신에 스며들었다. 이건 실로 그가 이 세상에 태어난 뒤 의식이 있고부터 처음 느껴보는 완전한 평안이었다. 지나온 인생의 발자국들이 명료하게 내리비추는 빛 속에서 확연하게 드러났다. 그 발자국들은 아무리 어지럽고 추악해도 자신이 끌어안고 관용을 베풀 수 있는 사건들로 만들어야 한다.

이제야 휘철은 멋진 마음의 소유자가 된 듯했다. 두 사람은 서로 부둥켜안은 채 깊은 잠속으로 빠져들었다.

5

검사 앞에서 미애는 자신이 범인이라고 우뚝 서서 아주 당당하게 주장했다. 그 옆에서 휘철이 자신이 아버지를 칼로 찔렀다고 강하게 맞서서 법정 안은 술렁거렸다.

"저 애는 저희 집의 유일한 희망입니다. 이 가정이 존재할 근원이 되는 유일한 생명줄입니다. 장남인 휘철을 살려주세요. 저 앤 어미를 건져내려고 그럴 듯한 거짓말을 하고 있습니다. 만나지 말아야할 사람들이 부부가 되어서 자식들에게 고통을 주었습니다. 이 사건은 어미인 저 혼자만의 죄악입니다."

그러자 휘철이 울면서 어머니의 말을 가로채고 덤볐다.

"제가 칼로 아버지의 가슴을 찔렀습니다. 바로 이 두 손으로 살인을 한 것입니다. 어머니는 저를 살리려고 거짓말을 하고 있습니다."

"그러면 시신을 어디에 감추었습니까?"

검사의 질문에 휘철이 말문이 막혔다. 그러자 미애가 그것 보라는 듯 당당하게 나섰다.

"제가 남편을 죽여서 혼자서 시신을 처리했습니다. 저만이 그 장소를 압니다. 무고한 휘철은 이 사건에서 떼어놓기 바랍니다. 저 애는 아무 것도 몰라요."

시신을 어디에 묻었는지 살인을 저지른 자신만이 안다고 주장하는 어머니의 증언에 아들, 휘철이 유리한 위치였다. 살인을 저지른 사람은 어머니인 미애로 낙인찍힐 수밖에 없었다.

매스컴은 남편을 죽인 악녀로 미애를 크게 클로즈업해서 신문의 전면을 장식했고 며칠을 두고 뉴스시간마다 귀가 따가울 정도로 떠들어댔다.

한편 종갓집에서 박말자는 소주를 다섯 병째 들이키면서 텔레비전의 뉴스를 틀어놓고 보고 있었다. 다리를 쭉 뻗고 울다가 집안 어디에 동생의 시체가 묻혀있나 찾아내려고 허물어져 내린 광 구석을 살피기도 하고 앞뜰이나 우물가를 맴돌았다. 어디에도 동생을 묻은 흔적을 찾을 수가 없었다. 분명히 집안 어디엔가 묻어버린 모양인데 그 자리가 어디란 말인가. 뒤숭숭한 동네에선 종갓집이 흉가라고 떠들어대는 매스컴과 사람들의 숙덕거림으로 태풍이 불어오는 것처럼 어수선했다.

박말자는 소주병을 나팔 삼아 불면서 온 동네가 다 들을 수 있는 목소리로 외쳤다.

"불쌍한 내 동생을 이렇게 보낼 수는 없다. 이집 자식들과 올케 모두 악귀들이다. 어떻게 한 집안의 기둥인 가장을 비참하게 칼로 가슴을 찔러 죽일 수가 있단 말이냐. 미애 그년을 사지를 찢어 죽여야 한다. 아이쿠! 불쌍한 내 동생아. 의사가 되려고 얼마나 고생을 했는데 이렇게 죽어버렸니. 아아아……."

울면서 창을 하듯 한껏 목청을 높이면서도 발음을 또렷

하게 해서 모든 사람들이 애통해 하는 내용을 몽땅 들을 수 있을 지경이었다. 기자들의 취재열기로 동네는 떠들썩했다. 모두가 종갓집을 기웃거리면서 그 옛날 누렸을 종갓집의 냄새를 맡으려고 큼큼거렸다. 비록 후락했으나 지나간 세월 흥청거렸던 흔적이 사방에 각인되어 있었다.

어머니와 아들의 주장이 너무 강하게 맞서서 판단하기 어려운 상태였다. 그러나 법은 어디까지나 증거를 중심으로 판결을 내려야한다. 그러자면 어디에 시신이 묻혔는지 그게 관건이었다. 오랫동안 법정 안은 술렁거리고 판사도 그들의 진술을 들으면서 머리를 갸웃거렸다.

이런 어수선함을 깨고 휘철이 벌떡 일어서서 판사석을 향해 결연한 마음이 서린 큰 목소리로 말했다.

"제가 아버지의 시신을 묻은 자리를 고백하겠습니다."

법정은 물을 끼얹은 듯 조용해져서 판사가 종이를 들척이는 소리까지 들릴 지경이었다. 판사의 눈이 사팔뜨기가 되어 오른쪽에 앉아있는 휘철에게 향했다.

잠시 멈칫거리던 휘철이 자신 있게 입을 열었다.

"바로 종갓집 뒤란입니다. 어머니의 꽃밭이지요. 그간 어머니의 제단이었던 꽃밭을 파세요. 거기서 시신이 나올 것입니다."

그러자 판사는 휘철의 눈을 뚫어지게 노려보면서 천천히 또박또박 다그쳐 물었다.

"막연히 뒤란이라고 하지 말고 뒤란 어딘지 정확히 시

신을 묻은 자리를 말하시오."

싸늘한 미소를 삼키며 휘철을 바라보는 어머니를 흘끔 훔쳐본 휘철이 자신 있게 입을 열었다.

"뒤란 김칫독을 묻었던 자리입니다."

연이어 판사의 신경질적이고 준엄한 목소리가 법정을 울렸다.

"독들이 여럿 묻혔을 터인데 정확히 어떤 독이 있던 자리에 묻었단 말이요?"

잠시 쭈뼛대면서 시간을 끌던 휘철이 기어들어가는 목소리로 말했다.

"백 포기가 넘게 배추김치를 담았던 가장 가장자리 제일 큰 김장독에 시신을 넣었습니다. 그 자리엔 한 눈에 봐도 알 수 있듯이 호랑가시나무가 시신의 양분을 먹고 아주 무성한 잎사귀를 뽐내고 있습니다."

순간 법정 안은 출렁거렸다. 혀를 차는 사람, 한숨을 토해내는 사람, 그러면 그렇지 하면서 머리를 주억거리는 사람들로 소란해서 마치 대형무대연극이 끝나 막을 내린 뒤처럼 어수선했다.

이런 법정 안을 둘러보면서 미애는 입가에 싸늘한 미소를 머금고는 마치 얼음 像처럼 딱딱하게 굳어서 꼿꼿하게 서 있다가 스르르 무너져 내려 기절해버렸다. 앰뷸런스가 오고 어머니가 실려 나가는 장면을 휘철은 창백한 얼굴로 바라볼 뿐이었다.

휘철이 고백한 것을 따라 곧 형사들이 파견되었다. 큰 독이 묻혔던 자리를 독의 몸체만큼 파내려갔으나 시신은 없었다. 무자비하게 난도질당한 호랑가시나무의 새빨간 열매가 여기저기 핏방울처럼 뿌려졌다. 시신을 발견할 것으로 알고 힘차게 일을 했던 사람들이 허탈해서 싱그러운 흙내가 풍기는 된장 색깔의 황토 위에 모두 퍼질러 앉아 버렸다.

이마 위로 흘러내리는 땀을 닦으면서 모두가 구시렁거렸다.

"세상에서 이렇게 억세고 무성하게 자란 호랑가시나무를 본 적이 없어. 얼마나 비옥한 땅인지 잎사귀도 크고 참기름이라도 바른 듯 윤기가 줄줄 흘러."

"아마도 특별히 많은 거름을 준 탓이 아닐까."

두꺼운 장갑을 끼었는데도 손바닥까지 가시에 다쳤다고 장갑을 벗어내고 얼룩진 핏자국을 닦아내는 형사도 있었다.

무자비하게 조각내서 패대기를 친 호랑가시나무는 잎이 가지에 어긋나기로 달리고 가죽처럼 두껍다. 짙은 녹색인 호랑가시나무 잎은 타원모양의 6각형으로 가장자리에 가시가 날카롭게 달려있어 맨손으로는 접근하기 어려웠다. 이름에서 강한 인상이 풍기는 호랑가시나무는 호랑이가 이 나무로 등을 긁었다는 전설에 따라 붙여졌다고 한다. 중국에서는 호랑이 발톱처럼 생겼다고 해서 호랑이 발톱나무라고 부른다고 한다. 사철나무인 호랑가시나무는 한국과 중국, 일본의 남부지방에 자라는 나무로 가을에 빨갛게 익은 열매가 겨울에 흰 눈 속에서 눈 시리게 새빨간 빛을 뿜어 올려 관상수로 인기를 끄는 나무다. 잎사귀의 육각형 모서리마다 서슬 퍼런 가시를 달고 있는 매우 독특한 나무로 가시의 위협적인 모양 세 때문에 사악한 잡귀들이 감히 접근 못하게 하는 벽사辟邪의 수단으로 대문에 걸어놓기도 한다. 4월에서 6월 사이에 황록색 꽃이 산형傘形꽃차례로 모여서 피고 가을이면 새빨갛게 익어서 초록 잎과 빨간 열매가 아름다운 조화를 이룬다. 이래서 겨울 성탄절이 오면 짙푸른 잎과 붉은 열매가 달린 가지로 둥글게 화환을 만들어 예수의 가시관을 상징하는 크리스마스 장식용으로 즐겨 사용한다. 예리한 가시는 예수가 쓴 가시관을 뜻하고 붉은 열매는 가시에 찔린 핏방울을 상징하는 셈이다. 나무껍질의 쓴맛은 예수의 수난을 의미한다고 한다. 이 나무의 특징은 아무렇게나 굴려도 잘 죽지 않고 잘 사는 식물이라는 점이다. 그러나 온난화현상으로 지금은 식물의 북방한계선이 없어진 듯 중부지방에서도 기후 변화가 심하지 않은 곳에서는 생육이 가능해서 햇빛이 잘 드는 양지바른 곳에 생 울타리로 활용하기도 한다.

미애가 그 호랑가시나무를 심을 당시 수령이 4년 된 것을 옮겨 심었으니 10년이 되어가는 나무라 줄기도 굵어지고 암수 딴 그루 두 나무를 함께 심어놔서 형사들이 나무 밑동을 잘라내는 일이 만만치가 않았다. 호랑가시나무는 토심이 깊고 보습성과 배수성이 좋은 토양에서 잘 자란다. 게다가 유기물이 풍부한 비옥한 땅에서 잘 자라는 나무다. 추위에 약해서 전라도와 제주도 지역에 많이 자라고 변산반도에도 자란다. 최근에는 온난화현상으로 서울에서도 심을 수 있게 된 나무다. 종갓집의 뒤뜰은 산기슭이 뒤를 가려주고 앞에 집이 있으며 뒤란이 넓어 볕이 잘 드는 곳이고 통풍이 잘되어 습도 유지가 가능한 곳이라 호랑가시나무가 아주 무성하게 잘 자라 풍채가 당당했다.

호랑가시나무는 한국 사람이 사랑하는 동물인 호랑이란 이름 탓인지 사람들이 좋아해서 최근 추세가 정원에 관상수로 많이 심고 있다. 더구나 밑에 묻힌 시신을 양분 삼았기에 이런 짙푸르고 튼튼한 나무가 되었을 터라고 모두 믿고 파헤쳤는데 깨어진 독의 잔재들만 수북이 나왔다.

큰 독이 묻힌 곳에서 시신이 발견되지 않자 불도저는 신경질적으로 미애가 자신의 몸처럼 가꾼 꽃밭을 짓이기며 파헤치기 시작했다. 거죽만 파내는 것이 아니라 큰 독이 묻혔던 깊이로 뒤란 화원 전부를 빈틈없이 파헤쳐 뒤집어엎는 바람에 삽시간에 뒤란의 운치 있던 꽃밭은 폭격이라도 맞은 듯 살벌해졌다. 그러나 시신은 어디에도 없었다. 꽃밭의 가장자리까지 형사들은 신경을 써서 꼼꼼하게 뒤졌으나 닥터 박의 시신은 없었다.

시체를 발굴하지 못했는데도 휘철은 자신이 살인자라고 악착같이 물고 늘어지면서 울어댔다. 자신이 아버지를 찔러 죽이자 당황한 어머니는 아버지의 차를 아파트에 가져다놓으라는 명령을 내려 순종하는 마음으로 거길 오가는 4시간 동안 어머니 혼자 아버지의 시신을 어디엔가 숨겼다고 우겨댔다.

말로써 통하질 않자 휘철은 구구절절 눈물로 범벅된 글을 판사 앞으로 올렸다.

'어머니의 종교가 바로 저였습니다. 꼼꼼히 생각해보니 저란 놈은 어머니의 장남으로 어머니의 제단에 놓인 희생양이었습니다. 어머니의 제단 위에 저란 사람은 전신이 묶여 소중하게 놓여있었습니다. 어머니는 15년을 참자고 했습니다. 공소시효가 끝날 때까지 참자고 한 것이지요. 저를 감옥에 보낼 수 없다고 했습니다. 두 사람만이 아는 사실이니 침묵을 강요했습니다. 그러나 전 양심이 괴로워서 살 수가 없었습니다. 제가 바로 범인입니다. 제가 아버지를 칼로 찔러 죽였습니다. 어머니 대신 저를 잡아넣어야 합니다. 어머니는 감히 아버지를 찌를 정도로 강하지 못합니다. 불행한 결혼의 결과를 아들에게 지울 수 없어 어머니는 이러는 것입니다. 자식을 위한 어머니의 사랑이 억지 주장을 하게 만든 것입니다. 저란 놈은 이제까지 어머니가 고집하는 데로 질질 끌려 다녔어요. 이젠 더 이상 그렇게는 못 삽니다. 저란 놈은 실정법이 내리는 형벌을 받고도 아마도 양심의 법에서 풀려날 수 없는 녀석입니다. 그러니 저에게 실정법의 형기를 무겁게 해서 가두어주십시오. 이 번뇌에서 풀려나고 싶습니다. 제발 제 간구를 들어주세요.'

검사에게 올린 휘철의 편지로도 누가 범인인지를 가려낼 수가 없었다. 사체를 유기했다고 주장하는 미애의 논리가 더 강했기 때문이다. 아들을 유리한 입장에 세워주기까지 미애는 악착같이 시신이 묻힌 자리를 고백하지 않았다. 그러나 키가 겨우 150센티 정도의 가냘픈 여자가 거구인 남자의 가슴에 칼을 꽂을 수 있는 힘이 있는가 하는 문제점도 나오고 있었다. 바로 그 점이 이 문제를 해결하는 관건이고 아킬레스건이 되었다. 게다가 가장 큰 의구심은 어떻게 연약한 여자 혼자의 힘으로 시신을 옮겼으며 한 겨울에 언 땅을 파고 묻을 수 있었느냐는 점이었다.

"공범이 있지요?"

판사의 준엄한 말이 법정 안을 숙연하게 만들었다.

"저 혼자 했습니다."

"그게 가능하다고 봅니까? 혼자서 80키로가 넘는 시신을 어떻게 옮깁니까?"

그러자 미애는 아주 당당하게 어깨를 펴고 침착하게 말했다.

"여자에겐 남자들이 갖지 못한 지혜가 있습니다. 바로 그런 머리로 일을 처리했습니다."

"어떻게 혼자 힘으로 시신을 옮겼느냐 말이요?"

검사의 무서운 질타가 신경질적인 음성에 실렸다.

"그건 쉽습니다. 살해할 당시가 추운 겨울이라 방바닥에 깔아놓았던 전기장판에 시신을 올려놓고 끌고 갔습니다. 안방의 뒤쪽에 문막산으로 뚫린 문에서 내려오는 일이 어려웠지 그다음은 아주 쉬웠습니다."

법정에서는 침을 꿀꺽 삼키는 소리가 들릴 정도로 사위는 물을 끼얹은 듯 조용했다.

"왜, 하고 많은 나무들 중에서 뒤뜰에 호랑가시나무를 심었습니까? 발굴 팀이 다루기 험한 나무라 아주 애를 먹었습니다."

비록 시신이 나오지 않았지만 검사에게도 뒤란 한 모퉁이에 우람하게 몸을 펴고 서 있던 호랑가시나무가 무척 인상적이었던 모양이다. 약간 빗나갔지만 미애를 향해 이런 질문을 던지는 검사의 얼굴에 묘한 호기심이 어렸다.

그러자 미애가 고개를 푹 숙이고 대답을 않다가 기어들어가는 목소리로 말했다.

"호랑가시나무는 꽃말이 가정의 행복과 평화를 뜻하기 때문입니다. 그 사람이 감으로 우리 가정에 행복과 평화가 올 것으로 확신했습니다. 사악하고 자식들에게 조금도 도움이 되지 않았던 아버지 대신 호랑가시나무가 우뚝 서서 우리 가정을 지켜 주리라 믿었습니다. 보이지 않는 뒤란에 자릴 잡고 엄청난 위력으로 제 자식과 가정을 지킬 것을 확실하게 믿고 살았습니다. 해서 종갓집의 김장독들 중 으뜸인 배추김치 독에 그 나무를 심었습니다."

"이유가 그것뿐이요?"

"사람들이 가시 때문에 쉽게 접근 못하는 장점도 생각했습니다. 또 나무 자체가 일 년 내내 아름다워서 제 개인적으로 좋아하는 나무입니다. 황록색의 꽃은 향기도 좋고 여름에는 초록색의 열매를 달고 가을부터 봄이 올 때까지 새빨간 열매도 아름답습니다."

미애는 호랑가시나무에 대하여 마치 나무가 남편이라도 되는 듯 장황하게 늘어놓았다. 그 외에는 아무리 판사가 물어도 시신이 어디에 묻혔는지 미애는 입을 열지 않았다. 시신을 파내지 않고는 이 사건이 풀릴 수가 없었다. 확증이 없이는 어느 누구에게도 판결을 내릴 수 없었다.

6

이 난리 속에 휘선이 수용소에서 며칠간의 휴가를 받고 종갓집에 돌아왔다. 그간 어떤 사건이 일어났는지 아무것도 모르고 집에 온 휘선은 울어대고 몸부림치면서 세간을 내던지며 난리를 치는 고모를 피해 동생 휘철의 방으로 가서 쪼그리고 앉았다.

그 시간에 콜롬보탐정은 혼자서 착잡한 마음을 달래면

서 길거리를 방황했다. 신문이 떠드는 것을 모두 읽었고 매스컴이 난리치는 것도 전부 들었다. 정신병원 요양소에 가보니 휘선이 집으로 갔다고 해서 차를 급히 종갓집으로 몰았다. 속으로는 연신 휘선이 이 사실로 인해 발작을 일으키면 큰일이라는 생각뿐이었다. 무섭게 몰아치는 토네이도만큼이나 강한 힘을 지닌 강풍의 눈眼속으로 그녀를 내던질 수는 없다는 마음뿐이었다.

콜롬보탐정은 울어대고 푸념을 하는 박말자를 뒤로 하고 무조건 휘선의 손을 이끌고 나와 차에 태웠다. 집안이 썰렁하고 어수선한 것이 무슨 큰일이 일어난 것을 직감했으나 정확히 무슨 일인지 모르는 휘선은 콜롬보탐정의 손에 잡히어 나오면서 헝클어진 집안과 벌집을 쑤시듯 파헤쳐진 뒤란과 앞마당의 화계를 휘둘러보았다.

차가 북한강을 타고 편안하게 아스팔트 위를 달렸다. 입을 꾹 다문 탐정을 향해 애타게 휘선이 물었다.

"설마 엄마가 자살한 것은 아니겠지요?"

콜롬보가 머리를 흔들었다.

"그럼 휘철이가 자살했나요?"

"왜 모두 자살로 연결하지요. 모두 안전하게 있어요."

"아주 불안해요. 뭔가 큰일이 집안에 들이닥친 걸 직감했어요. 이건 예견된 것이니까요. 전 그 순간이 오리라고 기다리면서 늘 마음을 졸였으니까요."

이렇게 말하는 휘선에게 병색은 전혀 없었다. 아주 논

리적이고 이성적이었다. 뭔가 일어날 것을 예견하고 기다렸다는 투였다. 그럼 아버지가 죽은 일에 대하여 무슨 낌새를 알고 있었단 말인가. 아버지로 인해서 걸린 정신질환이라고 가족과 담당 의사를 통해 들었는데 그럼 아버지살인에 직접 가담한 당사자란 말인가. 혼란스러워서 콜롬보탐정은 머리를 흔들었다.

두 사람은 북한강변에 흔하게 자리 잡고 있는 아담한 카페에 마주 보고 앉았다.

"뉴스를 듣지 못한 모양이군요. 아버지 살인범을 잡았어요."

그러자 휘선의 얼굴에 냉소가 스친다.

"악한이겠지요. 동네 사람인가요?"

휘선은 아무 관심이 없다는 듯 딴청을 한다.

"아니요. 어머니이거나 휘철이에요."

"그걸 어떻게 알았어요?"

"휘철이 자백을 했는데 문제는 두 사람이 서로 죽였다고 야단이라 아마 며칠 내로 시신 발굴 작업이 있을 터이고 범인이 가려질 것입니다."

순간 휘선의 얼굴이 파랗게 질린다. 입술을 자근자근 깨물면서 앞에 놓인 물 잔에 손이 간다. 잔을 든 손이 파르르 떨린다.

"죽은 사람을 유기한 사람은 어머니입니다. 휘철은 전혀 모르고 있어요. 그러니 아버지를 죽인 사람은 아무래도 어머니가 될 걸로 알아요."

콜롬보가 목소리를 낮추고 조곤조곤 말한다. 그러자 휘선이 벌컥 화를 내면서 퉁명스럽게 내뱉는다.

"살인자는 어머니가 아니에요. 내 동생 휘철이란 말이에요."

입술이 파랗게 질려서 바들바들 떤다.

"그걸 휘선씨가 어떻게 알아요? 현장에 있었단 말입니까? 마치 사건을 지켜본 사람처럼 말하고 있군요."

그러자 휘선이 머리를 푹 숙여버린다.

더 이상 환자를 자극하는 것이 발병의 원인이 될 듯해서 콜롬보탐정은 대화를 끊고 카페에서 간단하게 주는 오므라이스를 시켜서 함께 먹었다. 두 사람 중 누구도 입을 여는 사람은 없었다.

아무 소리 않고 콜롬보는 휘선을 태워서 정신병동으로 데려다 주고는 돌아섰다. 아무 것도 묻지를 않았다. 그걸 묻는다는 것이 마치 휘발유가 가득 담긴 병을 타고 있는 불 속에 던지는 것처럼 잔인하다는 생각 때문이었다.

재판이 있는 날 휘선은 콜롬보탐정의 손을 잡고 법정으로 들어갔다. 얼굴이 약간 흥분하여 홍조를 띠기는 했지만 아주 다부진 얼굴로 증언대 위에 섰다.

"살인 현장에 있었다고 했나요?"

판사의 질문에 휘선은 크게 머리를 끄덕였다.

"누가 아버지를 죽였는지 말해 보시오. 그 장면도 보았소?"

휘선이 머리를 깊숙이 푹 숙였다. 그리고 침묵했다. 법정 안으로 쥐 죽은 듯 숨 막히는 무거움이 내려앉는다. 포승에 묶여 나온 미애가 불안한 눈으로 증언대에 선 딸을 응시한다.

"아버지를……. 아버지를……."

휘선이 말을 못하고 숨을 죽이고 조용히 흐느낀다. 그러자 발악하듯 미애가 고함을 쳤다.

"아버지로 인해 정신질환을 앓고 있는 딸을 왜 여기까지 끌어내서 이러는 것입니까. 그 애는 아무 것도 모릅니다. 병원에 입원하고 있는 아이가 무얼 안다고 여기 데려다 놓습니까."

그러자 법정 안이 웅성거렸다. 판사가 조용히 하라고 소리치고 다시 무거운 침묵이 법정 안을 찍어 눌렀다. 콜롬보탐정이 휘선에게 손짓을 한다. 둘이 교감하는 신호가 오갔다.

"아버지를 칼로 찌른 사람은 제 동생 휘철입니다."

그러자 법정에 앉아있는 기자들이나 사람들이 갑자기 웅성거리기 시작했다.

"증인은 그럼 현장에 있었단 말입니까?"

"그 날이 바로 크리스마스이브라 전 병원의 허락을 받고 택시를 타고 집에 왔습니다. 그냥 병원에 있을까 하다가 그래도 경사스러운 날이라 식구들을 놀래주려고 미리 연락을 하지 않고 집에 갑자기 들이닥쳤습니다. 아버지의 쑥색 차가 대문 앞에 주차해있어서 전 겁이 났습니다. 아버지만 떠올려도 전 무릎이 아파서 견딜 수가 없기 때문입니다. 그런데 안방에서 고함소리가 들리고 어머니, 동생, 아버지까지 난리라 가만히 다가가서 문틈으로 보았습니다."

여기까지 말하고 휘선은 숨을 몰아쉬었다. 그 날의 공포심을 누르려는 듯 마른 입술을 혀로 축이기도 했다.

"어서 증언하세요."

판사의 재촉이 떨어졌다.

"아버지가 잘못했습니다. 언제나 어머니를 구타했으니까요. 이제 저희들도 다 자라서 그렇게 때리는 아버지를 참을 수 없었습니다. 저라도 부엌으로 달려가서 아니 광에라도 가서 도끼를 가져다가 아버지를 죽이고 싶었습니다. 그 순간 휘철이 칼을 들고 와서 아버지를 위협했지요. 죽이려는 생각은 없이 그냥 어머니를 때리지 못하도록 막으려는 자세였습니다. 그러나 아버지가 약을 올리면서 스스로 그 칼에 가슴을 찔렀습니다. 휘철은 칼을 잡고 있었을 뿐입니다."

"확실합니까?"

"네! 맞습니다. 동생이 아버지를 죽였습니다. 그러나 제 눈에는 아버지가 스스로 동생의 칼에 가슴을 디밀었습니다. 그러니 동생을 어머니 대신 감옥으로 보내주세요.

동생은 밖에 있어도 죽은 것이나 다름없습니다. 차라리 감옥 안에 들어가서 실형을 살고 나와야 합니다. 그래도 양심의 아픔으로 일생 고생할 것입니다. 불쌍한 동생을 감옥으로 보내주십시오. 그게 그 애가 살길입니다."

다시 웅성거림이 일어나고 법정에 있던 휘철이 증언대에서 내려오는 누나를 감싸 안고 울었다. 콜롬보탐정이 휘선을 데리고 밖으로 나갔다. 휘선은 콜롬보의 어깨에 몸을 기대고 걸으면서 계속 흐느꼈다. 그런 휘선을 팔로 껴안고 걸으면서 귀에 대고 소곤거렸다.

"참으로 용감했어. 참으로 잘했어. 아주 장했어."

"이런 비극의 가정이 세상에 어디 있어요."

"이렇게 큰 획이 그어져서 끝이 나야 합니다. 그래야 살아남은 사람들이 제각기 가야할 길을 갈 수 있습니다. 너무 용감했어요. 참 잘 했어요."

두 사람은 법정 뜰에 세워놓은 차를 타고 도심지의 번잡한 거리로 사라졌다. 조용한 카페에 들어가서 둘이 마주 앉았다. 한참 얼어붙어있던 휘선이 조용히 입을 연다.

"제 병도 문제지만 이것을 고백하지 않으면 전 숨이 막혀 죽을 것만 같았어요. 절 도와줘서 고마워요. 제가 그렇게 고백할 수 있었던 것은 다 당신 때문이었어요. 제게 힘을 주셔서 고마워요."

이런 휘선의 손을 콜롬보탐정은 가만히 잡아주면서 또 닥거렸다. 그 손길에는 모든 것을 나를 믿고 따르라는 암

시도 들어있고 믿음도 들어있었다.

집안 여기저기를 의심이 가는 곳마다 형사들이 표시를 해놓고 그 자리를 파헤치는 불도저의 윙윙거리는 소리가 삼봉리 마을을 잡아 흔들었다. 종갓집만을 남겨놓고 거의 맨땅이 없을 정도로 다 파헤쳤다. 대문 앞 화계는 좁은 탓에 손수 삽으로 파헤쳐도 보았지만 시신은 그 어디에도 없었다. 휘중이 산청마을에서 채집하여 심은 것들이 이제 자리를 잡은 우물가의 약초밭도 무자비하게 파헤쳐져서 여기저기 흩뿌려진 약초의 튼실한 뿌리는 보는 사람들의 마음을 안타깝게 했다. 어디를 파헤쳐도 시신은 나오지 않았다.

이제 이 모든 사건의 해결은 미애의 입에 달려있었다. 그제야 요상한 미소를 얼굴에 가득 머금고 미애는 천천히 입을 열었다.

"제가 살인자인 걸 이제야 알겠지요. 우리 장남, 휘철이는 아무것도 몰라요. 제 딸의 증언도 어미를 살리기 위해 효심을 발휘한 것입니다. 사체가 묻힌 곳을 아는 제가 바로 살인자라는 증거입니다. 제가 고백할 터이니 저를 살인자로 가두고 제 자식을 풀어주시기 바랍니다. 그런 약속을 받아내야 제가 입을 열 수 있습니다."

얄밉도록 미애는 말을 아끼다가 큰 숨을 내쉬고는 드디어 입을 열었다. 미애의 고백으로 드디어 시신을 발굴하기 시작했다. 이웃마을사람들까지 호기심에 가득 찬 눈을 번뜩이며 노란 줄 밖에 바짝 접근해서 웅성거렸다. 닥터 박의 시신을 발굴하는 동안 박말자가 몸부림을 치고 시끄럽게 해서 경찰들이 끌고 가 멀리 두고 조심스럽게 미애가 지적한 곳에 접근한 형사대들이 조금은 미심쩍은 얼굴을 하고는 5년 전 유기된 시신을 찾느라고 손놀림이 빨랐다.

시신을 발굴하는 계절은 12월로 접어들어 싸락눈발이 살살 날리기 시작했다. 코끝이 시실 정도로 삼봉리의 문막산 기슭을 타고 흘러내리는 바람은 차가웠다. 하늘은 낮게 드리워서 컴컴한 얼굴을 했다.

휘철의 어머니, 미애가 남편인 닥터 박을 유기한 장소는 놀랍게도 머슴들의 방에 불을 때는 툇마루 밑의 아궁이 속 방고래였다. 넓고 얇은 구들돌인 구들장을 바치고 있던 방고래 한가운데 버팀 흙이 세월을 견디지 못하고 삭아내려 아궁이를 통해 시신을 밀어 넣을 정도로 휘휘하게 뻥 뚫린 공간이 있었다. 거기에 전기장판에 뉘어 밀어 넣은 시신은 구들미를 뒤집어쓰고 앙상한 뼈만 남아서 사람들 앞에 흉측한 모습을 드러냈다. 잿빛으로 변한 시신의 잔해는 요상한 빛을 띤 미라를 보는 듯 오싹한 기운이 감돌았다. 가슴 언저리에는 죽음의 원인이 되었던 식칼이 갈비뼈 사이에 박혀 그 자리를 지키고 있었다. 존속살인이 일어난 밤은 갑자기 눈이 많이 내려서 전기장판에 시신을 뉘고 아궁이까지 썰매를 밀 듯 힘들이지 않고 시신을 옮길 수 있었던 모양이다. 그리고 계속 내린 눈이 장판을 밀고 간 흔적을 감쪽같이 덮어버려 아무도 그 흔적을 볼 수 없었던 셈이다.

미제사건으로 역사 속으로 사라질 뻔했던 5년 전의 존속살인과 사체유기 현장이 적나라하게 사람들 앞에 모습을 드러냈다.

휘철의 어머니는 남편의 사체를 유기한 죄로 실형을 받았고 아들 휘철은 존속살인자로 형을 살게 되었다.

7

어머니는 사체유기죄로 감옥에서 2년을 살았고 아버지를 죽였으니 존속살인자가 된 휘철은 그간 괴로워한 5년을 정상참작하고 또 정당방위였다는 변호사와 누나 휘선의 강한 주장에 사형이나 무기수가 되는 것을 면하고 5년형을 받았다. 그 기간을 다 살고 감옥을 나서는 휘철은 옥문을 나오면서 마중 나온 가족들에 둘려 싸였다. 그간 머리 하나는 더 자랐을 휘중이 형을 가슴에 꽉 끌어안는다. 흠칫 놀란 휘철은 잠시 몸을 움츠렸다. 옆모습이 너무나 아버지와 닮았기 때문이다. 어머니가 두어 발자국 떨어져서 수건을 눈가에 가져간다. 어머니 옆에 나란히 누나 휘선이 서 있고 휘선의 손을 잡은 콜롬보탐정도 있다. 그러나 그가 그렇게도 보고 싶었던 신혜는 눈에 띄질 않는다. 멀리 눈길을 던지면서 사위를 둘러봐도 어디에도 신혜는 없었다.

휘중이 몰고 온 봉고에 모두 올라탔다. 운전대를 잡은 휘중의 어깨가 떡 벌어지고 아주 듬직해 보였다. 어린 시절 그렇게도 걱정을 많이 했던 연약한 어린 소년이 이제 아니었다. 아버지로 인해 조금이라도 다칠 것이 두려워 전전긍긍하며 보호했던 그런 나약한 소년이 아니었다. 이제 아주 듬직하게 자라있었다.

"형님이 없는 사이 우리는 종갓집을 팔고 제가 공부했던 대안학교가 있는 산청으로 이사했습니다."

그건 이미 한 달에 두어 번씩 면회를 오는 어머니를 통해서 들은 바였다. 그 말을 귓가로 흘리면서 휘철은 여전히 차창 밖에 시선을 두었다. 교통난으로 조금 늦은 신혜가 이 차를 향해 헐레벌떡 달려올 듯해서이다. 차는 도심지를 빠져나가 대전통영고속도로를 달리고 있었다. 늘 보아도 싫증이 나지 않는 산야가 그의 눈앞을 스친다.

5년이나 떨어져있었던 탓에 아무래도 대화가 자유롭지를 못한 걸 감지한 휘중이 운전대를 잡고 이사한 곳에 대하여 장황하게 늘어놓기 시작한다.

"산청이 우리나라에서 제일 살기 좋은 곳이랍니다."

그러자 마지못해 휘철이 말을 받는다.

"어떤 점이 그렇게 좋단 말이냐?"

"우선 메뚜기 쌀이 유명해요. 형님이 도착하자마자 식사를 할 수 있도록 지금 가마솥에 장작을 때서 누룽지도 긁을 수 있을 만큼 태우는 구수한 밥을 하고 있을 것입니다."

아마도 종갓집의 맛을 살리려는 어머니의 배려처럼 들렸다.

"메뚜기 쌀이란 표현이 재미있구나. 왜 쌀 앞에 메뚜기가 붙었느냐?"

말문이 트인 것이 반가운지 휘중이 길게 늘어놓기 시작한다.

"산청은 지리산 자락에 자리 잡았거든요. 그러니 지리산에서 흘러나오는 물을 먹고 신선한 공기와 오염되지 않은 비옥한 땅에서 자란 탓도 있지만 일교차가 심해서 쌀맛이 독특해요. 더구나 농약과 비료를 쓰지 않아서 메뚜기가 논에 들끓어 그렇게 명명해서 전국적으로 이 쌀이 아주 유명하다고요."

"그럼 메뚜기를 잡아다가 구워 먹어도 되겠구나."

휘철은 어린 시절 종갓집의 들판을 누비고 다니면서 풀줄기에 메뚜기 머리를 엮어 사슬을 만들어 가지고 오면 머슴이 장작불에 구워주었던 생각이 스쳤다. 형의 반응이 재미있었는지 휘중은 말이 헤프다.

"그럼요. 우리 들판에 나가 메뚜기를 잡기로 해요. 그밖에 육질이 연하고 당도가 높은 산청 배는 그 맛이 전국에서 제일이랍니다. 꿀 액이 가운데 생기는 사과는 이곳의 날씨 탓에 그런 맛을 낸다고 해요. 밤에는 얼고 낮에는 녹아 꿀이라는 액이 사과 가운데 생겨 이런 종류의 산청 사과만 찾는 사람들이 점점 늘어나고 있어요. 이곳 험악한 산자락에서 자라는 홍화씨와 인진쑥도 유명하고요. 봄이면 1000m 이상 되는 고산지대에서 채취한 고로쇠수액 맛도 기막히지요."

휘중은 마치 자신이 살고 있는 지역을 소개하는 농협의 직원처럼 따발총을 쏘듯 산청의 자랑을 늘어놓는다. 그러자 말없이 가만히 있던 휘선누나가 한 곁을 거든다.

"황매산 철쭉꽃 군락은 참말 장관이란다. 매년 5월이 오면 수십만 평의 고원에 피어나는 철쭉꽃으로 산과 들이 온통 분홍색 꽃 바다를 이룬단다."

휘철은 눈에 뜨이게 좋아진 누나를 흘끔 보고는 잔잔한 미소를 삼킨다. 콜롬보탐정과의 사랑으로 병이 많이 좋아졌다는 말은 들었으나 부부가 되어 나란히 앉아있는 콜롬보를 보니 가슴이 뭉클해진다. 5년 전 그가 즐겨 입었고 빛이 바래 죽음의 색처럼 보였던 때가 꼬질꼬질 낀 바바리와 바지가 아니다. 약간 하늘색이 도는 바지에 분홍빛 셔츠를 바쳐 입은 탓인지 나이도 젊어 보이고 산뜻하고 깔끔해 보였다. 그러고 보니 식구들 모두의 표정이 밝아져 있었다. 찍어 누르는 억압된 분위기가 아니고 어딘가 헐렁하고 자유스럽고 부드러운 정이 흐르고 평화가 깃들어있었다.

　그러나 휘철이 그토록 의지하고 사랑했던 신혜는 어디로 가고 나타나질 않는단 말인가. 일주일에 꼭 두 번씩 서울에서 대전까지 먼 길을 와서 면회를 왔던 사람이다. 계절 따라 변하는 음식을 정성스럽게 챙겨 사식도 넣어주었고 필요한 책들도 풍족하게 사서 넣어주었던 사랑하는 사람이다. 그녀가 없었다면 아마도 감옥에서 자살을 시도했던지 아니면 정신적, 영적, 육신적으로 병신이 되었을지도 모른다. 그에게 꿈을 주었던 여자가 왜 이런 기쁜 날, 이 자리에 나오지 않았는지 짐작을 할 수도 없었다. 5년간 그녀가 보내준 편지만도 감옥에서 나올 적에 가방에 가득 차있을 정도였다. 그녀를 의지하고 꿈을 지니고 살아왔는데 그녀가 보이질 않는다. 허전했다. 머리가 텅 빈 것처럼 썰렁했다. 그간 감옥에 있었지만 얼마나 기쁜 나날을 보냈던가! 모두 그녀가 준 선물이었다.

　휴게소에 잠시 들여 커피를 마시고 차는 부지런히 달렸다. 고속도로를 신나게 달리던 차가 산청에서 내려 산청 합동버스터미널을 지나 원지로 뚫린 길을 달렸다. 화계, 청정골, 진주, 장승포, 창원으로 가는 길이다. 널찍하게 자리를 잡고 유유히 흐르는 경호강을 끼고 달리다가 외송천으로 차는 꺾어들었다.

　휘철을 보고도 내내 벙어리가 된 것처럼 말이 없던 미애가 외송천을 끼고 돌면서 오른 쪽으로 깎아지른 산을 끼고 왼쪽에 훤히 뚫린 들판을 보자 숨이 트인 듯 입을 열었다.

"무병장수하는 곳이라고 소문난 지역이다. 하늘은 울어도 1915m의 천황봉은 울지 않는다는 곳이다. 문익점이 목화씨를 가져다가 처음으로 재배한 곳이요, 의성醫聖 허준의 스승인 신의神醫 류의태가 살았던 곳이란다. 천혜의 지리산 자락인 이곳에서는 많은 선비들이 태어났고 과거에 급제하여 가문을 빛낸 학문의 고장이기도 하다. 여기서 이 어미랑 재미있게 살자구나. 산청 바깥세상은 다 잊어버리고 우리 사랑하면서 오돈 도손 재미있게 살자구나."

이렇게 장황하게 말을 늘어놓는 어머니를 휘철은 본 적이 없었다. 그러고 보니 어머니도 배에 살이 올랐고 쇄골도 들어나지 않을 정도로 살이 쪄서 후덕해 보였다.

외송촌을 끼고 달리다가 차는 논길을 타고 왼쪽으로 꺾어 들어갔다. 자그마하게 지은 붉은 벽돌 집 세 채가 나란히 서 있다. 한 가운데가 어머니와 장차 휘철이 살 집이고, 왼쪽에 휘중이 살고 있고, 다른 한 쪽에는 휘선누나 부부가 살고 있었다.

"종갓집을 판 돈으로 이렇게 집 세 채를 지었고 나머지를 이 앞에 펼쳐진 논밭과 뒤쪽 산의 과수원을 샀단다. 그래도 아직 서울 아파트를 팔지 않고 세를 놓고 있으니 네가 이 집안의 장남으로 무엇을 할지 그걸 쓰기 바란다."

어머니, 미애는 다른 자식들도 다 들으라는 듯 큰 목소

리로 상속문제까지 거론했다. 모두 즐겁게 지껄이며 웃어
대는 소리가 차안을 가득 채웠다. 이렇게 이 가정이 행복
한 적이 있었던가. 이렇게 이 가정이 평화스러운 적이 있
었던가. 휘철은 자신이 속한 이 가정에 축복처럼 내려온
이런 기막힌 분위기에 감격해서 가슴이 뭉클했다. 마치
가슴에 파고드는 한 줄기 빛을 마시는 듯했다.

맨 왼쪽 휘중이 살고 있는 집의 대문을 밀치고 들어갔
다. 담 밑에 두 개의 솥이 걸렸고 장작불이 훨훨 타고 있
었다. 그 앞에서 장작불을 돌보던 머리가 하얀 할머니가
휘철을 보고는 엉거주춤 일어선다. 박말자 고모였다. 휘
철은 고모를 보자마자 땅바닥 위에 무릎을 꿇고 앉았다.
그리고 머리를 조아렸다. 고모의 눈에서는 눈물이 줄줄
흘러내렸다.

"땅에 쏟아진 물을 다시 긁어 담을 수는 없는 법이다.
일단 일이 이렇게 되었으니 우리 잊자구나. 하긴 너희 할
아버지도 술주정뱅이였다. 그런 할아버지를 이겨내지 못
하고 할머니는 도망가 버렸단다. 이제까지 이 가정을 이
렇게 지켜준 네 어머니를 잘 모셔라. 나도 어디를 가겠니.
그래도 너의 몸속에 내 피가 흐르고 모두 내 피붙이들이
아니냐. 다 잊고 살자. 그 자식도 나쁜 놈이지 아버지를
닮지 말고 가정을 잘 지켰더라면 널 이렇게 고생시키지는
않았을 것이다."

훌쩍이는 휘철을 끌어안으면서 고모는 아주 인자한 목

소리로 말했다. 그악스럽고 천박하고 어머니의 애를 태우던 고모가 이젠 푸짐하고 넉넉한 여자로 변해 있었다. 손은 갈퀴손이 되어서 기름기가 없이 서걱거렸으나 휘철과 마음의 줄이 탕탕하게 당겨졌다. 고모는 어렸을 적의 추억을 되살려 산청의 산을 헤매고 다니면서 약초와 산나물을 캐다가 식구들 양식으로 삼기도 하고 남는 것은 산청 오일장에 나가 팔아서 가계에 도움을 주었다. 막내 휘중이 고모를 모시고 살고 있었다.

왁자하게 떠드는 식구들을 뒤로 하고 문을 나섰다. 경남 산청군 외송리라는 이름 밑에 박휘철이란 팻말이 붙어 있다. 어머니는 휘철과 함께 살 집에 이렇게 미리 문패를 만들어 매달아 놓았다. 어머니의 마음을 곰곰이 생각해보았다. 아마도 도심지에서 사람들의 눈총을 받고 살 것이 두려워서 이렇게 깊은 산골로 온 것일까.

외송촌의 개울물이 아주 맑았다. 그 시냇가에 앉아있으니 산바람이 둔철산 자락을 타고 불어와서 뺨을 건드린다. 철을 캐냈었다는 전설을 지닌 둔철산은 홍매산에서 정수산을 거쳐 경호강에 산자락을 내리면서 우뚝 솟은 산이다. 바위벽이 많아서 냇가에서 올려다봐도 멋이 있었다.

형 옆에 휘중이 가만히 다가와서 앉았다. 오랜 만에 두 형제는 나란히 냇둑에 앉아서 앞에 숨이 막히게 성깔을 부리며 우뚝 선 둔철산 자락을 올려다보았다.

"형! 저기 머리를 뒤로 젖히고 올려다봐. 저기가 바로 내가 다니던 간디학교야. 저 학교에서 나는 꿈을 키웠어. 이 산골에서 일생을 보내려고 말이야."

"그런데 농사도 짓지 않았던 네가 어떻게 농사일을 한다고 그러니? 농사는 아무나 짓는 것이 아니란다."

"아이쿠 형은 날 몰라. 난 형이 이렇게 되자 대학을 포기하고 실질적인 일터로 나갔어. 특수농작물 재배하는 법을 배운 거야. 저 들판이 모두 내 일터라고. 버섯을 재배하는 데 일반 버섯이 아니고 값이 나가는 버섯들이야. 그리고 뒷산에 심은 것도 이곳의 기후를 참작해서 여기에 맞는 과실을 지금 실험재배하고 있어. 형도 나랑 함께 일하자. 여기서는 오직 산바람과 산에 작열하는 햇살, 그리고 사람을 의식하지 않고 살아도 좋은 아름다운 자연이 있어. 지리산국립공원도 있고 고모가 캐오는 약초들도 아주 기막히게 좋은 것들이야. 메뚜기를 많이 길러서 잡아 팔아도 되고 논에 우렁을 길러도 된다고. 우리 이제 행복하게 살아요. 난 형이 아버지 같아. 늘 그렇게 생각하고 살았어. 아버지의 살인적인 무서운 거대한 칼날을 막아준 형한테 늘 나는 감사하고 있어. 이젠 형도 내게 기대라고. 왜 혼자서 이 집안의 모든 걸 다 끌어안은 거야. 나하고 함께 나눠가졌으면 형이 덜 아팠을 거 아니야."

휘중이 말끝을 흐린다. 목이 메어 잠시 숨을 가다듬는다.

"넌 견디기 어려울 정도로 너무 어렸단다. 어머니와 난

너만큼은 이런 무서운 칼날에서 피하게 하려고 무척 노력
했어."

"난 이런 형이 고맙고 엄마가 자랑스러워. 내가 고모랑
어머니, 형을 잘 돌볼 터이니 여기서 우리 재미있게 살자.
휘선누나 부부도 우리하고 함께 여기서 살겠다고 했어.
매형은 미국으로 돌아가지 않겠다고 약속했을 정도로 모
두가 여기서 행복하다고."

그러고 보니 휘중은 이제 아이가 아니었다. 잠이 깰까
봐서 이불을 머리까지 뒤집어씌우고 아버지의 난동을 막
아주려고 가슴을 졸였던 그런 어린 소년이 아니었다. 휘
철보다 더 우뚝 서서 그의 보호자로 자청하고 나서고 있
었다.

산청 산골에서 그들의 생활은 평온하고 안락했다. 오랜
만에 내리는 가뭄 끝의 단비를 맞은 듯 모두 나른한 행복
감에 젖어 삶을 즐기고 있었다.

8

휘철은 며칠 어머니를 모시고 가족들과 한가로운 농촌
생활에 젖어 있다가 서울로 가는 버스를 탔다. 우선 신혜
를 찾는 일이 급선무였다. 버스를 타고 서울남부터미널에
내렸다. 여전히 대학 근처는 학생들과 인파로 술렁거렸

다. 음식점이 엄청 많이 늘어난 것은 공부보다 먹는 일로 학생들이 시간을 더 많이 소비하는 모양이다. 여학생들의 옷가게도 즐비했다. 문득 감옥에 있으면서 신혜에게 어떤 옷을 선물할까 궁리한 적이 있었다. 그는 여자들의 옷가게를 기웃거리면서 신혜에게 어울릴 옷을 찾아보려고 쇼윈도 안을 유심히 들여다보았다.

발길은 저절로 푸른 초장 앞에 섰다. 눈에 익은 앙증맞은 푸른 초장이란 간판이 보이지 않았다. 그 자리에 화계장터술집이라고 멋없이 삐뚤삐뚤 쓴 조악한 소나무 간판이 붙어있었다. 아하! 술집이 되었구나. 휘철은 낙망하면서 안으로 들어갔다. 고급 술집이 아니고 시골장터의 주막처럼 여기저기 손끝이 무딘 목수가 만든 것 같은 목로주점의 질박한 탁자들이 놓여있고 막걸리를 억수로 마시는 사람들과 곱창과 삼겹살을 굽는 냄새로 안은 연기가 자욱했다. 카운터 주인도 중년을 넘긴 늙수그레한 남자였다.

"옛날 여기가 푸른 초장이란 카페였지요?"

"아하! 그걸 내가 사서 운영하고 있습니다."

"언제부터요?"

"이제 이달로 반 년째 접어들었어요."

"혹시 이 집 주인여자가 어디로 이사했는지 아세요."

그러자 주인남자는 전혀 모르겠다고 머리를 흔든다. 여기저기서 술을 더 달라고 소리 지르는 젊은 층들의 왁자함으로 주인남자는 휘철과 이야기를 나눌 시간도 없었다.

어쩔 수 없이 쫓기듯 술집을 나와서 혹시 근처 다른 곳으로 이사를 했나 해서 여기저기 대학가의 좁은 골목까지 쑤시고 다녔으나 신혜는 흔적도 없이 사라지고 없었다. 바닷가 모래 위에 떨어진 바늘을 찾는 듯 막막했다.

갑자기 그에게 편지를 보낼 적마다 쓰여 있던 주소가 떠올랐다. 마포의 18평 오피스텔이었다. 그는 마치 잃었던 보석을 다시 찾은 듯 얼굴에 함박웃음을 듬뿍 머금고 급한 마음에 택시를 타고 그리로 향했다. 마포의 한 구석 산 밑에 조촐하게 지어진 깨끗한 오피스텔이었다. 감옥에서 그녀의 편지를 받을 적마다 어떤 곳일까 이런저런 상상을 했던 곳이다. 8층까지 엘리베이터를 타고 올라가면서 휘철은 가슴이 떨려서 진정할 수가 없을 지경이었다. 그녀가 오피스텔에서 그를 기다리고 있다. 여기서 우리는 만나는 것이다. 그녀가 내가 오기를 애타게 기다리고 있다. 내가 감옥에서 나오는 것을 보면 서로 마음이 아플 것을 생각하고 오지 않은 것이 분명하다. 가족들 앞에서 서로 부둥켜안고 울었을 터이니 말이다. 그러니 그날 오지 않은 것은 남자의 자존심을 지켜주려는 배려였을 것이다. 이렇게 내가 찾아오기를 집에서 기다리고 있는 것이다. 818호의 초인종을 눌렀다. 대답이 없다. 아마도 낮이니 어디 잠간 나갈 수도 있다. 시장을 보러갔다든지 아니면 친구를 만나러 갔을 수도 있다. 그녀 나름대로 일이 있을 터이니 말이다. 시계를 보니 3시다. 그러고 보니 아직도 점심을 굶은 상태였다. 갑자기 창자에서 쪼르륵 소리가 날 정도로 허기가 졌다. 그는 천천히 아주 느긋하게 거리로 나와 그럴 듯하게 보이는 음식점을 찾아 나섰다. 감옥에 있을 동안 제일 먹고 싶었던 것이 하필이면 신혜가 자주 사주었던 얼큰한 생선찌개였다. 일식집이 아니고 투박하게 한국식으로 끓인 생선찌개가 먹고 싶었다. 그것도 잡어들을 넣고 아우러지게 끓인 찌개이다. 쑥갓을 많이 넣고 깻잎도 듬뿍 넣어 끓이다가 나중에 뚝뚝 수제비를 떼어 넣은 그런 시골스러운 찌개 말이다. 그는 좁고 어수룩해 보이는 한 귀퉁이에 자리 잡은 생선찌개집에 들어갔다. 신혜가 앞에 앉아 그에게 시중을 들어주던 옛 추억을 되씹으면서 한 냄비를 다 먹고 일어섰다. 배도 부르고 그렇게 무겁게 찍어 누르던 신혜에 대한 근심도 내려놓으니 기분이 좋아서 콧노래를 부르면서 그는 신혜의 오피스텔로 향했다.

시계를 보니 5시. 두 시간을 먹고 배회하다가 찾아온 셈이다. 이번에는 신혜가 문을 활짝 열고 그를 반기면서 가슴에 와락 안길 것이란 생각에 아주 생동감이 넘치게 초인종을 꽉꽉 눌렀다. 안에선 기척이 여전히 없었다. 그러다가 아주 조그마한 아이의 음성이 들려왔다.

"누구세요?"

"이 집에 살고 있는 최신혜란 여자를 찾아왔는데요."

초등학생인지 아주 어린 여자아이의 음성이 신경질적

으로 맞받아친다.

"우리가 여기 이사 온지 반 년이 지났어요. 그런 사람 여기 없어요."

"넌 누구하고 사니?"

"엄마, 아빠랑 살지 누구하고 살아요. 아유! 기분 나빠. 별 것을 다 묻네."

"아가, 아가. 그럼 여기 살던 사람이 어디로 이사 갔는지 아니? 혹시 주소라도 남긴 것이 없니?"

"전 그런 것 몰라요."

아주 저돌적이고 암팡진 음성이다. 누가 오면 문을 열어주지 말라고 단단히 주의를 들었는지 여자아이는 문의 걸쇠까지 잠그면서 경계가 대단했다. 하긴 여자아이를 노리는 성폭행사건이 많으니 당연한 일이다. 힘없이 8층을 빠져나온 휘철은 다리에서 힘이 죽 빠져나갔다. 분명히 신혜는 그가 출옥하기 일주일 전까지 으레 해오던 식으로 감옥에 와서 면회를 하고 갔다. 전혀 달라진 점을 발견할 수 없었다. 항상 생기가 넘쳤고 발랄했고 다정했으며 그에게 힘을 주는 여자였다.

이제 어디로 가서 그녀를 찾는단 말인가. 금방 탈싹 땅바닥에라도 주저앉을 것 같았다. 머리가 빙빙 돌더니 지구도 집들도 하늘도 빙빙 돌아간다. 그는 어지러워서 간신히 몸을 지탱하고는 오피스텔을 빠져나왔다.

9

　나온 김에 양수리의 종갓집에 가보자. 혹시 신혜가 두 사람의 추억이 서린 어딘가에 집을 사서 살고 있을지도 모른다. 그는 갑자기 생기가 돌았다. 부지런히 경동시장으로 향했다. 거기서 마지막 종점인 양수리에 내려 마을버스를 타고 운길산을 끼고 돌아 삼봉리에 내렸다. 종갓집까지 가는 길은 두 배로 커져서 차 두 대가 나란히 오고 갈 수 있을 정도였다. 종갓집의 형태는 간 곳이 없다. 삼월이 기다렸다는 듯이 어머니에게서 집을 샀다는 말은 들었으나 기울어져가는 종갓집의 자태는 사라지고 현대식을 가미한 삼층 건물이 그 자리에 새로 지어져있었다. 단지 지붕만을 한옥으로 올려서 고가의 냄새를 내려고 애를 썼을 뿐이다. 점심시간에는 꽤 붐비지만 저녁이면 이런 외진 시골음식점은 한가하게 마련이다. 그래도 종갓집 주위에 홍취를 돋우느라고 십여 채의 오두막이 그 옛날 휘철네의 문전옥답을 그득 메우고 있었다. 삼월이에게 꼭 맞는 코맹맹이 유행가 가락이 스피커를 타고 울려나왔다. 살짝 우물가로 해서 뒤란으로 갔다. 장독이 묻혔던 자리에 눈길을 돌렸다. 어머니가 그렇게도 목숨을 걸고 가꾸었던 다양한 나무나 꽃들은 몽땅 사라지고 없었다. 그 자리에 시멘트를 처발라 휑한 공간에는 큼직한 화분들 몇 개가 듬성듬성 놓여있을 뿐 허전했다. 아마도 살인사건이 있었던 집이라 손님들이 오기를 꺼려할까 봐 취해진 조치인 것처럼 보였다. 문악산도 운치가 사라진 뒤뜰 탓인지 아주 야트막해보였고 산의 나무들도 많이 고사했는지 쓸쓸해 보였다.

그는 모자를 푹 눌러썼다. 혹시 만에 하나 그를 알아볼 동네 사람이 있을까봐 서둘러 종갓집을 벗어났다. 다행히 얼굴을 아는 사람을 단 한 사람도 만나지는 않았다. 모두 이사를 가버린 모양이다. 종갓집에서 시신을 캐내고 전국이 뉴스거리로 등장하면서 모두 흩어진 모양이다. 그저 삼월네의 음식점만 동그마니 문악산 밑을 지키고 있을 뿐이다. 그의 집뿐만 아니라 동네가 사라진 기분이었다. 하긴 그와 함께 모든 것이 공중으로 분해해서 흩어진 것이나 다름없었다.

풀이 푹 꺾여서 휘철은 남부터미널에 가서 진주행 버스를 탔다. 산청까지 3시간 반이면 갈 것이다. 그러나 신혜를 어디서 찾는단 말인가. 왜 그녀는 푸른 초장도 접고 살고 있던 오피스텔까지 팔아버리고 그의 앞에서 살아진 것일까. 신을 거꾸로 신었단 말인가. 그럼 그녀가 지금까지 보여준 것은 가면이요, 종교적인 이유로 그를 선도하려는 목적 때문이었단 말인가.

휘철은 신혜와 함께 잠잤던 모텔로 찾아가서 바로 그 방에 머물렀다. 그녀를 향한 강한 그리움이 방안 여기저기에 고여 있었다. 그 밤의 아프고도 아련히 아름다웠던 추억으로 인해 정신이 몽롱할 지경이었다. 다음날 오전 늦도록 거기에 머물면서 신혜의 흔적을 찾으려고 여기저기를 둘러보았다. 그녀의 손길이 닿았음직한 탁자나 침대 가장자리까지 만져보았다. 그러나 모두가 공허했다. 그녀는 사라지고 없었다. 그의 눈앞에 모습을 나타내지를 않았다. 분명히 그를 피해서 달아난 것이 확실했다. 그를 동정해서 그렇게 다정한 척 했단 말인가. 죽음만큼 살 저미는 아픔이 그의 가슴을 스치고 지나갔다. 그녀 없이는 도저히 살 수 없다는 기분이 들었다. 막막했다. 예전에 앓았던 병이 도진 듯 마음이 불안해서 앉아있을 수도 없었다.

아침 늦게 식사도 거르고 모텔을 빠져나와 맥없이 산청에 내린 휘철은 머리를 앞으로 푹 수그리고 외송리행 버스를 탔다. 산청합동버스터미널에서 원지행을 타고 15분쯤 달린 끝에 외송리에서 하차하였다. 집에까지 가자면 20분은 족히 걸어야 한다. 간디학교 때문에 길이 트여서 아스팔트가 깔리고 휑하게 산골짜기를 파고든 길이 멋들어지게 두 산자락 사이를 헤집고 돌아간다. 휘철은 어깨를 쭉 늘어트리고 힘없이 다 죽어가는 시늉을 하면서 신안면의 외송리로 향했다. 신혜의 편지를 받을 적에는 감옥의 조악한 뜰에 핀 잡초꽃잎이나 귀엽게 보이는 나뭇잎을 말려서 편지갈피에 끼워 신혜에게 보내기도 했었다. 지금 그가 걷고 있는 길에는 그보다 더 아름답게 핀 꽃들이 지천이었으나 그게 하나도 눈에 들어오지 않았다. 모두가 생기가 없이 축 늘어져 보였고 그의 눈앞은 어지러울 정도로 희부연 안개가 서려있어 그저 막막했다. 마치 짙게 내려앉아 앞을 가늠할 수 없는 안개 속을 걷는 기분이었다. 술에라도 취한 듯 발걸음이 여기저기 놓였다.

풀이 죽어 들어서는 휘철을 근심스러운 눈으로 머리끝부터 발끝까지 훑어보던 미애가 한 장의 편지를 그에게 주었다. 항공 편지였다. 가장자리에 붉은 줄과 새파란 하늘색 줄이 들어간 편지는 외국에서 온 것이었다. 기운 없이 받아서 던져버리려다가 눈에 익은 필체에 그는 정신이 버쩍 났다. 신혜의 글씨였다.

급히 방으로 들어간 휘철은 봉투를 확 찢어내고 안에 있는 편지의 글씨를 두근거리는 가슴을 쓸어내리면서 읽었다. 편지의 내용은 간단했다.

'더 큰 사랑을 하기 위해 우리의 사랑을 떠납니다. 부디 행복하세요. 당신의 최신혜'

그는 방바닥에 철썩 주저앉았다. 더 큰 사랑을 하기 위해 나를 떠난다고. 그럼 나보다 더 사랑하는 남자를 만났다는 뜻일까. 불 일 듯 미움이 그의 가슴을 후벼 팠다. 아아! 그녀는 나를 떠났구나. 마치 천사처럼 내 곁을 맴돌다가 이제 내가 자유인이 되어 더 이상 돌볼 필요가 없으니까 나를 떠났구나. 어떤 남자를 만나서 그렇게도 좋아나를 떠났단 말인가. 한 번도 본 적 없는 그 남자가 미워서 그는 몸을 떨었다. 팔베개를 하고 방바닥에 벌떡 누웠다. 천장을 향해 누웠다. 미워했던 아버지 대신 그 자리에 신혜가 좋아한다는 남자가 나타났다. 그를 죽이고 싶다는 강한 바람으로 그는 몸을 떨었다. 그 밤을 그는 한숨도 자지 못하고 몸을 뒤척이면서 밝혔다.

다음날 까칠해진 얼굴로 휘철은 무조건 밖으로 뛰어나가 둔철산의 험한 산자락을 타고 올랐다. 가장 험한 길만을 택해서 길이 있든 없든 무조건 풀줄기나 나뭇가지를 거머 채가며 마치 산삼을 캐러가는 심마니처럼 마구 산을 타기 시작했다. 땀으로 인해서 가슴패기가 푹 젖었고 눈에는 소금기 밴 땀이 흘러내려 눈을 질끈 감아버렸다. 자신을 죽이기 위해 이렇게 산을 오르기를 반 년이 넘게 했다. 이런 그를 가족들은 모두 측은한 눈으로 바라볼 뿐이었다.

감옥에 있는 동안 신학을 통신과와 사이버로 공부했으니 외송리에 작은 교회를 세워 식구들 중심으로 목회를 하라고 어머니는 매달렸다. 휘중이도 그렇게 하자고 조르면서 휘철이 제 정신으로 돌아오기를 기다렸다. 그만큼 아버지를 죽인 죄로 인해 정신적 충격이 가시지를 않는 것으로 본 가족들의 애타는 눈초리가 그의 곁을 얼찐거렸다. 시간이 필요하다고 생각한 가족들은 모두 측은한 마음을 누르지 못하고 안타까워했다.

그렇게 세월을 보내는 동안 어느 날 산에 올랐다가 갑자기 순간적으로 번개처럼 그의 뇌리를 스치는 생각이 있었다. 그래 가보자. 그녀가 있는 곳에 가보자. 어떤 남자를 택하여 어떤 삶을 살고 있는지 자신의 두 눈으로 똑똑히 보고 싶었다. 이런 생각에 이르자 그는 미친 듯이 가파른 산자락의 골짜기를 타고 뒹굴면서 집으로 향했다.

책상서랍에 팽개쳐둔 편지지 거죽의 주소 란을 보았다. 발신인 이름만 쓰여 있지 외국의 주소는 없었다. 어머니 방으로 가서 큰 돋보기안경을 가져다가 흐릿하게 찍힌 우편국 스탬프를 가려냈다. 분명히 캄보디아 씨엠립이라고 쓰여 있었다. 그는 인터넷으로 들어가 캄보디아의 씨엠립(Siem Reap)이 어떤 도시인가를 살피기 시작했다. 앙코르와트가 위치한 곳이었다. 뱀 장식으로 뒤발랐던 도시가 갑자기 사라진 역사를 지닌 곳이다. 앙코르는 캄보디아말로 도시라는 뜻이다. 12세기 영국 런던의 인구가 7만명이었을 적에 앙코르제국의 인구는 100만 명이 넘었다고 한다. 당대 세계 최고의 왕국이요 도시였던 곳이다. 씨엠립은 아주 작은 도시라 한국여자 하나쯤은 찾기에 쉬울 것이란 생각에 이르렀다. 무조건 캄보디아행 비행기 표를 샀다. 가족들에게는 오랜만에 여행을 떠난다는 말을 남기고 말이다.

비자는 공항에서 20불만 주면 된다고 해서 그냥 내려 비자를 받아 입국했다. 어찌나 더운지 숨을 쉴 수가 없었다. 한 달이고 두 달이고 남아서 이도시의 구석구석을 뒤져서라도 신혜를 보고 난 뒤에 모든 것을 정리하기로 했다. 진정 이 여자를 자신보다 더 사랑할 그런 사람에게 맡길 수 있다는 마음도 들었다. 아픈 심정이 많이 다져진 셈이다. 그러나 마음 한 자락에서는 도저히 그녀를 놓치고 싶지 않다는 강렬한 소망으로 가슴이 저려왔다.

씨엠립에는 많은 한국음식점들이 늘비했다. 한국관광객이 그만큼 많다는 뜻이다. 씨엠립은 아주 작은 도시였다. 마치 한국의 육이오 전후처럼 아주 낙후된 곳이었고 도시 한가운데를 뚫고 흘러가는 물은 청계천처럼 악취가 풍겼다. 거기서 벌거벗은 아이들이 미역을 감고 있었다.

한 달간을 한국음식점에 들려 음식을 사먹고 값이 싼 호텔에 여장을 풀고 있는 그에게 관심을 보이던 한국음식점 주인이 자신이 오늘 한국에서 온 친척들을 데리고 이곳에서 가장 유명한 톤레샵(Tonle Sap) 호수에 가니 함께 가자고 했다. 마침 자리 하나가 남으니 동승하라고 선심을 베풀었다. 여기까지 와서 신혜를 찾는 일 말고 관광을 나간다는 것이 마음에 걸렸으나 그렇다고 신혜가 있는 곳을 알아낼 수도 없어서 그들 일행에 끼어들었다.

한식음식점 주인은 여기 와서 음식점을 운영한 지 3년이 되었다고 했다. 친척들 앞에서 으쓱해진 그는 아주 당당하게 목소리를 높여 자신이 알고 있는 모든 지식을 늘어놓았다. 마치 관광가이드라도 된 듯 아주 말이 많았다.

톤레삽 호수는 동양에서 제일 큰 호수라고 한다. 미국과 캐나다 사이에 위치한 오대호가 세계에서 가장 큰 호수이고 구소련의 바이칼 호수가 두 번째, 그 다음 세 번째가 톤레삽 호수라고 하니 엄청 큰 호수임에 틀림없다. 건기의 막바지인 4월경에는 호수가 가장 작아져서 제주도의 2배 정도 크기가 되고 우기의 막바지인 11월경에는 강원도 정도의 크기로 변하는 엄청난 호수로 휘철이 지금 가고 있는 셈이다. 우기가 오면 불어난 메콩강물이 흘러들어와서 호수의 물이 엄청나게 불어나기 때문에 장마철에는 해마다 물이 얼마나 많이 불어나는지 씨엠립이 거의 물에 잠길 수도 있다니 살기에 적합한 곳은 아니었다. 지형도 이상해서 씨엠립은 접시의 오목한 형상으로 움푹 꺼진 곳이라 농사도 짓기 어려운 곳이었다.

호숫가에 내리니 황토색의 호수 끝이 하늘과 맞닿았다. 호수 위로 떠다니는 수상가옥에 버려진 베트남 난민들이 수십만 명이 넘는다고 했다. 더구나 호수 가에는 캄보디아의 가장 가난한 사람들이 모여살고 있는데 관광객들이 오면 돈을 달라고 벌떼처럼 덤비니 일 달러씩 준비하라고 음식점 주인이 일러주었다.

호수라고 말하기 어려울 정도로 이 끝에서 저 끝이 보이지 않는 거대한 물이 앞을 가로막았다. 푸른 바다가 아니라 황토색 바다 같았다. 휘철 일행은 보트를 빌려 타고 호수 한가운데로 달렸다. 작은 배를 타고 노를 저어온 아이는 몸에 걸친 것이 하나도 없는 알몸이었다. 잠지까지 내놓은 것은 괜찮았는데 목에 두른 시커먼 뱀은 어찌나 큰지 아이가 그 무게에 눌려 팍 쓰러질 것처럼 보였다. 구렁이처럼 보이는 징그럽게 생긴 큰 뱀을 목에 걸고 아이는 관광객을 향해 돈을 달라고 죽는 시늉을 했다. 배가 고프다고 우는 시늉도 했다. 호수의 강렬한 햇볕에 까맣게 탄 아이의 얼굴에는 미움이 가득했다. 세상을 저주하고 부모를 저주하고 모든 것을 저주하는 얼굴이었다. 악마의 얼굴이 저럴까! 평안이나 기쁨이 전혀 없는 아주 보기에도 끔찍한 얼굴이었다. 그런 얼굴을 지닌 인간을 휘철은 일생 단 한 번도 본적이 없을 정도로 비참했다. 숨이 붙어 있을 뿐이지 이미 죽어 지옥에 간 그런 어린 소년의 얼굴에 가늠하기 어려운 아픔이 고여 있었다. 너무 가여워서 휘철의 가슴이 찢어지게 아팠다. 저들을 위해 무엇인가를 해야 하는 것이 아닐까 하는 안타까움이 휘철의 마음을 사로잡았다.

　살 속을 파고드는 따가운 햇살은 호수 물에 부딪혀 눈이 시리게 빛을 반사했다. 이 호수 물로 빨래를 하고 밥을 짓고 목이 마르면 마시고 그곳에 쓰레기도 버리고 자신들의 배설물도 쏟아낸다. 그런 사람들이 수십만 명에 이르지만 그래도 그들이 살아가는 것은 호수물이 황토물이란 점이다. 황토가 살균작용을 하고 강렬한 햇살이 또한 살균을 하기 때문이라고 음식점 주인은 설명했다.

수상가옥이란 그저 형상만 유지한 작은 배였다.

베트남이 공산화될 적에 공산주의가 싫어서 바다로 가서 보트피플이 되지 않고 베트남과 국경을 이룬 톤레삽 호수에 왔다가 난민이 된 사람들이 호수 위를 떠다닌다. 캄보디아도 베트남과의 사이가 전쟁으로 인해 나쁜 관계라 난민들을 받아드리지 않아서 벌써 몇 십 년을 이렇게 물 위에 떠다니면서 양쪽 나라의 땅을 딛지를 못하는 신세가 된 버려진 사람들이다. 베트남 정부가 저들을 받아주면 좋으련만 조국이 싫다고 나간 사람들이라고 냉대를 하니 이러도 저러도 못한 베트남 난민들은 물 위서 싸고 먹고 씻고 사는 셈이다. 저들이 둥지를 튼 수상가옥이 모여 있는 곳에 가니 황토물인 호수의 색이 오물로 인해 시커멓게 변해있었다. 악취가 풍겨서 코를 막아야 했다. 거기에서 사는 사람들은 결혼하여 아이도 낳고 먹을 것을 찾아 물속을 뒤지고 관광객을 향해 목을 늘이고 있었다.

그들을 둘러보고 다시 호수 가에 배를 대고 내리는 순간 벌거벗은 아이들이 한 여자를 둘러싸고 모두 환호하고 있었다. 맨발에 겨우 밑만 가린 벌거숭이 아이들을 이끌고 한 여자가 호숫가에 세워놓은 선상교회로 이동하고 있었다. 배 위에 지어진 집의 지붕 위에 작은 십자가가 걸려 있었다. 여자의 뒤통수에 고무줄로 질끈 묶은 새까만 머리가 숱이 적어 제비꼬리처럼 보였다.

"저 여자가 여기서 아주 유명하답니다. 처녀가 와서 저렇게 버려진 난민들의 아이들을 돌봅니다. 자비량 선교사라고 해요."

아담하게 지은 선상교회는 물 위를 떠다니는 배였다. 이곳 수상가옥의 난민들이 물이 불어났을 적에 이사하듯이 이 배도 물의 높낮이에 따라 이사를 다니는 배였다. 작은 선상교회에서 풍금소리에 맞춰서 아이들이 부르는 찬송가가 우렁차게 퍼졌다. 관광객들이 탄 배가 그 곁을 지나갈 적에는 모두 배 가장자리로 몰려들어 선상교회 안을 보는 바람에 배가 한쪽으로 기울어서 뱃사공이 소리를 치기도 했다.

한국여자라는 말에 모두 관심을 가지고 선상교회 안을 기웃거렸다. 머리를 길러서 뒤로 질끈 동여맨 여자가 새까맣게 탄 얼굴로 아이들을 향해 영어노래를 지도하고 있었다. 언뜻 보기에는 현지 여성처럼 보여서 별 신기함이 없었다. 아이들이 벌떼처럼 그녀를 둘러싸고 왕왕거려서 여자의 얼굴을 자세히 보기 힘들 정도였다.

음식점 주인은 그녀를 한국의 성녀라고 입이 마르도록 칭찬을 늘어놓는다. 현지인들과 난민들이 성격이 난폭하여 평상시에 위험한 지역이지만 이 여자에게만은 깍듯이 예를 표하고 존경한다고 했다.

호기심을 누르지 못하고 휘철이 그녀의 얼굴을 자세히 보는 순간 숨이 멎을 정도로 얼어붙어버렸다. 세상에! 이 여자가 어쩌자고 여기에서 이러고 있단 말인가! 도저히 믿기지 않아서 휘철은 두 손으로 눈을 비비고 다시 쳐다보았다. 비록 까맣게 타고 옷을 허름하게 입었으나 분명히 신혜, 그 여자였다.

백 명이 넘는 아이들이 끼어 설 자리가 없어서 선상교회에 들어오질 못하고 밖에서 넘실거렸다. 쌀밥에 깨소금을 넣고 작은 사과만 하게 만든 주먹밥을 함지박만한 플라스틱 통에서 하나씩 꺼내 나누어 주자 아이들은 발가벗은 채 침을 삼키면서 먹지를 않고 들고 뛴다. 배가 고파 누워있는 다른 형제들이나 부모를 주려고 그러는 모양이다. 아이들이 다 흩어진 다음에 성녀라고 불리는 여자는 오르간을 닫아 잠그고 아이들이 맨발로 더럽힌 바닥을 치우기 시작했다.

휘철이 말없이 다가가 그녀의 손에서 몽당비를 앗아서 선상교회의 바닥을 쓸기 시작했다. 휘철을 알아본 신혜는 잠시 놀라는 듯 멍하니 서 있었다.

"왜 혼자 왔어?"

"어떻게 여기까지 찾아왔어요."

"더 큰 사랑을 찾아 떠난 사람을 내가 못 찾을 줄 알고."

"당신 때문에 여기 오는 것이 5년이나 늦었어요. 푸른 초장을 경영한 모든 돈이 여기를 위한 준비였거든요."

"당신이 가는 곳에 내가 가는 걸 몰랐어. 난 당신 곁에 그림자처럼 항상 붙어있다고. 하나님이 우리 두 사람을 그렇게 창조해 놓았거든. 당신이 그걸 몰랐다니."

"당신이 여기로 올 걸 난 알고 있었다고요. 당신이 내 곁에 오니 힘이 돼요. 사실 혼자 벅찼어요. 너무 할 일이 많거든요."

두 사람은 나란히 서서 강한 햇살을 받고 반짝이는 톤레삽 호수를 바라보았다. 맞잡은 손에 점점 강한 힘이 주어졌다. 넘실거리는 호수 위로 떠다니는 물풀이 너무 아름다워서 휘철은 탄성을 발했다. 호수 위에 머문 미적지근하고 달콤한 미풍과 강렬한 햇살이랑 점점이 떠가는 구름까지 너무 아름다워서 휘철은 고개가 휘도록 머리를 뒤로 젖히고 하늘을 향해 고함을 쳤다.

"우린 더 큰 사랑을 위해 태어났어요."

일생 부글거리면서 휘철의 속에 가득 차고 넘쳤던 더러운 것들이 한 방울도 남김없이 톤레삽 호수 위로 쏟아졌다. 깨끗하게 비어진 몸이 새처럼 가볍게 하늘 깊숙이 날아올랐다. 끝없이 탁 트인 하늘만큼 넓어진 가슴 속으로 온 우주가 차고 넘치게 파고 들어왔다. ✿